U0140961

# 不许不爱我

吾无故/著

广西师范大学出版社
· 桂林 ·

**图书在版编目(CIP)数据**

不许不爱我/吾无故 著.—桂林:广西师范大学出版社,
2009.12

ISBN 978 - 7 - 5633 - 9120 - 2

Ⅰ.不… Ⅱ.吾… Ⅲ.长篇小说-中国-当代 Ⅳ.
I247.5

中国版本图书馆 CIP 数据核字(2009)第 188416 号

总 监 制:郑纳新
责任编辑:陈婷婷
装帧设计:USEE 工作室

广西师范大学出版社出版发行

( 广西桂林市中华路 22 号 　　邮政编码:541001 )
　网址:http://www.bbtpress.com

出版人:何林夏

全国新华书店经销

销售热线:021 - 31260822 - 129/139

山东新华印刷厂临沂厂印刷

(山东省临沂市高新技术产业开发区新华路东段　邮政编码:276017)

开本:650mm×960mm　　　1/16

印张:19　　　　　　字数:165 千字

2009 年 12 月第 1 版　　2009 年 12 月第 1 次印刷

定价:23.80 元

如发现印装质量问题,影响阅读,请与印刷厂联系调换。

(电话:0539 - 2925659)

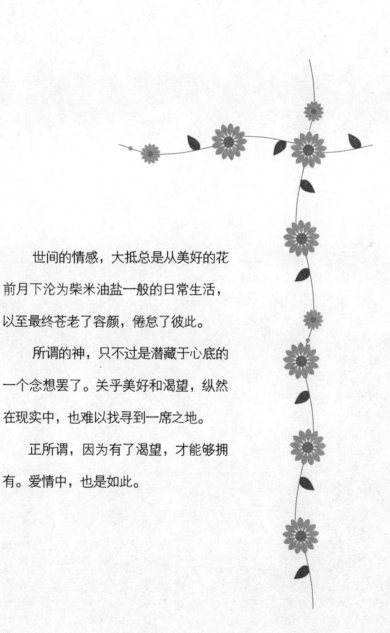

　　世间的情感，大抵总是从美好的花
前月下沦为柴米油盐一般的日常生活，
以至最终苍老了容颜，倦怠了彼此。

　　所谓的神，只不过是潜藏于心底的
一个念想罢了。关乎美好和渴望，纵然
在现实中，也难以找寻到一席之地。

　　正所谓，因为有了渴望，才能够拥
有。爱情中，也是如此。

"Can you sell yourself in two minutes?"衣冠楚楚的经理客气而冷淡地翻阅楚香的简历,外国话从他舌头后面一句句转了出来,"What do you think you are worth to us?"

他发现楚香始终沉默,便抬起眼皮看了她一眼,朝她露出微笑。很职业,并显然有点轻慢:"What make you think you would be a success in this position?"

楚香的脸有点发热,感到自己很蠢。"我的英语不大好,可以用中文吗?"

经理的笑容更深沉了。

楚香说:"我来应聘行政,因为我学的专业是文秘,所以觉得比较对口。"

"Rico 介绍你来面试?"经理顿了顿,终于开始说母语。

"……王青青介绍我来的。"

"我们是外企。"经理已经连笑容都懒得保持,翻了翻面试登记,示意楚香,那上面的所有文字都不是中文。

"要求学历本科以上,英语六级以上。"

楚香的眼睛瞄到了别人的记录。Nanjing University、East China Normal University、Wuhan University……还有个 University of Waterloo，一时不知道是哪所大学，大概是海龟。

"对不起，再见。"楚香站起来，不等经理说话，退出办公室走掉了。

离毕业还有六个月，跟任何一个毕业生一样，楚香开始了漫漫求职之路。她毕业于本地的 S 普通大学，专科。之所以强调"普通"，是因为这年头所谓 211 重点大学的学生都已经不稀奇了，何况 S 大这种三流院校。

走出那幢高级写字楼，楚香马上接到了王青青的电话。

"喂，楚香，怎么样？"

"没戏。"

"没戏？"电话那头的声音有点大惊小怪，"Michael 问你什么问题，你怎么回的，有说自己应聘的职位吗？"

"说了，他说我不够格，要英语好。"

"哦……这样啊，你不也考过大学英语吗？"

"我只有三级。"

"只有三级？我一直以为你 pass 四级了呢！"电话那头又大惊小怪起来。

"三级。"楚香镇定地说，"没事，不过就不过吧，我再继续找。"

"真可惜喔，这家公司很好的，美国独资，只要进去月薪马上三千，你的英语只有三级啊……那就这样吧，我再给你留心下。"

"谢谢，再见。"

楚香按掉电话，心里一阵冷笑，相信王青青现在自我感觉肯定非常良好。

其实王青青对她的各种求职资料知之甚详。王青青是楚香不同父也不同母的"姐姐"——楚香父母离异以后，母亲改嫁给王青青的爸爸。

巧的是王青青也毕业于 S 大，本科，英语专八。毕业后半凭本事，半托关系，在某家知名外企上班，混得不错。楚香开始找工作的时候，楚香她妈把楚香的资料一股脑儿拷给王青青，希望王青青帮忙。

这是楚香她妈对她不多的几次关心之一，楚香觉得不好推辞，尽管早有预感王青青不会尽力。

本来嘛，在后母的亲生女儿前面稍微表现下优越感，这种事是非常愉悦的，何况现在社会上很多人认为，英语水准的高低等同于社会阶层的上下。

楚香登上33路公交车，这条公交环线直达和平新村。

33路是一条不用空调车的公交线，也是本市最老的公交线之一，据说起始于1984年，楚香从小到大坐过无数趟33路，和平新村站上，和平新村站下。

跟公交线差不多，和平新村也是最早建设的一批楼房住宅。听名字就知道，"和平新村"，跟那个年代的解放路、胜利路、延安路等等异曲同工。

楚香在和平新村有一套房子。

这套房子来历复杂，本来属于楚香的爷爷，后来楚香的爸爸结婚时，被当做聘礼和新房，夫妻双方共同拥有。不过世易时移，1999年澳门将要回归，楚香的爸爸也下海成功，发了笔小财，同时赚回一个情人，楚香的妈妈也不甘示弱，没多久就投奔了别的男人。

那时楚香读初三，年纪半大不小。父母摊牌当天距离中考正好50天，学校刚刚挂上倒计时的牌子。

为了和平新村这套总建筑面积30平方米的老格局房子，两个曾经是夫妻的男女相互咆哮，大打出手，不但当着楚香的面砸烂一台电视机，还扭打到楼道里，成为上下围观的对象。

后来双方亲属到齐，经居委会调解，这套房子作为补偿留给楚香。

楚香的父亲再婚，另购新居；楚香的母亲再婚，搬去丈夫的家里。楚香上高中之后，就独自住在和平新村。

对这段经历，楚香曾经极为痛苦，后来则翻然醒悟，变得很庆幸：幸亏离得还算爽快，让人不致受到折磨。况且跟别的单亲家庭的孩子比较，她得到的实惠挺大，小小年纪就拥有了一处房产。

作为错误婚姻的错误结果，父母都有新的家庭后，楚香一年见母亲三至五次，三至五年见父亲一次，反倒是爷爷奶奶对她还算照顾，经常嘱咐她放学去吃晚饭。

33 路从高楼林立的 CBD 区域,一站站开到了和平新村。老小区房子破旧,物业简陋,但也有它的好处,路边的法国梧桐都长了几十年,又粗又壮,使不宽的马路显得颇为浪漫。

法国梧桐后边,沿路都是店面,楚香没有回家,直接拐到了陈小安的店里。

陈小安是一家服装小店的老板,也是楚香最好的朋友,经常不化妆,扎马尾,穿休闲服,25 岁看上去倒像 19 岁。

"小安!"

"嗨,香香!"两个人拥抱。

"香香,你来得正好。"小安喜滋滋地捞过一把衣叉,麻利地在墙壁上叉下一件衣服。是件藏青色呢料大衣,挺厚实。"这件大衣仿 eland 的哦,正品商场里卖 788,我统共才进了五件,卖 300 块,挂出来两天就被识货的买走三件……"

没等说完,楚香连忙摆手:"别引诱我,没钱。"

"卖你成本价,150。"

楚香苦笑:"50 也买不起。"

"什么时候这么穷了。"

"我本来就穷人。"

"那算我送你好了。"小安满不在乎地把大衣塞到楚香手里,用眼神示意她去试衣服,"160 的号码,专门给你留的。"

楚香接过大衣,顺手往衣架上一挂。

"干吗,看不上啊?"

"给我留着,等我找到工作,第一笔薪水就来买大衣。"

"有毛病。"小安忍不住笑,"那时候可能穿连衣裙了好不好。"嘲笑归嘲笑,还是把大衣重新叉回墙上。"香香,你这人怎么跟我还客气。"

"找工作顺利不?"小安又问她。

"还可以。"楚香若无其事,由于特殊的成长经历,她显得比同龄人更坚强,"工作终归能找得到,现在手里还有两个面试机会,小公司。"

"先做起来好了。"小安又鼓励她。

"我爸的老婆给我打电话通知了。"楚香忽然提了一句,"意思是钱给到下个月截止,以后生活费甭想。"

"你妈呢?"

"我妈倒没说。"

"正好,你也快毕业了。"

"所以我觉得爸妈对我还算不错。"楚香摊开手,"给我房子住,供我念完大学,总算仁至义尽。"

小安拍拍她的肩膀,以示宽慰。小安也是单亲家庭出身,独自在这个城市打拼,有些事不必多说,自有体会。

"其实我这辈子就在等这一天,彻底独立——彻底自由。"楚香由衷地补充了一句,"真好。"


聊了会儿天,时间很快就溜到了下午5点。路上的行人开始多起来,小安的店也时不时有下班路过的女人顺便走进闲逛。

楚香不想在里头碍手碍脚,跟平常一样,来到旁边的"馄饨皇"小吃店,准备给自己和小安打包晚饭。

"馄饨皇"在这片是有历史的小吃店,楚香小时候,店里卖馄饨、煎饺和小笼包子,现在一样没变,更难得的是馄饨的个头只涨不缩,别家店的馄饨楚香起码要吃三十只,这家的吃二十只就能饱,难怪叫"馄饨皇"。

楚香手里抄着两只饭盒,精神抖擞地走进小吃店。

"两碗馄饨,一客小笼。"把钱递给收银。

楚香是老顾客,收银的姑娘跟楚香认识,原本碰面的时候总要点头打个招呼,这时收银取了钱,打了票,把票一送,使了个眼色,低声神秘地说:"你看,帅哥。"

楚香顺着她的眼光,转头一看,看见靠窗桌旁坐着一个男人。

那个男人年纪不大,穿休闲西装,没打领带,皮鞋,旁边搁了只黑色的笔记本电脑的包,从头到脚露出一副"我乃青年才俊"的淡定派头。

他的五官轮廓很深,有一种男人的英气,但并不十分坚硬,反而柔和斯文。楚香在小安的店里翻过不少时尚杂志,只觉得他跟那些模特差不多。

和平新村一带，实打实的老小区，房子实在太旧，户型很差。稍微有点钱的人都不住，上外面买商品房了。留在这儿的不是退休的老头老太、普通工人，就是初来乍到租房过渡的打工人士。

因此那男人坐在"馄饨皇"，颇为耀目，格格不入，难怪让收银姑娘发花痴。但他自己好像很气定神闲的样子，慢腾腾地吃一碗馄饨。

楚香忽然想起来，和平新村一路之隔的棉纺厂最近拆了，据说要建一个高档小区，他估计是那边的，保不准还是个建筑师。

有点像。不，非常像。

那个男人吃得挺专心，吃完馄饨，连汤里的紫菜都捞起来慢慢吃掉了。忽然站起来，拎上包，风度翩翩地往店外走。

"身材不错。"楚香在心里加了一句。

念头没转完，却见他居然在柜台前面停了下来。

面朝楚香，很礼貌地笑了笑。

"小姐麻烦你。"声音极为客气，极为沉稳。

楚香一愣，问："什么事？"

他慢慢摸出一张粉红色的大钞票，问："你有零钱吗？"

楚香把身体一侧，让开位置，指着收银说："兑零这边。"

他又笑笑，收起钱，仿佛考虑了一下，说："算了，谢谢。"

说完扬长而去，楚香看到，他拿出一个东西，路边某辆黑色的车忽然"滴"一响，车灯亮了。他款款拉开车门，弯腰从驾驶座掏出一件大衣，胡乱折了两折，丢到里头。然后坐进去关上了车门。

车子停了几秒，娴熟地倒出车位，开走了。

"有钱人。"楚香在心里下了最终的评定。

收银还在恋恋不舍地张望，楚香用饭盒敲敲柜台，提醒她："找钱。"

收银如梦初醒，赶紧点了三个硬币，交到楚香手里。

装好晚饭，楚香回到隔壁服装店，店里暂时没有顾客，小安似乎刚刚做成一笔生意，满脸兴奋，正埋头翻一本杂志。

彩页上的俊男靓女一个个流过去，小安的手指最终定格在某页，仔细辨认了一番，欢呼起来。

"就是这个，就是他！"

楚香被搞得有点糊涂，伸头过去一看，是个瘦瘦的外国男人，眼神深邃，姿态放松，味道十足。"他怎么了，难道你认识？"

"哎哎，别看人，看衣服。"

"衣服怎么了？"外国男人的身上穿了件深色衬衫。

小安很快活地看了楚香一眼："呐，刚才有个男的在外面，你肯定没看到，穿的就是这种衬衫哎！Ermenegildo Zegna，活的 Zegna！"

楚香无语，心里知道陈小安同学的职业病又犯了。

小安是个非常努力的服装商人，市面上普及的时尚杂志决不错落一本，每季都要去大商场参考货品，虽然只有能力在批发市场进普通衣服，但按照她的话来说，无论如何，眼光一定要"走在潮流的前线"。

楚香出于好奇，跟小安逛过两次街。小安走在路上，眼睛就跟特务似的，嗖嗖乱转，一边寻觅大牌小牌，一边跟楚香喋喋不休。"那个女的的裙子，宝姿哎。""那个戴墨镜的，外套是 ESPRIT，上次我店里有一模一样仿版的。""哇，看到那个大婶没，厉害了！好像是纪梵希外套。"

楚香因此以为小安是个时尚人士，有次受邀参加同学的生日派对，去问小安哪个牌子的打火机比较体面、实惠，谁料小安竟比她更迷茫："牌子？打火机的牌子不都差不多……"

"你怎么知道是活的那啥。"楚香朝小安嗤之以鼻，指着墙上的藏青色大衣说，"万一是假货呢。"

"香香，你这人真没情趣！"小安大叫一声。

## 2

几天后，S 大结束寒假开学了。

这是 02 级大专的最后半个学期，不少已经找到工作或者找到实习单位的学生都索性请假缺课，学校对此事也不作理会。对很多大学来说，办学并非为了明德，也不是为了研究学问，而是为了找工作，更何况是大专的学生。

S 大的新校区离市区很远，在所谓"大学城"里，楚香虽然是本地人，平常也住寝室，双休才回家去。

楚香回到寝室一看，四个人的寝室里只剩下罗佳怡。

"香香，你竟然回校了啊！"罗佳怡正坐在桌子前面照镜子，听见钥匙声就把头扭过去张望门口，很惊讶地看着进来的楚香，吐字重点放在"竟然"上，"我以为你也不来了。"

"为什么不来，不是还有课吗？"

"你通过专升本了？"被她一反问，罗佳怡好像更诧异了。

"没，我没打算专升本。"

"哦——"罗佳怡松了口气。脸上刚刚显出一丝谨慎，马上又松弛了。

"寒假的时候发短信说的，阿文和小六都找到工作了，所以她们不过来学校，可能毕业的时候来参加下典礼，拍拍照，领毕业证。我以为你也已经找到工作了。寒假给你发短信,怎么不回啊?"

阿文、小六是另外两个室友的昵称,楚香想了想,貌似确实收到过短信,不过一懒就忘记回复了。

"大概发漏了吧。"楚香随便编了个理由。

"你的工作到底怎么样?"

"还在找。"

"你也没找到工作?"看得出罗佳怡挺高兴。

"嗯。不好找。"楚香应了声,有预感,罗佳怡又要开始老一套。

"当然不好找啦!"罗佳怡叹了口气,娓娓诉说,"像阿文,她妈妈是当地卫生局的干部,小六家是开公司的,我们跟她们当然不好比啦。其实香香你比我强多了,你是本市人,我还是外地人呢,如果是'那边'的,又稍微好一点,不过现在'那边'找工作也要托关系。"

果然来了。楚香心里感慨。

罗佳怡口中的'那边'意指 S 大的本科部。寝室里的三个女孩,一直搞不懂为什么罗佳怡会对本科有这么深的敬畏。

罗佳怡的前男友是隔壁 K 大的大专生,两人还是高中同学,关系不坏。三年级上学期的时候,S 大理学院有个男生对罗佳怡表现出好感,罗佳怡在寝室足足不安地念叨了几个月。

"他是'那边'的哎,我会不会自作多情啊。"

"'那边'的人不知道会怎么看我,瞧不起大专怎么办。"

"你们说他究竟可靠不可靠啊,他是'那边'的……"

正巧,韩剧《大长今》热播了一阵子,楚香她们闲暇无聊也跟了一会儿风,后来她们仨就背着罗佳怡在寝室讲冷笑话。

"看来我们大专顶多是个'尚宫','那边'是皇后娘娘。"

"什么'尚宫'啊,我们是'内人','那边'是'尚宫',上头还有研究生,还有博士呢。"

"太后怎么办?"

小六便故作紧张,尖叫起来:"'那边'来人了!太后万岁万岁万万岁!"

三个人笑成一团。

《大长今》看完之后，罗佳怡已毫无悬念地踢掉了前男友，跟了'那边'理学院的男生，着实志高气昂了一段时间。

罗佳怡问楚香："香香，你有什么打算？"

楚香说："继续找呗，还能怎么样。"

"你们本地人不用急的。"罗佳怡沮丧地叹了口气，"我们外地人很吃亏，肯定找不到好工作。"

楚香笑笑，不说话。

有些人在尝试之前就已经给自己找好了失败的借口，你又能怎么鼓舞他们。


楚香找到班主任，打听了最后一个学期的情况。最后一个学期以找工作为主，只开两门课，一门是国际贸易实务，周二上午开课；一门是辅修课国际礼仪，每周三下午三节课。

楚香迅速作出决定，不住校了。

在食堂吃完晚饭，回寝室吃了一根香蕉，稍微整理一番，楚香告别罗佳怡，背上包大摇大摆地回家去了。

转车跳上33路，到和平新村站的时候已经晚上7点。夜幕降临，寒风袭人，街灯与商铺的霓虹灯不停闪烁。

走到小安店铺门口，楚香放慢脚步，心里犹豫了一下，最后没进去问候，以免小安又提起那件仿名牌藏青色大衣。

令楚香意外的是，她这么一缓，眼睛居然又看见那辆黑色的车停在"馄饨皇"门口，那个挺帅的男人今天没穿西装，穿着厚厚的咖啡色休闲外套，正站在车子旁边。

街灯正巧照在他头顶，光影好像LOMO风格的照片。

照片里光鲜的主角理应漠视左右，但他冷不防竟然开口说话了。

"嗳，小姐。"

那时楚香从旁边经过，很自然地站住，却不禁左右一张，看看周围是否还有别的女性。三秒后确认情况，楚香疑惑地扭头，看到主角表情平静，若无其事。

"对不起。"男人的手伸到衣兜里,摸了半天,摸出一张粉红色大钞,像孩子买糖似的递过来,真诚地问,"小姐,你有零钱吗?"

楚香差点要笑了,心想这人还真有趣,怎么天天需要零钱啊。

"没钱。"楚香一指"馄饨皇","去里面收银台兑吧。"

"去过了,不让。"

"那就买碗馄饨啊。"

"我不吃馄饨,扔掉岂不是太浪费了。"男人笑了笑,笑容收拾得一丝不苟,整张脸还是挺严肃。

"路边店多着呢,要不前面有个杂货店,你去买瓶水吧。"

"哦,谢谢。那就算了吧。"男人说着就把钞票塞了回去。

差不多的场景。楚香奇怪地看了他几眼。

"小姐。"男人皱起眉,好像突然间想起什么,语气迟疑,态度认真,问她,"你是不是做售楼的,怎么好像有点面熟。"

"不是。"

"不是吗?"

"我是个学生。"

"还是学生?"

"嗯。"

"……但真的挺面熟。不知小姐贵姓,怎么称呼?"男人摆出一副诧异的样子。

这男人年纪不大,最多三十岁,说话的用词却仿佛老派的绅士,恭敬得有点古怪。

"我姓楚。"

"楚?"很显然,男人一愣。

"好姓。"他反应很快,立即掩饰住失态,面带微笑赞赏地点点头,"这个姓真不多见,有个性。"

"还行吧,小说里多的是。"楚香报出一个最知名的同宗,"楚留香就姓楚。"

"哈哈。"男人一听,愉快地笑了起来,他轻松笑的时候,右边腮上出现笑靥，登时便显得不再拘谨，"你说武侠片啊。"

"怎么了？"

"没，没。"男人问，"那你叫楚什么？"

"楚香。"

男人又一愣。"楚香？楚留香的楚香？"

"是啊。"

"……好名字。"

楚香感到这个人有点莫名其妙，不过他看起来像极了有钱人，即使想犯罪，也轮不到诈骗自己。当然也可能是想拐卖妇女，但一般来说，初来乍到的生人才是最佳目标，人生地不熟才容易得手嘛。

"我叫关泽。"男人大概也注意到了楚香的警惕，不动声色，开始介绍自己，"关羽的关，毛泽东的泽。"

"哦，也不错。"

"是啊。"

男人掏出一个皮质名片夹，取出一张名片，递给楚香。

名片是最普通纯白的，摸上去质感光滑，印刷很细腻，中央用二号字孤零零打了"关泽"两字，没有任何头衔，甚至没有公司名称，下方稍小的字体印了两个号码，一个是手机，另一个固定电话。

"谢谢。"楚香双手接过，把名片仔细看了几秒，揣进兜里。

"你说的杂货店在哪里？"男人忽然问。

"笔直过去，四岔路口。"楚香一指前面。

"谢谢。"

男人拉开车门，从容地坐进驾驶室，车上的灯次第亮起来，引擎嗤嗤一响，车子就消失在路上。

这段插曲没有给楚香带来任何困扰。她步行回到和平新村 12 幢，楼道里虽没有灯，但她已经习惯了，仍旧摸黑小跑上到 3 楼。每一层有 6 户人家，楚香家在中间，意味着房子是最老的格局：卧室在南边，厕所和厨房在北边，中间夹一条楼道。

南边的卧室无客厅，无阳台，一间房。地上刷的红油漆已经斑驳脱落。

小时候三口人住，非常拥挤，但现在楚香独身，又显得挺宽敞。父母搬走后，楚香卖掉了所有多余的家具，只留一张床、一个衣柜、一个写字桌，还有几把椅子。另外的杂碎物件都装在纸板箱子里，沿墙角排开。

楚香的愿望是赚钱买一张小沙发，买一个储物架，再用布帘把房间隔成两个。好让客人进门的时候看不见卧床，虽然她并没什么客人。

楚香掏出钥匙，进去拉亮电灯。

床上笔挺挺躺着一件藏青色大衣，上面丢了张小条子："先借你穿。"

楚香只好笑了。

小安有家里的钥匙，她住校的时候，拜托小安照顾房子。

楚香打开电脑，联网。

这台电脑是王青青淘汰下来的二手货，二手电脑不值钱，就送到了楚香这里。楚香不在乎，她重装了系统，把每个盘都格式化了一番，于是整个电脑的内在就都消灭了痕迹，属于她楚香一个人了。

打开收藏夹，yahoo 邮箱。输入 ID 和密码。

收件箱 5 封未读邮件。

楚香点开，其中 3 封是广告，删除之，另外 2 封是求职信的回函。

楚香心里高兴，逐一翻阅。一家是房地产公司前台，另一家是网络公司行政。加上目前已经确定要面试的两家公司，她找到工作的希望很大。

南嘉房产。楚香又点开百度，把这个名称拷进去搜索。

百度网页第一条：南嘉集团官方主页。

点开。绿色清爽的页面出现在浏览器上，页眉有一行白色小字，中国地产综合实力 TOP 10。旁边四个稍大的半透明字体时隐时现："消灭城市"，看起来像某种理念。

楚香听说过这家公司，本市好几处有名的高楼和广场都冠"南嘉"的名字。比如早些天去面试的外企，所在写字楼就叫"南嘉·HOPE"，还有个挺文气的译名"南嘉·和菩大厦"。

楚香把南嘉集团的各种概况一一保存下来，包括其在苏州、南京、杭州、宁波、北京、西安、成都、乌鲁木齐等地的业务经营状况，建设楼盘的名称，获奖的得意之作,物业管理,业主会馆以及一系列公司动态。

楚香做梦都没梦见过买房,看报纸的时候地产板块一律跳掉,对这个行业几乎一无所知,眼下只好稍作准备,临阵磨枪。

然后,又去纸板箱里掏学过的课本。

《公文写作与处理》、《秘书实务》、《行政与公共事业管理》、《企业管理概论》、《交际与口才》……择优记忆,挑一点专业词汇,对面试应该有好处。

楚香决定明天上午电话确认。

此时深夜 11 点 39 分,新的一天即将到来。

楚香又一次来到和菩大厦。南嘉集团在和菩大厦设有办事处,第八层整整一层都是,电梯门一开,就看见磨砂玻璃的背景板,上面毫不奢华地挂着两个古板的字,南嘉。

为了面试,楚香在自己不多的衣服里,特别挑了件最时尚的深色毛衣穿,配黑色短靴,好让自己显得漂亮大方。天气还冷,衣服不够厚,没空调的33路冻得楚香直打哆嗦,幸好那件"借"的大衣总算实沉挡风。

这一回,面试官是个精明干练的女性。

"楚小姐,请坐。"眼光在楚香身上转了两转。

楚香腰板笔挺地坐了下来。

"楚小姐在大学期间修的是秘书,你对这个专业有什么看法? 楚小姐以前从事过哪些社会工作? 对我们南嘉集团了解吗?"

这个人事主管的提问风格是连串型的。楚香暗自镇定,亏得她之前做过工作,查了不少资料,因此回答起来挺流利。把诸如"贵公司在业界口碑……","期望能得到表现机会"之类的套话也哇哇说了,头头是道,侃侃而谈。

主管点点头,似乎颇为赞赏,但忽然问道:"楚小姐的英语等级是CET3,

楚小姐不以为自己应该提高英文水平吗?"

又是英语,楚香一愣。

"贵公司的招聘启事里没有谈及英语问题,而且我应聘的职位是前台,想必英语并不是最重要的条件。"

"我这里有二十几封简历,条件差不多,其中八个人是 CET4 级。"

楚香有点气馁,不过不肯放弃。"我觉得,如果工作时通常用不上英语,您又何必在这个问题上纠缠? 3 级和 4 级差不多,您想听听我的其他特长吗?"

"什么特长?"

"我的特长是耐心、仔细,对人很热情。"

面试官微微一笑,公事公办地说:"好吧。楚小姐如果不介意的话,等我们的电话好吗? 如果明天你收到电话,就请过来参加二面。"

"好,谢谢。"楚香走出办公室,看见门口沙发上坐着五六个年轻貌美的女孩,都是等候面试的。

她心里叹了口气,有点失望。


和菩大厦暖气充足,一出门厅,冷不丁寒风迎面撞来,楚香下意识拢拢大衣,打了个抖。

大厦广场宽敞,设计了好几块精美的绿化,里面还有雾喷,白色的人造雾飘来飘去,露天停车场停满了车子,保安别着话机,看守地下停车库的入口。这里是本市地段最佳的 CBD,名企云集,寸土寸金。

33 路公交车站在停车场的另一头,楚香怅然地走过去,心里思索着面试的事儿。

猛地有人在背后大喝一声:"喂——!"

语音方落,什么也来不及反应,又"哗"地一声,暴雨倾盆砸下,兜头兜脸,一股洗涤剂的化学味。

楚香愕然,呆了几秒才用手掌一抹脸,抬头望去,好几个蜘蛛人吊在大厦半空,原来是洗楼的脏水。

一名保安冲过来把她拉到旁边,指着黄色的隔离带大声喊:"没看见牌子吗？没看见滴水吗？"

楚香被浇得浑身都起了鸡皮疙瘩，来不及吵架，手忙脚乱地掏出餐巾纸，用力擦起来。擦了半天，把大衣袖子凑到鼻子前面闻了闻，忍不住一阵心疼。全新的大衣啊！呢料！150！

怎么这么倒霉，楚香欲哭无泪。

保安却一点也不同情她，还在旁边发火，很凶地数落："隔离带警示牌都有，你眼睛往哪儿看！幸好是洗楼，要是维修，掉砖头，砸到了谁负责？啊？"

这态度，楚香一听，登时恼羞成怒，朝保安胸前的工作牌狠狠盯了两眼。

保安立即会意，急了："小姐，你扰乱了我们的工作秩序！"

楚香冷冷看着他，脸板得相当专业："我要投诉，你领导呢？"

这是楚香从一个老师处学来的杀手锏。那位老师教公共关系学，本职是"那边"旅游管理专业的，主攻酒店管理。上课的时候喜欢拿星级酒店说事。告诉学生们，在某种场合遇到纠纷，别跟员工争执，直接找主管，找经理，找能说上话的出来说话。

"你个人介个不讲理……"保安蹦出方言。

"我湿透了，你说我不讲理？"楚香气愤。她才是受害者。

一辆黑色锃亮的车子从车库上来，悄无声息地开到旁边，停住了。两个争吵的人没理会。车子的喇叭便"滴滴"鸣了几声，企图引起注意。

楚香根本不在意，还在气势汹汹地威胁："你领导呢！领导在什么地方？"

车窗悄悄降下，一个年轻男人在里头，手架在方向盘上，"楚小姐。"

楚香一个愣神，转过头去。她这辈子认识的开车人士只有三个，三个都是学校老师，不会叫她"楚小姐"。

定睛一看，竟是"馄饨皇"旁边的零钱帅哥。

"关……关先生……你好。"楚香迟疑一会，才忽然想起这个人的姓。头一抬，又有几颗水珠从耳朵后面滑下去了。只好懊恼地擦掉。

"出了什么事？"零钱帅哥问。

他当然看出了楚香的狼狈，惊讶地往半空一望，问："被水淋到了？"

移回眼光，又朝保安一望。

保安竟似乎认识他，脸上露出微微的紧张，解释说："关先生，我们已经做好防护措施了，是这位小姐误闯进去……"

"误闯?!"楚香又怒火朝天地叫起来，"如果你们的措施够好，会有人误闯吗?"

在零钱帅哥的面前，保安明显有点蔫，不敢回嘴。

"我要投诉!"楚香被风吹得打了个哆嗦，"投诉!"

车子里的男人表情还是有点严肃，什么都没说，熄火，下车，几步走到车尾打开后备箱，从一个运动包里捞出一条雪白的毛巾。

他穿着非常正式的西装，打了领带，看上去很有水准很有资历。但他默默地，走到楚香背后，把毛巾往楚香脑袋上一扣，用心地揉了几下，然后弯下腰，仔仔细细抹干大衣上的所有水渍，最后把毛巾像围巾一样搭在楚香的脖子上。

轻轻地说："你自己再擦擦。"

保安在旁边，看得有点傻眼。

楚香自己也有点傻眼。

"楚小姐，我去和平新村，顺路吗?"他温和地问。然后伸手在楚香背后轻轻一推，替她打开了副驾驶室的门。

"不不不。"楚香连连摇头，撒了个谎，"我不去和平新村。"

"去哪里?"

"S大。"

"上车。"

"S大新校区，在大学城，很远。"

"我送你。"他轻描淡写地说，弯腰把副驾驶座上的杂物统统扔到后座，直起身，看着楚香。

楚香也在看他，看了两秒，上车。

楚香连坐出租车的次数也可以用两只手数，对车毫无研究，她只知道这辆车挺新，空间很大，座椅很软，散发微微的皮革气味。没有烟味。后座杂乱无章，堆着外套、水、文件、图纸、相机、笔记本电脑……

"呃，关先生。"上车后楚香只好坦白，"还是去和平新村吧。"

"不去 S 大了？"

楚香发现他在微笑。"本来想去的，但其实不去也不要紧。"她赶紧解释，为自己圆场，"既然你顺路，就回和平新村好了。"

"楚小姐是 S 大的学生？"

"是的。你叫我楚香吧。"

"噢。"

两人沉默。楚香侧头看了他一眼，他开车的样子很认真，好像时刻提防着下一刻可能会出现的事故。

继续沉默。

车窗开着小缝，冷风挤进来，楚香不禁又哆嗦了一下。

开车的男人手在什么地方一碰，窗玻璃移上，密实，暖气立即哗哗地泄出来。

"把外套脱掉吧。"他目不转睛地望着前方，建议道，"里面的衣服也湿了，正好用空调吹吹干。"

楚香三下五除二，脱掉了外套。

"楚香。"他终于微微一笑，问，"想不到在和菩遇上，你去和菩干什么？"

"面试。"楚香老实说，"南嘉集团招前台。"

"哦？"他有点惊讶，问她，"面试顺利吗？"

"不顺利。"楚香仍旧老实地说，"提起英语水平了。"

"你的英语不好？"

"CET3。"

"找工作，英语是挺重要的。"他一听，又微微笑了，语气有点语重心长。说完还分神，扭头看了她一眼。

"我不喜欢英语。"楚香满不在乎地告诉他，"不想学。"

"为什么不喜欢？"

"关先生，你喜欢吃香菜吗？"楚香忽然问。

"喜欢。"

"喜欢吃大蒜吗？"

"喜欢。"

"你有不喜欢的菜吗？"

他想了想："我不喜欢吃花菜。"

楚香问："为什么不喜欢？"

开车的男人轻松地笑起来了，果然，右边腮上出现了笑靥。"我懂了。"他点点头，"可是，也许英语会让你找一份好工作，为了前途，应该要稍微克服一下。"

楚香不认同，摇摇头。"学英语让我心情不好。"

"是吗？克服不了？"

"这个不是克服的问题。你说，赚钱是为了什么？"

他开着车，暂时不说话，思考了一下。

楚香替他回答："赚钱是为了满足自己，满足自己是为了让自己开心。归根结底，是想让自己开心而已。英语的痛苦，绝对大于它能换得的开心，不值得。"

"哈哈。"他笑道，"高见。"

楚香见气氛尚可，不安地扭了扭脚踝，壮起胆子，问："关先生，我可以脱鞋吗？"

刚才那场盛大的污水劈头盖脸，灌进了楚香的短靴。哪怕车里暖气很足，脚不舒服，整个人就不舒服。楚香有点坐立不安。

"行。"他淡淡地说。

楚香如蒙大赦，拉开拉链，两只靴子都脱了下来。袜子湿答答地黏在脚上。

"袜子也脱了。"他仿佛知道楚香不好意思，提醒一句。

楚香赶紧除掉袜子。

楚香从来不在商场买东西，真皮靴子动辄七八百，岂不是要人命。她的靴子是在市场买的便宜货，人造革，讨价还价40块钱，样子挺不错。

只可惜人造革不透气，楚香突然惊恐地发现，一阵淡淡的脚臭不知何时悠悠弥散，等她觉悟到的时候，已经像车用古龙水般充实了整个车厢，分外销魂。

冷汗从背脊上冒了出来。

楚香臊得满面通红，死死盯着前方，一动不动。

开车的男人无动于衷，好像什么都没发现，又开过一个十字路口，很随意地挑起另一个话题："楚香，你想听音乐吗？自己找 CD。"

楚香假装镇定，事已至此，决定破罐破摔，自欺欺人。心里祈祷这个男人感冒、鼻塞、鼻炎、先天嗅觉失灵……

楚香回头用眼神搜索后排杂物，问："CD 在哪里？"

不料他又在什么地方一碰，座位前面的某块板翻了出来，满满当当的 CD 就在那个抽屉里。

楚香随便抽了几张，一张是个外国小伙的脸，封面上貌似不是英文字；一张是巴赫，这个人楚香恰好认识；再一张是个中国老太太，居然是京韵大鼓，骆玉笙；最后一张则是周惠。

风格够杂的。

楚香把那张看不懂字的 CD 晃了晃。

"维塔斯？"他瞥了眼。

"不认识。"楚香说，"看封面像进口 CD，比较稀奇。"

"你听了估计会喜欢，我认识的，凡是女性，一律喜欢维塔斯，起码不讨厌。"

"这人不怎么红啊。可能国外已经很红了？"

"现在网络上已经有视频，小范围流传开了。我觉得过几年肯定大红。"他一边说，一边弹开 CD 机。

楚香把碟片塞进去。

"这张是《思考之哲学》。"他又瞥了一眼，"快进，听第三首，《歌剧2》，那首最有名了。"

欢快的曲子响起来，跳跃着，美妙的男声。

"俄罗斯那边的吧？"听发音楚香猜测，她听过不少苏联老歌。

男声开始滑出尖锐而优美的高音，无可形容。

楚香吃了一惊，立刻忘记了脚臭的事，转头向他："厉害，真是男人唱的？"

"就是封面那个小伙子嘛。"

"男人还能飙这么高的海豚音?"

"所以我说绝对会流行。你找找好了,这张是 01 年的,去年还发了一张,叫《永恒的吻》,我也有。"

楚香把 CD 一张张掏出来翻找。

"楚香。"他叫这个名字好像已经挺熟练,"你喜欢听音乐?"

"一般吧,没事的时候听听呗。我只听流行歌曲,最好是情歌。"

他笑了,"情歌啊。"

"其实最多的时候是看言情小说,台湾的,也有内地的作者,口袋本。"楚香比画了一下大小,哈哈笑道,"租书店有的租,一个人租,整层的寝室都可以借。哎,这种书你肯定不知道。"

"是不知道。"他承认,"说什么的?"

"言情啊,套路差不多。"

"哦,你说说,什么套路?"

"灰姑娘遇上总裁啦,青梅竹马啦,一见钟情啦,反正男主角又帅又有钱,女主角善良美丽,最后幸福地生活在一起。"

"……你喜欢看这些?"

楚香郑重更正:"只要是女的都喜欢,百看不厌。"

开车的男人缄默。维塔斯天籁般的声音,混杂着淡淡的脚臭,充盈在车厢里。他忽然问:"那你说,小说里,男的遇上女的之后,一般有什么套路?"

"嗨,套路就多了。比如在一起的时候遇上抢劫,遇上车祸,遇上阴险狡诈的第三者,更多的是遇上患绝症,怎么折腾怎么来。"

"……还有呢?"

"男的一定要带女的去名品店,随便试条裙子就八千八,美元啊。坐头等舱的是男配,男主得有私人飞机,瑞士的森林雪山全是他家的。他摇摇头,世界经济抖一抖,他一咳嗽,全球总统都发愁。"

"哈哈哈!"开车的男人笑起来,"挺押韵!"

"唉,梦幻,所以百看不厌。"楚香找到了另一张维塔斯,喜滋滋地把掏出来的 CD 全塞了回去,关上抽屉的板。

抬头一看,和平新村已经不远了。

"来不及听了。"楚香把 CD 放在车前。

开车的男人微笑:"借你。"

"谢谢,我没 CD 机。"楚香摇摇头。

他沉思数秒,不动声色地问楚香:"这几天我有事,天天到和平新村,明天正好有空,你再过来听维塔斯吧,怎么样? 名片你丢了吗?"

楚香一愣。

"行,没丢。"她也不动声色地回答。

不出所料,南嘉集团的二面通知果然没有来。

看来 CET3 和 CET4 非但不是差不多,距离还差得挺远。楚香把目标放在下两家,一家网络公司,另一家物业管理公司。楚香在网上查了充足的资料。此处不留爷,爷自有去处,活人还能被尿憋死? 不信一张证书会逼死人。

忙完资料,楚香打开衣柜,把自己所有的毛衣都翻出来。数了数,除去昨天那件脏的,总共还有四件,其中一款大翻领的黑毛衣还不错,只可惜穿旧了,起很多球。楚香灵机一动,拿剪刀彻底修了一遍,还用透明胶粘去那层白乎乎的东西。

套上一照镜子,不错,过得去。

呢大衣也不能穿,换了件黑色羽绒衣。颜色太深,配条粉红色毛线围巾。

楚香欢欢喜喜地出门去了。

那辆黑色的车果然停在老地方,"馄饨皇"门口。不过今天那个男人不是单身,旁边还站了个高个子青年,两个人都穿得很正式,衣冠楚楚,正在低声谈着什么。

"关泽!"楚香叫了一声。所谓一回生二回熟,这次就不再假模假样称呼"关先生"了。

那两人闻声转头,高个子青年微露惊诧,关泽则露出笑容。

"楚香,过来。"他招招手。

"介绍一下——这位是楚香,楚留香的楚香。"他朝身边的青年看看,"李剑,我同事。"

"李先生你好。"楚香打了个招呼。

青年迟疑了一下,不知为何,颇为谨慎,笑笑点头:"楚小姐,你好。"

"那就这样吧。"关泽拍了拍青年的背,"你盯紧点,叫他们抓紧出文本,今天的会议纪要,尤其一些细节,回去叫办公室打出来,务必人手一份。"

嘴里在说,腰已经弯下去,替楚香打开车门,把楚香推了进去。他在外面跟那青年又说了三五句,收场,上车。

"忙完了吗?"楚香问。

"完了。"

"他不上车吗?"

"他还有事。"关泽发动车子,一阵风地开走了。


并没有维塔斯。

谁也没提起维塔斯。

音响里播的是调频 **FM98**,一个男声正轻柔好听又煽情地吐字:"……黄昏,城市的黄昏,Now,你在办公室也好,开车在路上也好,享受一次伤情吧,要知道在这个城市里,有种爱,是温柔的慈悲……"

哀而不伤的旋律随着话语登时淌了出来,阿桑哑哑的歌声。


其实我早应该了解,你的温柔是一种慈悲。

但是我怎么也学不会,如何能不被情网包围。

其实我早应该告别,你的温柔和你的慈悲,

但是我还深深地沉醉在,快乐痛苦的边缘……

歌声忧伤,娓娓动人。关泽却忽然又笑了一下,无声地、深深地一笑,楚香从后视镜里瞄见了他的笑靥。不过他的语气挺正经的:"楚香,我们先去吃饭,怎么样?"

"好。"

"你想吃什么?"

楚香问:"什么都可以?"

"嗯。"

"酸菜鱼。"

两年前参加同学生日聚餐,楚香正式下过一次馆子,对其中一道酸菜鱼印象深刻。后来在学校食堂吃师傅烧的酸菜炒鱼片,味道就怎么都不对了。

二话没说,关泽把车开到了"巴山蜀水"。这是一家挺有特色的川菜馆,每周五晚上都有川剧表演,唱《白蛇传》,许仙还会变脸。

今天正是周五,川菜馆分外热闹。

台上演员已经开唱,不少小孩围在旁边,追追打打,上菜生就在人群中钻来钻去,演杂技似的把热气腾腾的菜端到各个地点,再由女服务员捧上各个桌子。

人太多,位子没的选,两人坐在角落,只听戏响,不见演员。

楚香全权委托关泽点菜,关泽叫了水煮牛肉、麻婆豆腐、辣白菜、鱼香肉丝,外加一盆酸菜鱼,全是家常菜。

"这里的川菜要是不好吃,明天我们去另一家,好不好?"等菜的空当,关泽轻松地靠在椅背,抿了口茶,忽然款语问道。

楚香微微一笑,不表态。

——明天来听维塔斯,明天去吃另一家,总之明日复明日啊。

菜很快端了上来,酸菜鱼的盆子比洗脸盆还要大,挤得其他菜没有位置摆。其实鱼片只有上面薄薄一层,但这种丰盛感,真幸福。

楚香埋头吃起来。

饭馆一直在唱川剧,人声鼎沸,觥筹交错,喜气洋洋,饮食生活,中国式的热闹。

"没想到像你这样的人,也会喜欢这种地方啊。"楚香一边吃,一边说话。

"像我这样的人?"关泽不解。

"有钱人嘛。"

"你怎么知道我是有钱人,你连我干哪行都没问。"关泽失笑。

"开车的,还不是有钱人?"楚香反问。按照她的标准,拥有笔记本电脑就完全够得上有钱两字了。

"哦……那就算是吧。你觉得我应该喜欢什么地方,楚小姐?"关泽认真地问。

"这个嘛。"楚香吃了一口酸菜鱼,沉思。

大二时楚香曾选修过管理学,其中涉及到人格系统。女生间跟"心里测验"相关的东西总是比较流行,楚香曾借阅专门的书籍,小小钻研过卡特尔人格理论。

她对关泽的初步认识是:非外倾型人格,高超自我,退潮性。

总之,有种感觉,关泽对人客气、礼貌、微笑,但又好像跟人隔着一堵墙。不是那种喜欢随随便便结识陌生人的人——而她是个陌生人。

"首先我要问另一个问题。"楚香赶紧说。

"好。"关泽微微一笑,注视着她,目光好像不是看一个人,而在看阳光下的一朵花,溪里头的一块石。

"你为什么要请我吃饭?"关键问题,楚香毫不马虎,先问了出来。

当然,这也是个比较难回答的问题。果然关泽想了想,并不直接说,却反问她:"为什么这样问?"

"因为我跟你一点都不认识啊。"

"我跟你已经认识了。"关泽表示反对。

"三次。"楚香明确指出,"两次你跟我换钞票,没成功;还有一次就在昨天,和菩大厦门口。"

关泽挺得意地笑了,淡淡说:"原来你都记得啊。"

"是啊。"楚香有些心虚,摆出一副半点都不害羞的样子,"我从小缺乏安全感,敏感又警惕,如果不把事情弄清楚,我心里就不踏实。"

"哈哈,这么说我没办法糊弄你。"

"当然了。"

关泽眨眨眼，露出深沉的表情。正巧川剧表演开始变脸，四周此起彼伏的叫好声。一片喧嚣中，他的安静就仿佛更加高深莫测。

"神谕。你相信吗？"关泽的眼神很远。

"什么什么？"楚香没听清。

"通俗地说，就是老天指示，在某月某日某地，将会出现某人，而我，应当去认识那个人。按照你们的说法，这叫天意。"

够肉麻的。楚香忍不住愣了下。

"老天怎么给你指示的？做梦梦见的？"楚香语带讥讽。

关泽不介意，很正经地说："我们有我们的方法。"

"你们难道是 UFO？变形金刚？圣斗士？"

"我们是神。"

"那你可以变一房间的人民币给我吗？"

关泽若无其事："我不能扰乱人间的金融秩序。"

楚香忍不住"扑哧"一笑。

关泽不肯忽略，追问道："楚香，刚才你还没回答我，你觉得像我这样的应该喜欢什么地方？"

"咖啡馆，西餐厅什么的，背景音乐是爵士或者古典乐，还有人弹钢琴，品味特别高。"

关泽问："这也是小说看来的？"

"不是。"楚香摇摇头，"我有几个同学挺小资的，就喜欢那种场所。小说就厉害了，随便开瓶红酒，马上八千八，美元。"

"噗——"关泽大笑起来。

川菜馆的菜很足，尽管楚香吃得很卖力，鱼香肉丝和辣白菜还是剩出了一大半。头一回跟关泽吃饭，楚香心里开始斗争要不要提带走余菜的事。她虽然穷，但并不想显得寒酸。

"嗨，剩下很多呀。"楚香试探。

关泽一听，叫住一个服务员："小姐，我要打包。"

不让楚香动手，他慢条斯理地把菜拨到一次性饭盒里，叫服务员用皮筋扎妥,装进塑料袋,替她提着。上了车,他就把饭盒搁在后排座椅上,用笔记本电脑的包挡住。

"楚香,接下来我们干什么?"他问她。

"你决定。"

"你看的小说比较多。"

楚香笑道:"这跟看小说有什么关系啊。"

他踌躇几秒,忽然问:"楚香,你介意咱们走一遍爱情小说的套路吗?"

楚香立刻发现他用了一个词——咱们。她暗暗高兴地说:"不介意。"


繁华的商业圈,周五晚上到处是俊男靓女,来来往往,衣香鬓影,灰色路面每隔五米装一盏圆圆的地灯,所有的树都挂上了霓虹,绿色的,低调而辉煌。关泽径自把车开上停车砖,前面是一个矩形花坛,种了一排翠竹。

"跟我来,楚香。"关泽嗓音低沉地说。

楚香昂首挺胸:"我领路,我才是本地人。"

"你怎么知道我不是本地人?"

"你的普通话很好认,北方的,没一点方言味。"

关泽促狭一笑,立马回敬一句方言:"你弄错了。"

楚香若无其事地说:"好吧,跟你走。"

关泽的气质跟市中心商业圈很融合,这种地方帅哥几多,富人无数,但他仍引人注目。好几个衣着时尚的女人侧头看他,有一个还假装不经意,故意跟他擦身而过。

楚香连忙走到他旁边。

"从近到远吧。"他又说普通话了。

楚香一直在琢磨,所谓爱情小说的套路是指哪一种,本来以为是去喝咖啡,到这里才知道原来是逛街购物。

楚香有点好笑,又有点迟疑。

正在胡思乱想,关泽已经在她背上一推,把她推进最近的店里。

名牌商店,看一眼就知,大周末晚上居然空空荡荡,店员要比顾客多。楚香一直搞不懂这种店居然能够生存。

穿制服的店员眼力高明，使劲冲关泽微笑，热情又尊敬。

"新款春装都在这边，跟巴黎同期上市，小姐看中的话可以试试看。"

冬风还紧，已经开始卖春装了。楚香顺手捞过一件针织衫，先看标牌，RMB3999。血液瞬间直窜头顶，楚香感到自己的头炸了，这简直是资产阶级对无产阶级的无情嘲讽！

楚香把针织衫一扔，转身走了出去。

"关先生，拜托。"楚香一边走，一边扭头说，"你知道我的学费一年是多少吗？"

"不知道。"

"一件衣服，抵我一年的学费！"

关泽竟然笑了："你的学费应该没到八千八美元吧……"

"……"楚香无语。

"楚香，第一次约会，送件礼物给你，也是应当的。"关泽语气真诚。

"跟约会无关，跟礼物也无关。"

"哦？"

"跟尊严有关。"

关泽吓了一跳："没这么严重吧，楚香？"

"怎么不严重？"楚香奋力说，"我跟你还不熟，你这样让我感觉很有差距，很没面子！"

正巧墙角坐了一个乞丐老太太，楚香手一指，气鼓鼓地说："有篇课文叫什么来着？《曼哈顿街头夜景》！你这个开私家车的资本家怎么不反思反思？"

"好好。"关泽举手投降，他也读过那篇文章。

"可是，有件礼物，我肯定得送你。"关泽低首很诚恳地说，"跟资本无关，真的，楚香，其实也是为了你的面子。"

"什么礼物为了我的面子？"

关泽朝她招招手，两个人重新回到了刚才那家专卖店。

"坐。"关泽摆了个请的姿势。

楚香在沙发上坐了下来。

关泽在专卖店缓缓绕了半圈，拎下一双短靴。他回到沙发前面半蹲半跪，亲手除下楚香的鞋子，款款为她套上短靴。

似笑非笑地说："鞋子一定得穿好的，是不是？"

楚香瞬间醒悟，闹了个大红脸。

"不是每次都……那样的。"楚香面红耳赤地顽抗，"那天面试，太紧张，出汗。"

"你穿几码？ 这双合适吗？"关泽问。

"……太大。"

"唔，试一双更小号的？"

"我不要！"

"非要不可。"

"关泽，凭什么听你的啊……我跟你压根不熟。"

"所以你得听我的。"关泽很镇定，"为了进一步认识，将来你经常要出门，得穿一双舒服的鞋子。"

说着扭转一面专门照脚的镜子，对准沙发。

确实不错，楚香不得不承认，靴子柔软轻便，款式新颖，有一种经典的时尚感。

"再买件大衣配鞋子吧？ 好不好？"关泽乘胜追击。

"不好。"

"那裤子总行吧？"

"不行。"楚香斩钉截铁。

关泽相当无奈地蹲在地上，半天才说道："楚香，给我个表现的机会，这些东西加起来远远不到八千八美元。"

"那你给我包个红包吧。"楚香愤愤不平地答应他。

生平第一次约会，楚香丝毫不怯场，吃了酸菜鱼，拎回一双真皮短靴。

付钱的时候，她本想查看靴子价格，关泽眼疾手快，拽掉标签，连同收据一股脑儿揉在手心里，顾左右而言他。她于是作罢，不必在这种事情上过多纠缠。

接下来几天他们没有见面，也没有联系。

周二一大早，楚香赶去 S 大上国际贸易实务。授课的是个从没见过的新老师，40 来岁，一脸忠厚。开课之前说的第一句话是：上这门课，想考优秀不容易，想考不及格，也不容易。

楚香登时感到昏昏欲睡。

按照她混了三年的经验，这类老师通常分成两种，一种照本宣科，上课等于归纳课本，书的意见就是他的意见；另一种夸夸其谈，不着边际，上完一个学期，搞明白的只有此君之辉煌履历，包括曾去过哪几个国家，见过哪几个领导及名人等等。

揣摩这个老师的面相，楚香猜测他是前一种。

教室里稀稀拉拉坐了不到 20 个学生，阿文和小六果然没出现，连罗佳怡也没到场。国际贸易实务总共 4 个课时，两节课以后中场休息，楚香趁此机会逃离枯燥的讲堂，准备跷课回家，继续上网忙投简历面试的事。

楚香飞快地走出教学楼，冷不防前头面对面走来一个男生。

"楚香！"男生笑嘻嘻地跟她打招呼。

楚香一见，顿时头大如斗，避不过去，便只好笑了笑："何振柏。"

"楚香，好久不见，最近好吗？"

"好。"

"干吗去呢？"

"回家。"

"毕业找工作了吧，要我帮忙吗？"

楚香赶紧回绝："不用不用。"

"下午有空吗，一起去吃饭？"

"还有事，最近面试很忙。"

"其实你用不着这么忙，趁现在空当，去不去旅游？去韩国滑雪好了。"

"……"楚香满脸黑线。

何振柏比楚香高一级，原本应该毕业了。不过何振柏家里有钱，据说他家在本市房价最贵的区域，一线江景房，均价将近3万块，他家四百平方米——这就很说明问题。由于种种原因，何振柏大专毕业之后，非常顺利地升入"那边"，现在本科即将毕业。听说要出国深造。

何振柏个子不高，细皮嫩肉，保养得体，喜欢作休闲打扮，背耐克双肩包，ipod 的线永远挂在肩膀上。

他往面前一站，楚香就闻到喷香的味儿。不知是古龙水，还是护肤品的味道。

两年前何振柏就对楚香有意思，曾追过楚香一段时间，从各种途径讨了她的寝室电话。

何振柏追女人的风格是纠缠型的，每天晚上打一个电话到楚香寝室，聊一大堆让人格外无语的话题。例如：

"楚香，你多久吃一次燕窝？我每个礼拜都吃，营养很好。"

"为什么不买手机？"

"要造地铁了你知道吗？建材钢筋是我叔叔承包的。"

"我经常在考虑将来的事业，很想开一家全球连锁的雪茄店。"

"现在本地还没 Burger King 吧？我爸已经在谈了，Burger King 的本地总代理。"

"……"

每次一聊就个把小时，完全自说自话，楚香若表示想挂电话，那头就"等等，楚香，你……"换个话题继续啰唆。出于礼貌，楚香还不便硬生生挂断，非常痛苦。

何振柏过生日请客下馆子，邀楚香整个寝室都去赴宴。不好拒绝，楚香吃了一个月馒头，买了个很贵的名牌打火机当做礼物。

席间诸人知晓其意，拼命凑趣。何振柏寝室的一位老兄大肆抖落何振柏的"隐私"，比如他家房子的地段就是那时说出来的，还透露"何振柏"这个名字，是何同学上高中的时候，何妈妈专程赶去香港请一位大师算八字取的，一个名字就值两万。将来大富大贵，不可限量。

可惜的是，楚香对何同学的好意一直淡淡然，时间一长，何同学也就同样慢慢淡了。

电话销声匿迹，偶尔在 QQ 上谈一些富人的生活。

楚香心中庆幸，何振柏的行动不如言辞那般壮怀激烈，从没给她买过任何奢侈品，否则的话，还真不知该怎么收尾。

当然，何同学的人品不坏，起码楚香从没听说他在背后散布她的坏话，两人在校园里偶然遇到，他还是会拦住她喋喋不休一番，明知故问，邀请她吃鲍鱼、吃法国菜、喝蓝山咖啡之类。

今天则是邀请她去韩国滑雪。

"唉，何同学，我不是有钱人啊。"楚香叹了口气。

"其实不贵，一万块也就差不多了。"

"行，那你找朋友去吧。我不会滑雪。"

"太可惜了，滑雪很爽，你真的不去?"

"真的不去。"

"楚香，你有男朋友了吗？叫你男朋友带你去。"

"……"楚香低头看脚，无语。何振柏的纠缠劲又上来了，估计还要说很久。

为了这位富家子弟，楚香还曾受到罗佳怡的批评。

罗佳怡认为楚香清高、傲慢、不合群，认不清自己的社会地位。要知道普通的大学毕业生，哪怕奋斗一辈子，也未必赶得上何同学家的财富水准，搞不好要按揭三十年，才能买一套房。

这话当然也有道理，楚香只好给罗佳怡买了三天早饭，堵她的嘴。真是无妄之灾。

香喷喷的何同学还在说出国旅游的事儿，楚香的眼神开始左右乱瞄，希望路过认识的老师学生，帮忙打打岔。

大学城有个特点，学校特别宽阔，生活区倒还算热闹，教学区就经常空荡荡的。这时又恰逢上课时间，楚香盼了半天，没盼来解围的人，心里后悔死了，怎么会这么老实，居然说漏嘴，早知道就说去上课。

附近不远立着一尊陶行知先生的雕塑，旁边植草砖有好几个停车位，一辆黑色的车子妥当地停在雕塑旁。

车不知什么时候停在那边，司机不早不晚，此刻下了车。

司机是个英俊的年轻人，不穿西装，穿了件高领毛衣，外面披的黑色长风衣简直是《骇客帝国》中的基努里维斯的款儿，只不过冬天不必戴墨镜。

见他不紧不慢地走来，楚香吓了一大跳，随即心湖荡漾，毫无顾忌地盯着他。楚香发现他今天的发型同样随便，瘦瘦的，平添稚气，好像一下子小了五岁。

楚香激动地朝他招手："关泽！"

关泽露出笑容："Hi，楚香。"

又很自然地跟何振柏打了个招呼，问楚香："你同学？"

"何振柏。"楚香介绍。

关泽居然朝何振柏伸出手："你好，我叫关泽。"

何振柏显然有点发怔，机械地跟他握了握手。

楚香在旁边，忍不住地笑起来："关泽，你以为你接待客户啊，我们学生不流行这一套。"

关泽还是微笑："是吗？不好意思。"

何振柏微微吃惊地问："楚香，他是……？"

"我朋友。"

任何一个傻瓜都能听得出这其中的内在深意。何振柏大感无趣,脸上的笑都很勉强了。

"关泽不是我们学校的吧? 哪个专业,专科还是本科?"何振柏问。

"工作了。"关泽笑道,"看来我不算老,起码同学们认不出来。"

"刚才在跟楚香聊旅游的事。"何振柏说,"我跟几个朋友马上要去韩国滑雪,你有空的话,带楚香一起去啊。"

关泽考虑了一下:"最近可能没空,楚香,你想去吗?"

楚香赶紧摇头:"我也没空,我要找工作。"

何振柏总算找回一点感觉,笑说:"真可惜,你们想去的话,给我打电话好了。那我现在去上课。"

"再见!"

富家子一点也不拖泥带水地转身就走。

真是奇迹啊,楚香朝富家子背影瞅一眼,又朝关泽瞅一眼,暗中窃笑,帅哥果然是居家旅行的必备良品。

关泽反而先问起来了:"这个男生是你的前男朋友?"

"不是。"

"唔,挺有钱的。"

"这你也知道?"

"当然了。"

"关泽啊。"楚香点着头说,"实在太巧了,你来 S 大干什么,跟哪个老师认识吗?"

"我只认识你。"

"你……找我? 你怎么知道我今天有课?"楚香不禁惊讶。

"楚香,我未卜先知,感应到你今天会遇到男生,所以特地赶过来瞧瞧,搅个场。"

"晕,这么厉害?"

关泽似笑非笑:"我是神。"

楚香哑然,只好认输:"难怪巧成这样呢,原来神主导了巧遇,小白文式的。"

关泽不解:"小白文是什么?"

"没什么,没什么。"楚香问他,"今天不上班?"

"嗯?"

"没穿西装呀。"

"不是每天都要穿西装的。"他笑了。

"来,我送你回家。"他拉开车门,在她背后轻轻一推,把她推进车里。

楚香发现,他很喜欢这个动作,好像她是一只巨大的宠物。


车子沿江奔驰,过江就是主城区。滨江大道双向八车道,平整清洁,绿化甚好,远远能见 CBD 高楼林立,还有一只鹅卵形的建筑,是本市最大的剧院。

说是送她回家,可上了车,关泽立即就想变卦:"楚香,吃了中饭再回吧,好不好?"

"不吃了,我 10 点钟的时候吃了两个糯米团子。"

"为什么 10 点钟还吃团子?"关泽皱眉。

"因为没吃早饭。"

"那不行,我饿了,你说怎么办?"

"关同学,我乐意陪你,直按说不就行了嘛。"

关泽把车开到滨江广场,这个广场好像也是南嘉集团承建的,还有个名字叫"南嘉·安顺广场",广场中央建着一面仿古城墙,墙面镌刻几句《庄子》:"安时而处顺"类的,搞得很有文化。令楚香想起有缘无分的前台工作,不禁有点失意。

城墙旁边停着一辆绿油油的面包车,车厢打开就是小卖铺,提供各种饮料和点心。

关泽给自己买了两只热狗面包,给楚香买了杯热奶茶,站在沿江的栏杆旁边,眺望江景吃东西。

"冷吗?"他忽然觉得有风,关心地问了句。

"不冷。"

他拎着热狗，回到车里，掏出一条宽宽的羊毛围巾，包在楚香脑袋上。

围巾很软也很暖，有他的味道，男人的味道。

冬季的江面呈现一种冷清的灰色，楚香喝了口奶茶，静静地眺望。

"楚香，你说，咱们是不是应该相互增进些了解。"关泽忽然说。

"其实我们彼此一无所知。"他又有点歉歔。

"那，你想了解什么？"楚香淡淡地问。

"比如说你平时爱干点什么，有没有特殊的嗜好……"

"我只不过是个学生，"楚香叹了口气，"特别纯洁。学校又如此偏远，我生活的重心是学习，除此之外无非看看电视上上网，连网络游戏都不玩。"

"不会吧，这么好学？"

"每年都拿奖学金。"

"你不是英语不好么？"

"同学，奖学金是看总分的，除了英语，我每门课都排全系前三，所以总分很高。再说我穷，需要钱，需要奖学金。"

"哦，不容易。"关泽真诚地赞赏。

"我修了很多选修课，各个系的课都选，挑全校口碑最好的老师和教授。怎么样，我伟大吧。所有的老师都劝我专升本，我没答应。"

"为什么？"关泽奇怪。

"想早点出来赚钱呗。我打算去自考，考一个本科。"

"那也挺不错。"关泽点点头，问，"你平时上网都干什么？我有个好朋友，自称宅男，天天泡在网上，网络这么使人沉醉吗？"

楚香顿时觉得好笑，想不到他连"宅男"这种专业词汇都知道。"有时看看原创言情小说，最常去论坛潜水，天涯论坛，可有名了，你知道不？"

"听说过。天涯论坛好在哪里？"

"网上有句话，外事问谷歌，内事问百度，房事问天涯。"

"……"关泽不禁一愣，半天才说，"我可以理解成您在挑逗我么，楚小姐？"

"不可以。"

楚香一口气把奶茶喝光，走到几十步外扔罐子，回来的时候把围巾重新包了一遍,严严实实,看上去像个阿拉伯妇女。

"嗨,关泽,既然你想相互了解,我跟你说一些私事,你觉得怎么样?"楚香"咝"一声,重重吸了口气。

"如果你想说,就说好了。"关泽感到她包太紧,轻轻扯她的围巾。

楚香面无表情:"我父母离婚了。"

"嗯。"

"我爸讨了新的老婆,我妈也重新嫁人,各自有新的家庭。"

"嗯。"

"所以我是个被抛弃的孩子。你知道吗? 初中的时候人人都说我能上重点,结果中考我失常了,只上了一所很差的普高。从此以后厄运连连,特别倒霉,高考再度失常,本科志愿只考上 C 大,那是三本院校,民办的,学费很贵。"

"C 大?"

"一年一万多的学费,没人肯支付那笔钱,我很识相,放弃本科,直接上了 S 大——专科第一志愿。"

"我这样的家庭,你会瞧不起我吗?"楚香问。

"当然不会。"关泽深深地看了她一眼,拨开围巾,在她额头吻了一下。

"现在轮到你了,关先生。"楚香说。

"我……"关泽迟疑片刻。

"不想说没关系。"楚香补充。

"不是,"关泽又想了想,"只不过,说来话长……楚香,你知道慕尼黑空难吗?"

6

善良上进的陈小安同学曾经在本市谈过一个男朋友，半个月，吹了。

小安跟楚香说，那个男的其实没什么缺点，只一条，她永远也不会把她自己支离破碎的成长经历坦白给他。

所以那个男的再好，也不是良人。

小安又说："楚香啊，像我们这种家庭的孩子，别看表面无所谓，心里那是一块疤，血淋淋的。等遇上某个人，能把那些破事一股脑儿全说出去，某个人就是真命天子。千万不能放过。"

楚香忽然觉得鼻子有点酸，两颗眼泪很不争气地流了下来。

江风凉凉的，围巾很暖。

关泽拨开围巾，轻轻吻她的额头。

"不要介意那些，楚香。我第一次看见你，就觉得你是个漂亮有吸引力的女孩儿，真的，连神谕都选中你。"关泽按着她的脑袋，用拇指抹去她的泪水，在她耳边温柔私语。

"嗯，你说吧，慕尼黑空难是什么？"楚香吸吸鼻子。

"很久以前的事了。"关泽轻轻叹了口气，问了个毫无关联的问题，"你看足球吗？"

"不看。"

"英超曼联,知道不? 贝克汉姆那个队。"

"知道。"

"1958 年 2 月 6 日,有一架飞机在慕尼黑机场失事,撞毁了,当时的曼联足球队就在飞机上,死了 8 个曼联球员。其中一个叫邓肯·爱德华兹的小伙——被称为英格兰'明日之星'——也死了。球迷都知道那次空难,很有名。"

"哦……"楚香不明白这跟关泽有什么关联。

关泽说:"我祖父也在那架飞机上,一起遇难。据说他是 *Daily Mirror*——《每日镜报》的记者。但我查过资料,罹难的镜报记者名字叫 Ledbrooke,又好像不是我的祖父,可能我妈妈弄错了。"

楚香愣了半天才问:"你……祖父?"

"是的。"

"1958 年……"楚香问,"难道你是海外华人?"

"我祖父是海外华人。"关泽更正,"所以说来话长。祖父去世以后,我爸爸被一家华人家庭收养,关系一般。我爸听说他有个亲叔叔在中国,恰好那时改革开放,就带我妈和我回到上海,想找他叔叔。"

"可你不是本市人吗? 你方言的口音听得出,你肯定是本市人。"

"算是吧。你听我说。"关泽笑笑,"我爸打定主意留在上海,但我妈是个香蕉人,不喜欢中国,跟我爸离了婚。我归我爸,我妈回她的国家了。"

"香蕉人是什么?"

"皮是黄的,剥开来芯子白的嘛。"

"……很形象。"

"没多久我爸车祸去世,爸的叔叔,我叫他爷爷,一直和我生活在一起。我奶奶是本市人,不会说上海话,也不会说普通话。我的身世传奇吧,像不像言情小说?"

"你妈妈现在在哪儿?"

"在美国,嫁去美国了。"关泽笑笑,"我去看过她一回,她现在是纯粹的美国中产阶级,生了三个孩子,混血的,基本不认识我。"

"所以,楚小姐,在下是土长的中国人,不过我大学在国外念的。芝加哥大学经济系。"

楚香瞪大眼睛:"真的?"

"Yes。小姐,您还有问题吗?"熟练的美式英语。

"硕士?"

"抱歉,只有本科。念完本科后我忽然很厌烦上学,就回来工作了。"

"你恨你妈妈吗?"

"说不好。"

"说不好,那答案就是肯定了。"

"不不,确实是说不好。你知道,每个人都有选择自己生活的权力。"

"这是你们外国人说的话。"

"喂,我不是外国人。我土话说得交关好,蛮蛮好。"他又说了句方言,故意说得怪腔怪调。

"关于人生,莎士比亚有句名言。"他问,"楚香,你要听吗?"

"嗯。"

"吐比奥恼吐比,剌阿快嘶裙。"他阴阳怪气地说了句英文,方言味的。

楚香笑得花枝乱颤,用手指使劲儿戳他。

关泽得意洋洋:"河南英语、四川英语、上海英语我都会,我那个宅男朋友研究闽南话,现在闽南英语我也会八成,崇拜我吧?"


他们在滨江广场呆了三个小时,各诉身世,然后聊了很多杂七杂八、无伤大雅的话题。关泽把楚香送回和平新村,这一次,车子直接停在和平新村12幢楼下。

楚香邀请关泽上楼去喝杯茶。

"除了小安,你是第二个来我家的外人。"楚香告诉他。

"我不是外人。"关泽很大方地表示。

楚香发现,渐渐混熟了以后,关同学有越来越厚颜无耻的倾向。

来到3楼,楚香打开厨房的门。厨房是水泥地面,原本刷白的墙壁由于积年油烟,已经变得黄黄的,厨房里有一张四方桌,有一个水泥砌的灶台,和一个木头橱柜。厨房旁边连着厕所,一个马桶,一个水龙头。

他们在洗菜池里洗手,楚香又洗了两个杯子,泡了绿茶。

楚香偷偷觑关泽的脸色,想在他脸上寻找某种情绪。什么都没发现,他正常得好像坐在自个儿家的沙发里,泰然自若。

"楚香,你没有热水器吗?"他捧着杯子,打量厕所。

"没装。"

"洗澡怎么办?"

"夏天洗冷水澡,冬天烧水洗呗,太冷的时候就去公共浴室。"

"哦……"关泽点点头,"小时候在上海,我见过更小的亭子间,厨房厕所都是共用的,跟宿舍差不多。几个老太太凑在一块儿发煤炉,发着发着就吵架。我家条件不错,但我奶奶有时候也跟她们吵,她不会说上海话,上海人就骂她乡下人,嘿嘿。"

他的语气好像还挺高兴。

"楚香,你厨房有蟑螂吗?"

"有,多的是。"楚香故意逗他,"每年夏天我都买一种香,把窗子关起来,闷一个晚上,第二天一看,地上躺满了尸体,能扫一簸箕呢!"

"以后你别熏了。"

"为什么?"

"这种事我来替你干。"

"关先生,您是归国精英,精英不会杀蟑螂。"

"我研究过各种防杀蟑螂的办法,你知道最难杀的蟑螂叫什么吗? 德国小蠊。有种杀虫剂,对人无害,挺管用的。"

他竟很认真。楚香忍不住哈哈笑了起来。

楚香朝他招招手:"去那边房间看看吧。坐在那边好了,厨房比较脏。"

楚香打开楼道对面卧室的门。

关泽把两杯茶都端了进去,放在写字台上。

楚香喝着茶,比画房间开始介绍她的理想,包括买什么花样的帘子,买什么材料的沙发,储物柜摆在哪里,有可能的话,再换一个大大的写字台。

"我算过了。"楚香一本正经地说,"两年以后,就可以全部买齐了。"

"很不错。"关泽点头。

"你看《城市周末》不？时尚报纸。"

"不看。"关泽摇头。

"小安每期都买，我经常蹭她的报纸看。里面家居版的资料，比如性价比高的个性家具在哪个店，我全部都有收集。"

"小安是你的好朋友？"关泽莞尔。

"最好的朋友。"

"改天介绍小安给我认识。"关泽对楚香的好友同样很感兴趣。

"没问题，小安就在和平新村开店，现在下去找她？"

"今天算了。"关泽抬起手腕看表，歉意地微笑，"晚上6点有个饭局，一会儿就得走。"

"认识一下只需5分钟吧，关同学？"

关泽摇头，很坚决的样子："这怎么行，初次见面，无论如何得请你们吃饭，不然怎么说得过去。"

"装绅士？"

"礼貌问题。"关泽狡猾地笑，"听说你们女人之间，闺蜜的影响大极了。"

"哼！"

"不要这样，楚香。"关泽很耐心，款款地说，"你得相信我的诚意。"

"关同学，茶也喝过了，现在下午4点整，你什么时候出发去赶饭局？"楚香生怕两人聊过头，提醒他。

"开车过去大概只要15分钟，倒不太急。"他沉吟一会，用肯定的语气问道，"你是土著，附近的棉纺厂很熟？"

"熟得很，小时候经常溜进去躲猫猫，不过好几年前它就停产了。"楚香点点头。

"嗯，陪我去走一圈？"

"拜托，现在那边是个大工地。"

"工地里也有好玩的。"

"关泽，我猜你在那个工地上班，本来以为你是建筑师呢，没想到是学经济的。"

关泽眉毛一抬，笑眯眯的，右边的笑靥变得很深："走，到了那边再跟你说。"

两个保安没精打采地在棉纺厂的大门口走来走去，看见车子进来，也不拦阻。关泽就一直把车开到棉纺厂深处。职工宿舍之类的建筑早就拆掉了，砖头瓦砾废墟之间长了高高的枯掉的杂草，楚香怀疑春天的时候那里面有蛇出没。

一排厂房和仓库仍旧完好无缺地矗立，高高的玻璃窗又脏又破。

"按照政府的设想，"关泽在厂房前面悠然散步，"这里将要规划成LOFT产业区。"

楚香讶然："LOFT？你的意思是说，仓库都不拆了？"

"我吹下牛行不？"

"你吹。"

"本来是建高档住宅小区，可我觉得这种厂房属于工业遗址，毁掉太可惜，所以建议政府保留起来，建成LOFT。吸引一些新锐的原创艺术者，岂不是很好。"

随便走进一间厂房，空空荡荡的厂房显得格外高，墙壁上黯淡的红色仿宋字标语居然还保留着——工业学大庆。

这种充满上世纪某个时期味道的标语，在新世纪的人们看来特别稀奇有趣，楚香不禁咯咯地笑起来，整个厂房回声嗡嗡。

"来，给你拍张照。"关泽掏出手机，"等LOFT建好以后，再来比较比较。"

"关先生，您真浪漫啊。"

楚香摆了个POSE，把红色标语当做背景。

刚刚按下快门定格，厂房外面忽然脚步杂沓，七八个西装革履的男人款步而来，他们看见厂房里居然有人，吃了一惊，待看清楚，又都露出喜出望外的神色。

为首的那个男人三十来岁，扎小辫子，艺术家似的风度翩翩。

关泽也有点意外，收起手机，很客气地迎了上去，跟那艺术家握手，微笑。

"关先生，想不到你也在这里考察。"艺术家的语气颇为恭敬。

"巧遇。"关泽客气地笑道，"姜总监不是今天才到吗？还没给你接风，怎么就工作起来了？"

"投标关先生的项目，不拼命不行啊。"艺术家笑着，侧身对随人介绍，"这位就是关泽，南嘉集团的总裁，我们要争取的最大客户。"

"哪里，哪里。"关泽不厌其烦地跟每个人都握了手。

"这位小姐是……？"

关泽微微一笑，不清不淡地说："姓楚，一位私交。"

说着礼貌地向楚香解释："北京 PEP 地产策划的总监，姜梁。PEP 做过很多顶级地产项目的全案策划，业界口碑卓著，每年的地产广告年鉴都有他们的作品。"

"关先生过奖。"艺术家脸上露出微笑，"希望这次得以中标，与贵公司再次合作。还要关先生多加照顾了。"

"哈哈，我当然尽力，祝愿姜总监马到成功。"关泽打着马虎，谦逊地说。

两个人再次友好握手。

姜梁走上几步，朝楚香伸手："初次见面，楚小姐您好。"

楚香跟他握了握，微笑："您好。"

姜梁侧头跟关泽开玩笑："关先生跟这么漂亮的小姐一道，我们不好多打扰呀，先告辞了。晚上宴会，可不要放我鸽子。"

"岂敢失约。"关泽笑道，"准时 6 点开始。"说着看看手表，表示诚恳。

把姜梁一行人送到厂房门口，关泽赶紧溜回来，很紧张地跟楚香说："这下坏了。楚香，我先送你回去好不好？"

"怎么啦？"楚香还在琢磨"南嘉集团总裁"这回事。

"我们跟 PEP 素来有联系，交情不差，所以晚上这顿饭本来以为没什么，私人请客而已。李剑通知我，也只说吃顿便饭，谁知道看刚才那个架势，倒像要谈正事的。"

楚香瞅着他，不禁莞尔："关先生，你现在着急也来不及了。"

"来得及,我回去换件衣裳,准备一下。"

"那你走吧!"

"不行,我先送你回去。"

"这里我熟。"

"这里没人,出事了怎么办?"关泽不答应。

楚香只好跟他出了棉纺厂,好说歹说,劝关泽先行一步。目送他的车子消失在视野里,楚香忽然想起来,她既然认识了南嘉集团的老大,怎么前台工作还是落空了呢? 小说里一般不都是男主把女主收入麾下,然后发展办公室恋情,耳鬓厮磨,终成好事的么?

唉,看起来小言那一套,不可信啊。

楚香自己也感到奇怪,她居然并没有对关泽的身份大惊小怪,既不担忧,也不兴奋,一切顺理成章。话说回来,她跟关泽的关系进展确实顺理成章得惊人,莫非这就是传说中的缘分来了挡不住?

楚香决定去陈小安同学那里秀一下幸福。

下午 5 点多钟是小安店里最忙的时候,她有不少老顾客,喜欢在下班途中顺道逛一逛,淘淘款式新颖的衣裳。楚香坐在角落的小板凳上安静等待。

7 点多钟,陈小安同学终于发现了楚香的异常状况。

"香香!"小安疑神疑鬼,"你干了什么对不起我的事儿?"

"……哪有。"

小安冷哼一声,一针见血地说:"我生意忙没空搭理你的时候,你从来不在店里待超过 5 分钟,今天怎么了,不声不响,坐那想忏悔词?"

楚香失笑:"你才忏悔呢,喏,小安,我是来跟你倾诉的。"

"你找到男朋友啦?"小安眼皮子都没抬,光顾着整理衣裳。

"准确。"楚香点点头。

小安一愣,突然扔掉衣服,饿虎扑食,紧紧抓住楚香的肩膀,激动得语无伦次:"楚香同志,你瞒得我好苦啊!快,跟组织如实汇报,坦白从宽,抗拒从严,不许隐瞒!"

"……"

小安已经问了第一个问题:"身高体重三围?帅否?"

"你这个色女。"楚香咬牙切齿,"大帅哥一个,比你家绯村剑心帅一百倍。"

"这是不可能的。"偶像被诋毁,小安竟然安之若素。

"比你家剑心高,高多了。"楚香抓住了关键。

"好吧。"小安叹了口气,"来,香香,给姐姐详细说说你的白马王子。你把你家的事告诉他了么?"

"全坦白了。"

小安有点吃惊,赶紧追问:"他怎么说?"

"他叫我别往心里去,好好生活。"楚香想起那个轻吻,心里一阵甜蜜。

"恭喜你,香香。"小安拍拍她的肩膀。

说着小安走到另一边角落,在储藏衣服的箱子里乱翻,翻出三件用塑料袋装好的新毛衣,抖出来给楚香看。

"香香,这几件毛衣先借你穿。"

楚香瞪起眼睛:"又借我?干吗啊,我不要。"

"不要?"陈小安发出尖锐的叫声,"你好好打量打量自己,看你穿的衣服,旧成什么样了!"

楚香吓了一跳,连忙站起来在穿衣镜前面打转:"很旧吗?"

"一看就没档次啊,香香,谈恋爱怎么能穿这么没姿色的衣服!"

楚香受到了严重打击,身上穿的就是那件修过球的黑毛衣,她不禁沮丧地想,关泽莫不是因为瞧她实在没档次,才领她去买衣服的吧……丢脸丢大了。

楚香接过那三件毛衣,一声不吭,拉起试衣布帘,分别穿起来。

"全借我。"楚香立即从善如流,"等我发工资再还你钱。分期付款。"

"拿去拿去。"小安挥挥手。

近两年店铺的生意稳定,陈小安同学真是越来越财大气粗了。

在小安高明的迂回诱供下,楚香老老实实把关泽的情况介绍了一番,这天店铺直到深夜 11 点才关门,若不是考虑到安全问题,估计小安要扣留她通宵拷问。

刚刚摸黑回家,电话响了,竟是关泽打来的。

"喂,楚香。"声音一贯低沉。

"楚香,我刚才喝酒了。3 瓶红酒。"关泽汇报。

"反正没醉。"

"醉了。"关泽继续汇报,"吐过,所以清醒。"

"千万别酒后驾车。"楚香关心地发出指示。

"嘿嘿,没事,叫司机送的。楚香,酒能壮胆你知不知道?"

"所以呢?"

电话那边沉默了整整 15 秒,楚香只听见他的呼吸声。

"明天我要去绍兴出差,正好能抽一天空,你陪我去,好不好? 我保证……不是我们单独两个人,还有我的同事一起,有女同事。可以给你开单人间。"

"酒后的保证也能当真?"楚香质问。

"我现在很清醒,思维正常,不信我背圆周率给你听。"

楚香喷了,果然喝多了。

"楚香……"

"好吧,正好我没去过绍兴,我要去周恩来故居,还要去咸亨酒店喝酒。"

"没问题!"电话那头声调高高的,听起来相当兴奋。竟马上挂了,像是怕楚香反悔。


第二天一大早,楚香又接到关泽的电话,很抱歉地说,他要回公司准备一些材料,不能亲自来接她。所以叫司机开车来接,怕她被陌生人拐骗,李剑也在车上。

想不到酒醒得很快,这么早就出动工作,看来总裁不好当。

楚香足蹬昂贵的真皮短靴,身穿新毛衣,以及那件收拾干净的仿名牌藏青色大衣,雄赳赳气昂昂,站在街边的法国梧桐旁边。心想这番打扮,总该鲜丽了吧！

司机开来的车是黑色奔驰。以楚香有限的汽车知识，也认得三叉标志。

那个高个子青年李剑，从奔驰上下来，友好地替楚香打开车门。

"楚小姐，早。"

"早，叫我楚香吧。"

"哦，关总坐另一辆车，会在高速路口等我们。"

"好的。"

沉默片刻。楚香问："这回你们去绍兴做什么？"

"是这样的，绍兴有个项目要招投标，请了国内好几家知名开发商去洽谈，因为是政府项目，规模很大，关总比较重视，想先去看看。"

楚香郑重点头。

重要项目？那还叫她去玩？

李剑沉思一会，笑着问："楚香，昨天关总跟你在一起？"

"嗯。"

"真的？"李剑紧追不舍，试图确认。

"……是啊。"

"你知道吗？关总昨天早上打电话给我，说要放假一天。"

楚香疑惑。

"我是关总的助理，不瞒你说，进南嘉五年了。五年里除了农历新年放假三天，关总基本全年无休，说要放假的日子，仅有昨天一次。"

楚香吓了一跳，结结巴巴地问："那，那不累吗？"

"累吧，不过关总会去抽空跑步游泳，锻炼身体，也很少生病就是了。"

楚香想说关泽答应陪她去周恩来故居的事，想想忍住了，只说："他年纪很轻啊，我本来以为他是个建筑师。"

"关总是个商业天才。"李剑脸上露出崇拜之色。

"是吗？天才在哪里？"

这句疑问似乎惹得李剑不快，李剑开始侃侃而谈："关总对整个行业的动向把握得极为准确，几乎可以预测市场和政策的变化。高瞻远瞩，而且不露前兆。有时他突然开临时会议，过半个月，政策就真变了。我们以前怀疑他是北京高干子弟,哈哈。后来发现他不是,我们就说他是神。"

楚香一直默默听着,听到最后一句,忽然风中凌乱。

"神……?"

"确实跟神一样神。"李剑的语气充满仰慕。

"哈哈,哈哈。"楚香干笑,心想关泽也太自恋了。

"关总虽然学的是经济,但地产各个领域广泛涉猎,我都不知道他哪来这么多时间。后来发现他的领悟力、记忆力强得惊人,一本专业书,外行看不懂的,他翻半天就能运用在实际工作上。想糊弄他,基本不可能。"

"李剑,你是学什么的?"

"我毕业于清华大学建筑系。"

楚香不吱声了,差距,她感到了深深的差距,令人惭愧的差距。

这个世界如此两极分化。

楚香忽然有泪奔回去疯狂啃书本的强烈欲望。


没多久到了高速入口,果然有一辆黑色商务车停在路边,想必车里的人看见了奔驰,关泽从商务车下来。

奔驰一停稳,关泽就上去替楚香开门,满脸微笑。

"你来啦,对不起,没去接你。"

"您太客气了。"楚香一路接受李剑对关泽个人崇拜的熏陶,忽然大感惶恐。

商务车里另坐着一男一女,加上楚香和司机,总共五个人。李剑要盯本市棉纺厂的 LOFT 项目,不去绍兴。

关泽把楚香安置在后排,帮她脱掉大衣,系好安全带。又从旁边拎起一只塑料袋放在她膝盖上。

"给你买了零食,找找有没有喜欢的……我还有点事,得先坐在前排跟他们商量一下,好吧?"他柔情蜜意地说。

前排两人穿着正式,都捧着笔记本电脑,纹丝不动地端坐着,好像对后面的动静置若罔闻。

车开上高速。

单调的风景在车窗外飞快地闪动。

楚香看着关泽的后脑勺,有一搭没一搭地听他们说话。

"你去绍兴考察过,那边的情况你最熟。"

那个女职员在笔记本上"咔咔"点击了几下,调出内容:"这次去看的地块属于闲置多年的国有资产,有关部门的规划是商贸工业住宅娱乐一体化新城。"

"嗯。"

"地广人稀,拆迁成本相对较低,容易迅速形成规模。参照城东一些拍卖地块价格,明年这块区域可能也会达到150万至200万元每亩,甚至更高。"

"我记得城东板块是迪荡新城,属于大商贸东进。"

"迪荡新城的数据在U盘里。关总,我们做了一些分析,Swot已经打印出来,小吕,你拿给关总。此外还有五条我们觉得应特别注意。首先……"

女职员侃侃而谈。

"袍江工业区的资料我也要。"

"沙沙"的纸声和噼里啪啦敲击键盘的声响。

"用地优惠、财政扶持和贴息支持在什么地方?"

"第27页,红色字体。另外,税外无费制,国家规定应缴的税收外,其他行政性收费均予以减免。"

"……"

小型会议徐徐进行。

楚香置身事外,默默观察,突然觉得不虚此行。

在她的印象里,关泽是个和善、客气、很寻常的人。不挑剔,不夸耀,不虚张声势。吃喝随便,"馄饨皇"的馄饨照吃不误,看他车的样子,也跟所有男人差不多,东西乱堆乱放,一点都不整齐。

但现在,她显然找到了另外一面。虽然只看见他的后脑勺,只听见他的声音。

他的声音严谨而坚固,很性感。

楚香怦然心动,不知不觉,露出淡淡的、心术不正的微笑。

在时尚杂志里曾经看到过,男人在工作的时候最美。莫非此时她正好看到了他最美的一面?

楚香花痴了 15 分钟,终于回过神来,决定继续做一个清纯少女。幸亏他们的话题跟楚香之间隔着一道比 CET3 和 CET4 更深的鸿沟。楚香没费多大劲就从谈话中跳了出来。

打开塑料袋一看,里面有巧克力、果冻、牛肉干、饼干、水,巧克力的包装全是外国字,看起来挺不错。楚香吃了半块。无聊了,决定装睡。

商务车平稳行驶,渐渐地,她真的睡着了。

睡得很熟。一直到进入绍兴市区,才突然醒过来,她发现大衣盖在身上,而脑袋靠着关泽的肩膀。

也许在高速服务区,关泽换了座位。

车厢里悄然无声,关泽正在吃牛肉干,一边翻看手中的杂志——《知音》。

楚香大跌眼镜,登时觉得神高大光辉的形象碎了一半。

"醒了?"关泽看时间,"楚香,你昨晚几点睡的啊?真能睡。刚才在服务区,我打算叫你来着,看你睡这么香,真不忍心。"

楚香往杂志瞄,他正看到某篇文章,标题赫然——《卖妻!一桩穷凶极恶的离婚阴谋》。原来神也有凡人的恶趣味。

"酒店马上就到了,你累的话,去酒店休息一下。"关泽边看杂志,边若无其事地说。

"睡饱了。"楚香赶紧表明。

关泽想了想,跟她商量:"楚香,今天下午我有事,你能不能……"

"没问题。"还没说完,楚香就答应,"你去忙正事好了,我方向感特别强,自己出去逛一圈,不会走丢。"

"真的?"关泽不放心。

"不要把我当白痴。买一份地图就行。"

关泽笑了,开始得寸进尺:"那这样吧楚香,明天你也自己逛,后天我带你出去玩。"

"行,行,您去干活吧,关先生。"

坐在前排的女职员忽然扭过头,笑眯眯地说:"关总,这位小姐还没介绍呢,就是 Pep 小姜口里您的'私人朋友'?"最后四个字吐字尤其清晰。

"忘了介绍,姓楚,楚香。"关泽毫不在意。

"楚留香?"女职员诧异地笑道。

关泽说:"就是楚留香的楚香——楚香,她姓王,王美伦。"

王美伦连忙补充:"嗨,叫我 Ally。楚小姐怎么称呼才好?"

关泽说:"我们不是外企,不用叫英文名。"

这个王美伦化着精致的妆,眼线和唇线一丝不苟,典型的白领,只是眼角有了些皱纹,看起来比关泽还要年长,楚香忙打招呼:"Ally,您好。就叫我楚香好了。"

王美伦笑道:"楚香,托你的福,我们也可以在绍兴玩一天,要知道关总是出了名的拼命三郎,从来不休息的。"

关泽修正:"别听她的,我向来公私分明,是个很会生活的人。"

王美伦笑了起来,开玩笑:"是啊,大家都说您是神。"

楚香一听,登时晕厥。世界太神奇了。

绍兴是个听名字就相当古老的城市。江南水乡,文脉悠长。从小学开始,就有接连不断的绍兴文化名人出现在课本里,从陆游到鲁迅,个个如雷贯耳。

小学五年级暑假里,楚香曾跟奶奶去过一趟九华山,拜地藏王菩萨,除此之外毫无旅行经历。这也是她答允关泽邀请的缘由之一,旅行总让人身心愉快。

楚香在卖矿泉水的小摊里买了份地图,发现绍兴同样有延安路、解放路、胜利路、人民路……而各种古迹则像珠子一样散落在看似平凡的街巷中。

先坐公交车去较远的兰亭。

还没到目的地,一个电话就追了过来。

"楚香,你在哪儿,迷路没?"看起来关泽还是不放心。

"去兰亭,在车上呢。"楚香只好老实交代。

"王羲之那个地方?"

"就那里。"

"哦,注意安全。"电话那头谆谆叮嘱。

这样认真的语气，楚香就忍不住想逗他："地图上写的，兰亭旁边还有兰亭森林公园呢，一会也要去。"

"什么？景点跑一跑就算了，别乱走。"停顿了一下，好像在跟旁边的人交流，过了片刻说，"森林公园没什么好玩的，后天我带你去绍兴古纤道，那个好玩。"

"谁说不好玩，你又没去过。"

"楚香。"那话那头干脆不理她了，"别忘了啊，晚上6点在酒店大堂等我。你若联系不上，我肯定报警。"

楚香："没这么严重吧，关先生？"

"是我带你来绍兴的，到时候出了事，我是第一嫌疑人，会被警方拘留的。"

楚香拿着手机一阵笑，提醒他："您才是绑匪的目标。"

"总之，晚上6点，不见不散。"

"你的饭局我不参加。"

"没有饭局，这趟不是正式商务，是私人性质的考察。否则不会叫你了。"

"好，我记住了。"楚香服从，毕竟这次绍兴游是关泽同学组织的。

兰亭是个十分有名的公园。

事实上，从东晋时期起，曲水流觞和《兰亭集序》便已经让兰亭这个地方名噪天下。可惜陈小安同学没有一起过来，小安是个怀古迷，每每到历史景点就陶醉万分，恨不得摸遍每一寸古迹，照她的说法是，那些砖头沾着古人的感情：生命短暂，感情长存。

今天不是休息日，公园里很清静，鹅池里几只大白鹅悠闲地游来游去，楚香顺着小径走进去，两旁修篁幽幽，迎面又是一亭，石碑上潇洒地写了两个字"兰亭"。

用来流觞的曲水缓缓淌过，一个年轻的妈妈带着儿子，正蹲在溪旁。寓教于乐，妈妈用郑重的语调给儿子上课："妈妈问你，这个故事说明了什么道理呢？王叔叔写大字，把整个池塘的水都洗黑了，小宝做不做得到？……"

楚香心中暗笑，从他们旁边路过。

东侧流觞亭内有"曲水邀观处"的匾额,正下一副名画《兰亭修禊图》。

千年的时光,就在这幅画上倏忽翻过。

楚香忽然毫无征兆地打了个冷战。她看见流觞亭旁边站着一个男人。

这个男人穿纯白的、下摆长长的中式服装,如果他手里拿一把折扇,就是《梧桐雨》中的邱心志;如果他手里拿一支长剑,就是《卧虎藏龙》中的周润发。

然而四下安静,没有剧组的影子。

楚香揣摩,说不准是中国传统文化爱好者,特地来到兰亭品味古意……也可能穿越小说开始流行,大有一发不可收拾的趋势,而这位是走火入魔的穿越粉丝。

男人缓缓抬起头来。

楚香身躯一震。

毋庸置疑,这是个很俊的男人,看起来最多二十来岁,眉似远山,目如朗星,若用武侠小说与古代言情小说的词句形容他的气质,那便是仿佛兮若轻云之蔽月,飘摇兮若流风之回雪……好像也不是不合适。

完蛋了! 不会真的穿越了吧!

楚香愣了半天。

"小姐,你有空吗?"男人竟冲她开口说话,幸好,说的是普通话,用的是现代汉语语法。

"……有空。"

"算命吗?"男人又问。

"……"楚香登时张口结舌,原来是算命的。心里不免啧啧赞叹,穿成这种样子,太专业了!

"多少钱一次?"楚香好奇地问。

楚香不得不服气,这就是专业的诱惑,换成其他情况,她理也不会理的。难怪面试的时候都要穿职业装呢。

算命师沉思片刻,微笑:"看小姐算什么了。"

"算……婚姻,多少钱?"楚香问。

算命师淡淡说:"十块钱。"

"太贵了。"楚香压价,"五块钱吧。"

算命师忍不住翻了个白眼,按捺道:"好,五块钱就五块钱。"

楚香从包里掏出五块钱递给他。

算命师又皱起眉头,好像看人民币不顺眼似的,抬头说:"小姐,先算再付钱。"

挺周到的。楚香把钱塞到裤兜里,问他:"怎么算?"

算命师问:"你知道自己的八字吗? 不知道也没关系,报上生辰时刻。"

"我是甲子年生的,农历一月十九。"

算命师右手的拇指在食指、中指、无名指的三个指节上飞快移动,楚香大开眼界,原来真的有"掐指一算"啊。

算命师问:"还有时刻呢? 具体时间?"

"不知道。"楚香说。

算命师已经算出了六个字,这时一听,露出无奈的神色,说:"那还是看手相吧。"

楚香把手递给他。

算命师把她的手轻轻拿住。

这个算命师手指极为白皙修长,骨节分明,冰冷而毫无温度。看到这双手,楚香的敬服之心油然而生,越来越觉得此人仙风道骨。

"大师,你觉得我的事业运怎么样?"楚香开始套一些跟婚姻无关的问题。

算命师不吭声。他的目光似乎没集中在楚香的掌纹上,而四处游移,像在捕捉鬼魂,最终聚在楚香身后三米之处,不动了。

楚香毛骨悚然,猛一转头,什么都没有,只那对母子还在嬉戏。

算命师轻轻一叹,摇摇头。

"小姐,有些事假如不能勉强,就要顺其自然。相信你自己的判断。"

"什么意思? 大师,你就说顺不顺吧。"

"也不是不顺……也不是顺。"

"那是什么?"

"……说不好。"算命师竟说了一句简直太不专业的话。

楚香满脸黑线："说不好？"于是一点也没往兜里掏钱的意思了。

好在算命师竟也不勉强，双手抱胸，跟她聊起天来："小姐，你是哪所大学毕业的？你的长相跟我大学里一个同学特别像。"

"大学？"楚香惊讶地问，"你又是哪个大学毕业的？"

"柏林大学，我主攻古典哲学。"

楚香忽然想起来，地图上标明，兰亭公园不远处貌似有个兰亭精神病院。

楚香落荒而逃，路过那对母子的时候，只听小家伙在问："妈妈，那个叔叔为什么穿裙子？"妈妈柔声细语："叔叔是诗人，穿的是古代的衣服。"

瀑布汗！楚香掏出手机看时间。

关泽的电话默契十足地响起来："楚香，你还在兰亭吗？"

"嗯，还在。"

"快回来，不要等到天黑。"

"这就回了。"

"兰亭挺远的，你打车吧。"

"不用，反正6点我会到酒店的。"

"我等你。"

楚香回到酒店，关泽果然坐在大堂的沙发上看文件。然后他们乘出租车去玛格丽特广场，在一个家常餐厅吃饭。

关泽点了单，等上菜的时候跟楚香解释："明天晚上再带你去咸亨酒店，我没忘。"

"关泽。"楚香问他，"你是不是对谁都这么客气？"

关泽一愣，承认："不是。"

楚香咯咯一笑，又问他："那你干吗老对我这么客气？"

"不是客气。"关泽脸皮很厚地解释，"是风度。"

"太别扭啦！"

"那我以后对你凶一点。"

"不行。"楚香赶紧否决。

关泽看着她轻轻发笑。楚香忙转移视线,掏出绍兴地图,跟他研究了一番。

他们慢慢吃饭,长长地聊天,邻桌的客人走了一拨又一拨,他们始终不曾离开。楚香从没觉得自己居然这么健谈,好像二十几年的话统统都挖了出来。啰唆,轻快,毫无负担。

晚上9点,华灯闪耀,关泽买了两瓶农夫山泉,他们从玛格丽特广场一路散步走到了大善塔。城市广场会展中心旁边,许多闲暇的市民正对着一面大屏幕看体育比赛。

溜达一圈,坐出租车回酒店。

走廊里居然撞见了王美伦,看见他们肩并肩的样子,眼神颇为怪异。

楚香讪讪的,关泽倒并不在乎,很镇定地替楚香刷开房门。

"嗨,关泽。"楚香偷偷问,"Ally跟你是同事,这样好吗?"

"有什么不好?"

"会有闲话的,关先生。"

"楚香,我们又不是第三者。"

也对,他们正大光明。楚香想了想:"但你的公司里出现闲话,总归不大好吧。"

关泽目光闪烁,看着楚香,半晌才说:"实际上这次绍兴的考察,我本来没必要亲自跑一趟的。"

"什么?"

"纯属灵机一动——怕你不同意嘛,我觉得办公出差这种背景,能让你放松警惕。"

楚香哑口无言。

"放心,Ally和小吕都不是那种喜欢传谣言的人。"

关泽退出房间,手拿在门上,准备关门:"早点休息,晚安。"

楚香跑进浴室彻底洗了个澡,换上睡衣。

大床间宽松又舒适,楚香打开电视,找了个绍兴话的节目,仰天躺在床上冥思。节目欢腾热闹,但听不明白。这样才好,这样她陷入了喧嚣的包围，但又能保持孤独，思维清晰。

她开始胡思乱想。

可躺了没多久，还没进入状态，忽然门铃大响，连续三声。

楚香从床上一骨碌爬起来，开门一看，是王美伦。

楚香不禁惴惴，果然，关泽低估了任何一个女人与生俱来的特性——好奇与八卦。

王美伦也早已脱掉套装，套着宽松的薄羊毛衫，拎着塑料袋，朝她微笑："Hi，楚香，你要水果和牛奶吗？"

"……谢谢，不要。"

王美伦早已挤了进来，随手关上门，脸上的笑容愈发神秘莫测了。

"Ally，有事？"楚香无辜地问。

"没事，只想跟你认识一下。"王美伦笑吟吟的，把塑料袋放在桌子上。里面是一只火龙果，三个猕猴桃，以及两盒牛奶。

"跟我……认识下？"

王美伦撕开一盒牛奶，喝了一口，瞅着她，快人快语："你不知道吗？关泽同志从上大学开始，就是个出名的单身汉，身边基本没出现过女人，有人曾怀疑他有问题，大概是 Gay。"

"你是关泽的校友？"楚香好奇了。

"不是，但我弟弟跟关总是校友，同系的。"

原来有这层关系。

"这么说吧，从风格上，关总是比较典型的'超脱型管理者'，一贯不喜欢纠缠在具体事务和人际关系之中，他关心最多的是公司的未来发展和战略问题。他喜欢开拓，相对而言人情比较淡泊。"王美伦摊手，瞅了楚香一眼，意味深长。

顿了顿，又添了一句："其实，公司的每个女职员都很仰慕他，又都很敬畏他。"

楚香忍不住想笑，仰慕，敬畏，这些词都太夸张了吧。她只好说："嗯，我感觉男职员也挺崇拜他的，比如李剑。"

"哈。"王美伦又看了楚香一眼，"就是这样。"说着一声叹息："你休息吧,东西留给你了,晚安。"

"晚安。"

楚香目送王美伦离开。

她眨眨眼,不客气地撕开牛奶喝起来。

既然她失去了做南嘉集团前台的机会,那么,关泽在公司是个什么样的人,就已经跟她一点也没关系了。

也许祸福相依,这就是命运的安排。

关泽言必信，行必果。第二天带楚香上咸亨酒店吃绍兴菜，品尝最正宗的花雕。接下来他们一块儿拜访鲁迅、周恩来、秋瑾的故居，游赏鉴湖，坐乌篷船，吃茴香豆，关泽还给楚香买了顶毡帽，硬扣在她脑袋上。

他们在绍兴度过了美好的休息天，但关泽认为，仍有个地方非去不可，否则将是一大缺憾。

"压轴的，肯定得去。"关泽把楚香塞进出租车。

楚香掏出地图一通乱找，关泽便把地图没收了。

不久车子开进某个陌生的巷子口，他们下车以后立刻瞧见，眼前是座古典的中式园林。一看匾额，这个地方是沈园。

"喂，关泽，沈园就是压轴呀。"

"是啊，你觉得是不是必须逛的地方？爱情名园，千古流传嘛。"关泽笑得挺得意。

楚香不理，一本正经地问他："考个基本常识，你知不知道沈园为什么出名？"

"因为陆游写了一首诗，叫……什么凤。"

果然，学经济的男人，大脑里只有模型和数值，只擅长画需求曲线。楚香挺胸告诉他正确答案："《钗头凤》,是词。"

"对,我一时忘了。现在公司的事实在太忙,脑子就有点乱,其实以前整册《放翁词》我都能背下来,你别不信。"关泽面不改色。

"得了吧!"楚香彻底无语,这个人的脸皮太厚了,"那你还不知道吗?陆游跟他老婆唐婉,彻底的大悲剧收场,两人不但离了婚,唐婉没多久还挂掉了。"

"那又怎么样?"

"你不觉得不吉利?"

关泽不禁笑了。"楚香,你想太多了吧。南宋离现在快一千年了,仍旧人人都知道他们俩的故事,挺好的。"

楚香想了想,摆出一副愤世嫉俗的嘴脸:"我认为,古代的男人没几个真把女人当回事的,唐婉还没死呢,陆游就照样娶妻生子,最后活了八十多岁。唐婉对他来说,可能也只是人生的一段经历,一个看得上眼的过客而已,就像买了件喜欢的首饰,不小心打破了。谁知道呢。"

关泽连忙端正态度:"我不是古代男人,我热爱民主,尊重女性——我从一而终。"

楚香使劲拧了他一下。

关泽拉起她的手,到售票亭买票,售票的大婶好心提醒他们,下午 5 点闭园,因此只剩下不到两个小时。

走进后才发现沈园跟其他的江南古典园林差不多,亭台楼阁,花园假山,还有个小小的湖,夏天肯定种植着茂盛的荷花,因为直到现在,也还留了几根枯萎的残枝。

湖边有道长长的廊,檐下密密地挂满铜铃,风一吹,叮叮当当地乱响,悦耳极了。

每只铃铛底下,都栓一块木牌,楚香随手翻了几块,基本是情侣的愿望。

比如:

"张小狗程小猪,永远不分开。"

"口玲我爱你,就像老鼠爱大米!"

"曹芳芳,kiss you,love 一万年!!!!!"

还有玩深沉的，长长一段歌词：

"人在风里人在雨里人在爱的岁月里漂流，你我不能参透不能停留不能抗拒命运左右……"底下有两人的名字。

楚香看得不亦乐乎："关泽，我们也得留一块。"

"算了吧，楚香……这是小孩子玩的。"关泽不肯。

"你记不记得，我们第一次约会的时候，车上播的歌是什么，嗯，关先生？"

"维塔斯，《歌剧2》。"

"不是那次，和菩大厦属于碰巧遇上，不算数。"

"你是说，吃川菜那次？"

"对！"

"那次没有歌。"

楚香一声叹息，伤心地说："怎么会没有歌呢？明明你忘掉了。那次播的是调频，放阿桑的歌，《温柔的慈悲》。"

关泽露出吃惊的表情："楚香，你是不是早就看上我了，你的印象这么深刻？"

楚香嘿嘿一笑："说明我重视你，而你不重视我。"

"没有的事。"

"不认罪？"

"欲加之罪，不认。那首《温柔的慈悲》，你唱一段给我听听，我马上就记住了。"

"可以。"

楚香清清喉咙，看着湖水，模仿出阿桑那种沙哑的嗓子，木着脸，逼真地唱了几句：

"你温柔的慈悲，让我不知该如何面对，再也不能给我任何安慰，再也阻挡不了我的泪水……你温柔的慈悲，让我不知道如何后悔，再也不可能有任何改变，再也愈合不了我的心碎……"

楚香伤情地唱完，自我感觉好极了，抬头去看关泽，却看到他的目光像深夜里的星星一样，跳动着迷人的亮度。

"这么悲伤的歌吗,楚香?"他问。

"是啊,再也不能给我任何安慰,再也阻挡不了我的泪水……"楚香重复了一遍。

关泽放开握住她掌心的手,转而搂住了她的腰。

"你看,是不是太不吉利啦?"在他扶持下,楚香腰一扭。

"唔,似乎有一点。"

"要不要我再背《钗头凤》给你听?"楚香挑了两句,"一怀愁绪,几年离索。错、错、错……山盟虽在,锦书难托。莫、莫、莫——又是悲伤得要死啊,关泽。错错错,莫莫莫。"

关泽哈哈一笑:"从数学的角度上,这叫负负得正。"

"不管怎么说,留个风铃吧,镇一镇。"

关泽拉着她来到小卖部,买了两个风铃,楚香在一块木牌上写了个很大的"关"字,又在另外一块木牌上写了个很大的"楚"字。

他们把两只铜铃并排挂在右边数过去第三根柱子的旁边。

风吹过,两只铃就跟别的铃一起,叮叮当当地轻轻摇晃了起来。

关泽的手搭在她的腰上,看着铃,又笑了:"平时看起来挺成熟的,谁知道本质还是个小孩子,哎,不准暴力袭击!卖风铃的老太太盯着呢,像话吗?"

"她肯定见多识广,习惯了。"楚香瞄了一眼,偷偷说。

"人家是老人。"

"那你的手放在哪里?"楚香不服气。

关泽缩回手,仍规规矩矩牵住她。他们恋恋不舍地走完铃廊,看到汀步旁有两只白色的鸭子,正紧紧挤挨着,幸福地眯眼晒太阳。

沈园深处,假山旁边,两块镌刻《钗头凤》的石壁嵌在墙上。陆游一首,唐婉一首。各诉衷肠。

石壁沧桑古旧,不知流传许久,不知出自何人。楚香伸手去一摸。

"你看,错错错,莫莫莫。"楚香指着陆游词的那块。

"知道了,不是已经镇过了么,没事。"

"关泽,旁边有人吗?"

关泽四处张望:"没人啊,怎么?"

"我要代表现代女性向陆游示威。"

关泽喷了:"你想把它们砸了?楚香,破坏文物是犯法行为,你想想清楚啊,你不能为了陆游而对不起人民。"

楚香嗔道:"你在说什么啊。"

"那你想干吗,在这儿绝食?"

楚香的目光已经像蚕宝宝的丝一样,柔软坚韧地缠住了他。

关泽再次把手挪到她的腰上,却停住没有动,声音不知不觉变得很低,轻轻说:"小姐,你究竟想干什么?"

他们额头渐渐靠近,听见了彼此的呼吸。

"关泽,你的眼神不怀好意。"

关泽的手在她背上寸寸移动,最后触到她面颊上。他轻轻地亲吻她的额头,她的鼻尖,她的耳垂,她的脸。

"对不起,不是故意的。"他喃喃说。

楚香扬起脸,他的唇终于落到她的唇上。

他们彼此将舌尖小心翼翼地探过牙关,温暖的电流从口腔缓缓地,一直传递到脚趾。酥麻的快感麻痹了他们所有的知觉。他们闭着眼睛,都没有发现对方在微微地发抖。

两个人的初吻,发生在绍兴沈园,陆游千古名篇《钗头凤》的前面。

> 红酥手,黄滕酒,满城春色宫墙柳。
>
> 东风恶,欢情薄。
>
> 一怀愁绪,几年离索。
>
> 错、错、错。
>
> 春如旧,人空瘦。泪痕红浥鲛绡透。
>
> 桃花落,闲池阁。
>
> 山盟虽在,锦书难托。
>
> 莫、莫、莫。

他们吻了很久很久，仿佛将魂魄也纠缠在了一起，直到喘不过气来，关泽才松开了她，却只距离她两厘米。他的手依然捧着她的面颊，好像准备随时再来一回。

"你说，你真不是故意的?"楚香低声问。

"真不是。"

"我怀疑你。"

"我发誓。"

"……你两次跟我换零钞，是不是故意的?"

"那是神谕，楚香。"

关泽又把嘴唇贴了过去，啄了她一口。

忽然他们听到好一阵噼噼啪啪的掌声。赶紧分开，仓皇一望，原来不知什么时候来了几对年轻情侣，居然在旁围观，不知是谁带头鼓起掌来。

"帅哥美女，喔喔喔!"有人开始起哄。

窘然。

关泽闹了个红脸，拽起楚香，溜之大吉。

"帅哥。"楚香拿手指戳戳他。

"嗯?"

"你说，他们没拿手机对着我们吧……"楚香思索，努力回忆。

"……"

"明天网上就有我们的视频了，在天涯八卦版块。"

"想象力不要这么丰富，楚香。"关泽无奈地说。

"关先生，身为南嘉集团的总裁，你是不是很有名?"

"没有，我向来很低调。"

"唉，人肉搜索比你以为的要厉害多了。肯定是超级热帖，点击率三天之内超百万。你想不红都不行。底下那批猥琐男保准开骂，咱们要坚强哈。"

"……"关泽无语，拍了拍她的头。

"没影的事，瞎想什么呢。"

楚香不依不饶，猛地问他："关先生，天涯的老大你认识吗? 有电话吗?"

关泽想了想:"也许吧,这我得问问助理。楚香,如果真有麻烦,我会解决,你别操心。"

"噢。"

关泽忽然笑了,毫不客气地奚落她:"楚香,你怎么心虚成这样啊,刚才胆子却那么大,我都吓了一跳。"

"……这叫羞涩。"楚香闷闷狡辩。心里想,这个人事后装沉稳,刚才还脸红呢!

"那你就羞涩地回味一下。"关泽柔情蜜意地对她说。

他的眼神居然又不怀好意起来,四处乱看,像在寻找新的地点,好继续执行未竟之事业。

幸亏此时手机响了几声,关泽掏出来看了眼号码,接起。

"喂,小吕。"

"哪个王总? 我不记得了。"

"哦——对对,他要请我吃饭? 免了,免了吧。"

"怎么说? 你就跟他说,楚香不舒服,水土不服,发烧,要赶回去。"

"我们计划不变,等会儿就走。你去办退房。"

"明天的事问下李剑。文件交给 Ally 好了。"

"我们在沈园,5 点钟准时过来接我们。"

说完收线,无辜地看着楚香。

楚香呵呵乱笑,又用手指头捅他:"你才水土不服呢,坏人!"

"帮个忙,帮个忙,那些饭局真吃不消,一上桌,马上抬过来两箱红酒,还没吃饭呢就要先干一瓶,都什么事啊,唉。"

"谁让你做生意呢。关先生,想想你的人民币。"

"好吧……"

"原来,总裁也这么艰苦呀。"

"你以为钱会从天上砸下来啊。所以说,有时候我还是更喜欢跟老外打交道,比如合作的几个景观、建筑设计公司,做生意的时候从来不用拼酒。"

"文化,关先生,这跟《钗头凤》一样,属于文化。"

"得了吧,最多属于文化的糟粕。"

楚香想了想,告诉他:"我不是秘书专业的嘛,上课的时候,我们老师还特别嘱咐我们,要多练酒量,酒量对工作大有好处。"

"是么?"关泽大为吃惊,"老师这么赤裸裸?"

"属于实话实说。"

关泽马上叮嘱:"将来你需要去陪酒的时候,一定得打个电话给我,我来接你回家。"

楚香又一阵笑,拿腔作势地说:"关先生,按照言情小说的套路,您可不应该这么说。男主角得郑重地对女主角说——我养你。"

"我尊重女性,真的。决不干涉你的工作,除非你不喜欢干了。"

"关先生,认识您真是我的荣幸。"

"承蒙夸奖。"

他们走出沈园的时候,司机果然已把商务车停在沈园门口。

关泽拉开车门,把楚香推了进去,给她系妥安全带。楚香发现,关泽竟买了一袋绍兴特产,全是吃的,霉干菜、腐乳一类。还把东西跟她的包捆在一起。

楚香惊讶地问:"关泽,你买的?"

关泽狡猾地一笑,若无其事地说:"不是送给你的。"

"那为什么放在我这里?"

关泽又狡猾地一笑:"唔,我打算送给你的好朋友陈小安小姐。"

说完两眼直视前方,不理她了。

## 10

　　从绍兴回来的翌日,楚香把礼物送去给了小安。不出所料,陈小安同学立即被霉干菜收买了,并深深地折服于素未谋面的关先生的慷慨之下。

　　小安喜滋滋地问:"香香啊,你家关先生位高权重,你究竟怎么跟他好上的?"

　　"你又想拷问我了?"

　　"好奇嘛,来,说说看。上次光顾着跟你分析人,忽视事件真相了。"小安循循善诱。

　　"纯属巧遇。"

　　"不会吧! 偏你巧遇,那姐姐我美丽善良,怎么没遇上好男人?"

　　"因为我属于言情小说女主角。"

　　"别想忽悠我。"

　　"真是巧遇,干吗不信呢。"楚香嬉皮笑脸,跟小安竹筒倒豆子,一五一十全交代了。

　　小安一边听,一边酸溜溜地看着她:"小样儿! 运气来了挡不住……"

　　楚香想了想,问小安:"你说,他怎么这么自恋,'我是神',喷死我了。"学着关泽说话,楚香咯咯乱笑。

小安翻了个白眼："你怎么知道他自恋，万一真的是呢。"

"……"

小安继续说："《圣斗士星矢》，这么有名的动漫你看过吧，里面的纱织小姐就是隐藏在尼哄的雅典娜。还有那啥，《美少女战士》，人家代表月亮。"

"非合理又不等于不存在，香香，如果你的关先生真是神，岂不是赚大了？哇！那你就不是言情小说女主角，而是奇幻小说女主角了！"

楚香顿感无语。

小安摇了摇她的肩膀，笑眯眯地嘱咐："香香，你家关先生如果有什么好的朋友，千万别忘了我哈。"指着自己："我单身。"

楚香亲热地拍拍小安的肩膀，郑重点头："我知道。"

一般来说，当女人有男朋友以后，解决单身密友的伴侣问题就会成为私生活的一大重心，当然也是一大乐趣。陈小安对楚香的保证很放心。

从陈小安处出来，楚香忍不住给关泽打了个电话。

拨通后，彩铃响了起来，楚香不禁一愣。前几天她拨过这个号码，还是"嘟嘟"的声音，怎么几天就换成了彩铃。阿桑的歌，《温柔的慈悲》。

还没反应过来，那头忽然接起，一个女声用公事公办的尊敬态度说："您好，关泽先生的手机，请问您是哪位？"楚香又一愣："……您好，关先生不在吗？"

女声说："关先生正在开会，请问您贵姓，有事吗？"

"我姓楚，嗯……没什么事……"

"稍等。"

楚香隐约听见那边谈话的嗡嗡声，只片刻，电话就转了手，关泽熟悉的声音响起来，沉稳而富有魅力。"楚香，刚才我在开会。"

"接电话的小姐告诉我了。不好意思啊。"

"没，已经结束了。接电话的是我助理。"

"不是李剑吗？"楚香有点奇怪。

"嗯……这是行政上的助理，李剑是项目上的助理。"

"我懂了，是你的秘书嘛。美不？"

"当然美,嘿嘿。"关泽理直气壮,还相当奸诈地笑了几声。手机这头听见关泽的笑声,楚香忽然之间一阵心动,某种柔情好像爬山虎的枝叶,瞬间布满了整个心房。

"你找我没什么事吧,陈小安收到我的礼物了吗?"他居然连这茬也不忘。

"收到,并且已被您收买。"

"那就好。哎,楚香,过几天你有空没,带你去认识我的一个朋友。"

楚香登时想起一个人,问:"宅男?"

"对,就是他。"

楚香想了想:"行。"

"宅男"是关泽跟她提起过的唯一一个朋友。她有时想,关泽或许跟她差不多,不管认识多少人,朋友始终寥寥无几。据说,像这样的人,总是过度保护自己,难以敞开心扉,不管外在表现得如何开朗大胆,其实本质上缺乏安全感。

宅男同学姓宋,上敬下学。年方二十七,正值花样年华。

据关泽先生表述,宋敬学跟他是二十年的老朋友,换句话说,属于从小一块儿玩打仗,比画降龙十八掌,决战魂斗罗的哥们。声气相投,两肋插刀。

"可是,他年纪比你小。"楚香坐在关泽的车里,没事做,又开始折腾他的 CD。

"小了两岁半而已。你不知道,宋敬学少年天才,念书的时候读一级跳两级,十四岁上大学,清华大学免试录取他,学物理专业,十八岁就硕士毕业,其实国家是想把他培养成科研工作者的。"

楚香张口结舌,愣了半天才问:"神童?"

"把'童'字去掉,他也是神。"关泽不动声色地开着车。

楚香忍不住问:"关先生圣明,请问您究竟认识几个神?"

"不多,你以为神遍地都是么。"关泽轻描淡写地说了一句。

楚香好奇地问:"那他现在研究什么,导弹还是载人航天? 他怎么没去北京呀。"

"楚小姐,我不是跟你说了么,他是宅男,主业是蹲在家里。"

楚香吃惊得不得了,脱口而出:"不会吧!"

"千真万确。"

"那他不工作?"

"自由职业者。"

楚香的嘴拧成 O 型,半天闭不上。"这……这太浪费了吧!"

"人生的选择而已,小姐,不要用世俗的目光看待神。"关泽居然一副得意的样子。

"……好吧。那么,他主要自由职业什么呀,他是个作家? 画家? 设计师? 还是别的啥? 他不是学物理的吗?"楚香忍不住紧追不舍地问,长这么大,头一回遇上传奇人物,而且是个不合常理的传奇人物。

"唔,他手头做好几样事情,不过现在的主业应该是职业玩家。"

"你的意思是,网络游戏?"

"是啊。"

楚香险些从座位上摔下去。这真是喜马拉雅山巅跟马里亚纳沟底的差距。"可是关泽,我觉得这不仅仅是人生的选择了吧。"楚香不禁争辩起来,"21 世纪最缺的是什么? 人才! 应该物尽其用嘛!"

关泽微笑,不轻不重地说:"是啊,游戏界也缺人才。"

"……"

"据他说,他玩什么游戏都是排行榜第一的。"

"……"

过了半天,楚香才问:"难道他毕业之后一直在宅?"

关泽微微点头:"差不多吧。"

"那他的家人怎么说?"

关泽沉默片刻,淡淡说:"他的母亲去世了,父亲另外有妻有子。本来他的家族对他抱有厚望,可他从清华硕士毕业之后不肯继续学业和事业,你知道,这样一来,免不了从明星变成亲戚眼中的笑柄,他也就很少跟家里人联系了。"

楚香听了不禁一怔,没想到背后还有这样的事。

关泽说:"追求自我向来需要付出很大的代价。"

楚香笑了:"关先生,您今天好像特别深沉。"

"是吗?其实我一直很有深度。"

车子开出市区,从收费站刷了卡,竟跑上绕城高速。在高速上开了半个小时,往另一个出口下去,向国道继续行驶。两旁早不复城市高楼林立的局面,偶尔还有几根城市里已看不到的水泥电线杆,孤零零矗在旁边。

楚香不禁又惊诧了:"关泽,你朋友究竟住哪里呀?"

"郊区。"

楚香的想象力发挥作用:"不会跟电视里播的那样,豪华大别墅吧!"

关泽无声地笑,右边腮上的笑靥深深的:"普通住宅。"

"为什么住这么远,太不方便了。"

关泽说了八个字,立即堵上了楚香的嘴:"环境安静,房价便宜。"

不久,关泽把车绕到一个楚香不认识的镇里,路边不少老头老太热热闹闹地摆摊卖新鲜蔬菜,可以看到前面果然排着好几幢半新不旧的房子。

关泽停好车,熟门熟路,领楚香朝某个单元楼走进去。

楚香突然问:"关泽,你不会业余贩卖人口吧?"

关泽在她背上轻轻推了一把:"我就是,不过你现在才意识到,已经晚了。"

按了两次铃,防盗门马上开了,一个高高的男生出现在门口。

楚香本已在心中暗暗勾勒少年天才的模样,大抵戴眼镜、或木讷或不苟言笑,穿着或邋遢或不合时宜……谁知站在门口的是个看起来很稚气的男孩,像个大学生,大眼睛,双眼皮,深灰色旧毛衣,脚上穿着棉拖鞋。

不知为何,楚香登时对这个男孩产生了好感。

大男孩弯腰找拖鞋,冲他俩笑:"关泽,你来了。——这位就是,你说起过的'楚留香'小姐?"

楚香一听,连忙含笑问好:"宋敬学吧?你好。"

换好鞋进门,坐在客厅里,楚香偷偷张望一番,终于明白这个宋敬学为什么非要在郊区买房子了。这套居室三室两厅,起码一百几十平米,放在市区肯定不便宜。

但这么宽敞的房子，除了卧室的门虚掩看不清状况，其他房间都满满当当堆放了无数书籍和碟片。客厅也靠墙做一排顶天立地的柜子，从头到脚都是不知名的碟片，还有小说、漫画、电脑等各类书籍。

沙发旁边摆了个高高的透明玻璃罩，里头竖了一只半人高的木偶人，作为装饰工艺品。木偶脸部线条细腻，相貌清秀，逼真的黑色长发，浅蓝的古装衣裳，几可乱真。

楚香看得眼花缭乱，不禁暗暗咋舌。

宋敬学为他俩泡了茶，殷勤地、笑容满面地端过来，他自己拉了张凳子就坐在茶几对面，不说话，一个劲观察楚香，好像楚香是只冰川时代的远古生物。

楚香挺不好意思地抿了口茶。

片刻，楚香笑笑问道："关泽说，你是他的好朋友？"

"是的，从小就认识。"

楚香恭维了一句："关泽好像从没提起过别的朋友啊。"

谁知，宋敬学语气不屑："就关泽这种人，你指望他有几个朋友？"

"啊？"

"你难道没觉得关泽性格很坏？他这个人又冷漠又孤僻，跟谁都一副口蜜腹剑的样子。——再说了，房地产开发商在社会上是什么口碑，强拆囤地，哄抬房价，为富不仁，说的不就是以关泽为代表的一类人吗？"

楚香立即喷了。

关泽正在喝茶，忍不住笑："宋敬学，你没必要这么损我吧。"

宋敬学说："楚香在这儿，我有责任提醒她。"

说着扭头问楚香："哎，你手机多少？用 QQ 还是 MSN？"

于是进门不到十分钟时间，楚香就跟宋敬学相互交换了联系方式，不知道的人大概会以为她是关泽带来相亲的。

宋敬学继续揭关泽的老底："关泽小时候就不合群，见人就装笑，假模假样，典型的皮笑肉不笑，好像他从小就是总裁似的。而且他从来没谈过恋爱，楚香，他要是有什么地方得罪你，一定得多包容。我保证，地产商虽然对不起人民,但关泽对女朋友肯定是好的。"

关泽只在旁边笑,不说话。

楚香听得一愣一愣,只好点头,心里挺不好意思的。其实按照关泽的条件,长得帅、有钱、海归、温柔有礼……真的可以做言情小说男主角。可她自己,说实话,最多只能出现在新闻报道上,标题:《大学生就业出路何在》。

想到这里楚香又得意又沮丧,找了个机会岔开话题,打量沙发旁的木偶问:"宋敬学,这个木头人很好看啊,你买的?"

关泽一听,连忙说:"楚香,忘了提醒你,千万别提木头人的事。"

楚香问道:"为什么?"

"某个人会拉你入伙的。"

楚香摸不着头脑。

却见宋敬学眉头舒展,嘿嘿直笑:"给你普及一下文化知识。你知道布袋戏不? 源于福建,中国传统文化。这是台湾霹雳布袋戏的木偶,名叫莫召奴。不过是个男人。我托台湾的道友弄来的。"

"布袋戏?"楚香没听说过。

宋敬学随手抽了一张亮闪闪的碟片,打开电视和 DVD,播了起来。只见许多木偶人在电视里伴着武功特效噼里啪啦地打架,配音咣咣咣,一点都听不懂。

楚香瞪大了眼睛。

宋敬学解释:"闽南话。刚开始听着怪,但一般道友都接受不了普通话配音。"

"道友是什么?"

宋敬学再解释:"就是对布袋戏爱好者的称呼。"

"……听起来像吸毒的。"

关泽已经笑得停不住,毫不客气地一把关掉电视,慢悠悠地说:"宋敬学,你这点喜好,太小众了,要知道楚香是正常人,不会入伙看这种木偶戏的。"

关泽问楚香:"你知道这么个木头人要多少钱吗?"

"看起来不便宜,三千? 五千?"楚香乱猜。

关泽说:"大概一万多吧,宋敬学?"

楚香飞快地站了起来,跟关泽换了个位子,好离木头人远一点。果然,天才是有怪癖的,无论表面掩饰得多么天衣无缝,总归会在某些行为上暴露出来。

宋敬学好像看穿了楚香的想法,笑说:"人无癖不可与交,以其无深情也;人无疵不可与交,以其无真气也。楚香,你说对不对?"

楚香一愣,点头称是。

"国学基础不错。"宋敬学毫无征兆地突然夸了一句。

楚香哭笑不得。


没想到的是,除了喜欢木头人,宅男宋敬学竟还是个厨艺高手。想必关泽跟他预约过,他买了不少菜堆在厨房里,眼看中饭时间快到了,进厨房忙碌起来。

楚香坐在客厅,只听见厨房里爆油的吱吱声。

关泽在一大排碟片里挑挑拣拣,终于拿了张出来,征求楚香的意见:"这个《大长今》是不是很有名?"

"是啊,你居然看韩剧?"楚香诧愕。忽然想起来,此人还有阅读《知音》杂志的爱好。

关泽摇头:"不看,但报纸上报道过这部剧,听说很火,你看过?"

"看过。"

关泽把那木头人的碟片取出来,放进《大长今》。他似乎随便取了一张,并不是从第一集开始,正好播到女主角受陷害发配边疆,几个演员正在苦兮兮,特别韩味地嘶叫哭泣相互鼓励。

没头没尾,关泽却兴致勃勃地看了起来。

楚香凑过去,跟他低声说:"关泽,这部电视剧的男主角其实跟你有点像。"

关泽果然感到兴味,马上问:"是吗? 哪个是男主角?"

"不是相貌。"楚香说,"那个男主角也总微微笑着,笑着⋯⋯"

"楚香。"关泽一听,皱起眉头,"难道我真的经常皮笑肉不笑?"

楚香摊开手,若无其事:"关先生,您不必感到心虚。"

关泽又无声地笑了,扭过头与她对视,忽然之间,在她嘴唇上温柔地轻轻吻了一下。楚香推开他,从沙发上又嗔又怒地站起来,溜进厨房。

10分钟后宋敬学从厨房出来,一屁股坐在沙发里,笑眯眯地说:"关泽,最后一盘菜,据说是楚香的拿手好戏,由她来做。她自告奋勇的啊,我可没要求她。"说着,懒洋洋地伸手拍拍关泽的肩膀,又说了句头没脑的话:"那人名不虚传。"

"哦?"

"楚香是个很不错的女孩。"

关泽一笑:"当然了。"

宋敬学好奇地问:"老兄,按照你那种没情调的性格,怎么跟楚香搭讪上的?"

关泽一口回绝:"跟你有关吗?"

宋敬学哈哈一笑,把电视剧的音量调高三格,又调回原状,顿了顿,问道:"那么,最近你联系过他吗?"

关泽说:"没有。"

"要不要打个电话给他?"

关泽淡淡说:"到时候我会打的。"

"随便你。"宋敬学似笑非笑,"老兄,看得出来,你已经陷进坑里了。祝你一帆风顺,抱得美人归。"

　　一般来说,年轻人擅长的菜式大多跟蛋脱不了干系,比如蛋炒饭、饭炒蛋、水煮蛋、番茄蛋花汤等等。不过楚香的拿手好菜倒非此类,而是上汤娃娃菜。

　　跟餐馆里的差不多,端上来时,汤盘里的娃娃菜模样齐整,淋着蒜丁,看上去汤汁鲜美,香甜可口。给楚香分外长脸。

　　这盘娃娃菜获得了关泽和宋敬学的一致好评。宋敬学的手艺也是一流的,烧出来的菜色香味俱全,跟楚香两个人相互吹捧了一番。

　　席间楚香单刀直入,笑嘻嘻地问:"宋敬学,你没有女朋友吧?"

　　关泽代替回答:"他没有。"

　　楚香笑嘻嘻地问:"啊……为什么没有呀?"

　　关泽又说:"他是宅男。"

　　宋敬学吃了口可乐鸡翅,好笑地埋怨:"你们这一搭一档,干吗啊,秀给我看?"

　　楚香赶紧说:"不是不是,宋敬学,我有个好朋友真的不错,今年25岁,人漂亮,性格好,善良又可爱。"

　　宋敬学莞尔:"楚香,你不必这么抓紧吧。再说了,你没听关泽说吗,我是个宅男,现在女孩不喜欢我这样的,觉得没出息。"

楚香正要说话,却听关泽问:"陈小安?"

楚香连连点头。

关泽笑笑:"反正要请小安吃饭,下周吧,宋敬学,知道你懒得动,等你进城去公司,出来正好跟我们一块儿吃饭。"

楚香问:"公司?"

关泽说:"宋敬学是一家公司的技术指导,每周要去公司一至两次。就这样说定了,我会定位子的。"

宋敬学举手投降:"关泽,你什么意思? 话说在前头啊,我只对宅女感兴趣。"

"差不多,差不多。"这话完全在楚香意料之外,此时一听,不禁再次高兴地点头,"算宅女吧,她的偶像是浪客剑心。你可以指导她改看木头人。"

宋敬学没话说了。

趁此机会,楚香问了个埋藏在心中的问题:"宋敬学,关泽说你们是'神',究竟什么意思啊?"

宋敬学明显一怔,扭头看了看关泽。

"楚香,你难道不觉得我们都年少有为,是智慧和正义的化身?"过了一会,宋敬学大言不惭地反问一句。

楚香晕死。

饭后,宋敬学竟然送了楚香一样礼物,是只小小的,可爱之极的娃娃。娃娃的脸胖嘟嘟的,睁着大大的眼睛,浅紫色的头发精致极了,还插着亮闪闪的发簪。穿的衣裳也是紫色的,缝了许多亮片,光芒耀眼,很神气的样子。

宋敬学说:"这也是布袋戏的娃娃,Q版的雨娃。"

楚香问:"有名字吗?"

"疏楼龙宿。一条龙的龙,星宿的宿。"

楚香喜滋滋地接过了,不好意思地说:"我什么都没准备,您太客气了。"

"没事儿,不客气。"宋敬学朝她眨眨眼。

回城的路上，楚香抱着娃娃左看右看，非常开心。忽然想起了一件事，问开车的人："关泽，假如坐公交车去宋敬学家，要换几部车啊？"

关泽愣了愣："不知道。"

楚香叹了口气，资本家，从不知道民生疾苦。"那我问宋敬学。"

关泽微笑说："别问了，他肯定也不知道。他搬到那儿的时候，就买了辆QQ车，人家都笑话他，说那是女人开的，他倒不在乎，用了好几年，前不久车子旧了，新买了一辆雷克萨斯。"

楚香目瞪口呆，问道："他这么有钱？"

"还行吧。那是普通的家用车，也不太贵。"

"……"

不在一条线上，楚香不多问了，以免滋长仇富心理。


从前，历史课和政治课的老师肯定都说过，社会发展遵循一定的客观规律，总体上不断曲折地前进，呈螺旋式上升的结构。

为了解决就业这个问题，楚香也一直在"尝试——失败——尝试"之间呈螺旋式转圈圈，周五她又参加了一次面试，没料到无心插柳柳成荫，这回她前进并上升了。

那家网络公司的人事经理通知她，叫她隔天就去公司上班，实习期两个月，工资600块，转正之后酌情再谈。

实际上楚香对这份工作没抱多大希望，因为公司要求有一年以上工作经验，而且网络公司技术性比较强，资料上显示，里头工作的人对交换、路由、VPN等网络设备都得有认识，还要熟悉TCP/IP应用，知道Wwitch、Router的配置操作，等等。

楚香两眼一抹黑，仅凭着一股劲儿，就去面试了。不去白不去。

人事经理通知她被录取的时候，她心虚了好长一阵子，害怕不能胜任，干几天就被一脚踢飞。但无论如何，被录取总是件好事，对她而言也是桩很重要的事。

她给班主任打电话请了假。又给阿文、小六和罗佳怡发短信。

罗佳怡很久回了她一条："恭喜你。"

网络公司离和平新村 40 分钟车程,33 路直接可达。公司不算太大,但也不算太小,在某幢写字楼租了半层,装修得不错,挺时尚的。

楚香刚报到,公司老板和人事经理就先后给她开了两个小会。

老板姓吕,是个年轻人,跟关泽差不多年纪,头发理得短短的,看上去挺实在。说出来的话也挺实在。说这家公司虽然处在创业初期,业务还算稳定,然而跟大公司相比肯定存在差距,公司的目标就是稳健发展,希望楚香可以跟公司一起努力。

主要是稳定人心、激励士气。

人事经理则是个女性,自我介绍叫蒋翠熙,也挺年轻的,看来网络公司确实是年轻人的天下。蒋翠熙告诉楚香,她不必涉入具体的技术工作,而主要在行政这块。公司的行政与人事是合并的,因此她的工作很琐细,诸如员工考勤、休假、离职、办公用品的管理、下达公司通知,甚至某些会议纪要,客户来访的招待,全部得管起来。

楚香反而松了口气:"蒋经理,行政部还有别的同事吗?"

"当然有。"蒋翠熙说,"还有三个人,不过她们三个都是学计算机的,主要负责项目相关的行政工作,以及客户和公司的沟通。分工不同。"

楚香点点头。

蒋翠熙说:"将来如果你表现良好,转正申请得到通过,我们会送你去上海进行一次培训,让你学一点专业知识。"

"好的,我知道了。"

"跟我来,带你去认识一下同事。"

从会议室出来,楚香东张西望地跟在蒋翠熙身后,发现公司七成都是小伙子,大多数专心致志地干活,压根没抬头看她一眼。

行政部用半透明的玻璃墙隔开,里面果然坐着三个女性。见楚香进来,都冲她笑笑。

蒋翠熙介绍,资格最老的是吴芬妮,本来干技术的,因为结婚生了孩子就申请调到行政部来了。另外两个一个叫吴静,一个叫张彤菲,都比楚香年长两三岁。

蒋翠熙指着空位,说:"楚香,你就坐在这儿,今天先熟悉相关办公程序。"

桌上有一台 DELL 的液晶显示器,显示器旁边放着一叠资料。

蒋翠熙走了以后,楚香一份份看起来。

有一册《奔流网络员工手册》,另外有全体员工的名单,包括联系电话和出生日期,生日当天楚香得负责订生日蛋糕。

办公桌跟楚香并排的吴静跟她打了个招呼:"嗨,楚香是吧? 你的名字真好记,你爸妈是武侠迷?"说着拿了盆小小的仙人球盆栽,放在楚香桌上。

"公司的,你拿去,最好想办法多弄几盆放在前面。你前面有复印机,辐射大死了,仙人球能挡一挡。"

楚香连忙道谢。

吴芬妮探出头打量她,冷不丁就问了个私人问题:"楚香,你有男朋友了吗?"

楚香点点头。

吴芬妮叹了口气:"真不幸啊,肥水又流了外人田,那帮小伙子要崩溃了。"

这话惹得吴静咯咯直笑:"芬妮姐,听说今年吕总制定的行政重点之一,就是给他们找对象,公司还招人吗? 不如去婚介所招个职业婚介吧。"

楚香初来乍到,不敢太八卦,也不敢不八卦,笑着问:"公司里单身男性很多吗?"

"百分之七十单身。百分之七十里面又有百分之九十五属于适婚人群。"

楚香说:"这样啊。"

吴静笑道:"形势非常严峻。"

楚香发现行政部的同事挺容易接近的,不像蒋翠熙那样神情冷淡,拒人千里,不禁暗暗松了口气,不再像刚到时那样战战兢兢了。

看了一会资料,不久到了午餐时间。

这幢写字楼的裙楼有一个餐厅,公司员工全在那边吃饭。实习生的午餐也免费提供。楚香跟随行政部的同事,去餐厅选了份套餐,还发到手一只黄澄澄的大橘子。

不知为什么，张彤菲没跟她们去吃饭，托吴静带外卖。

楚香刚刚落座，忽然感到吴静用胳膊肘捅了捅她。

"楚香，给你普及几个知识，看，那就是咱们公司的首席帅哥。"吴静使了个眼色，神神秘秘地说。

楚香抬头一看，选餐处果然有个端着餐盘的青年，深色衬衣，西装得体，笑眯眯地正跟旁边的人交谈。

"他是谁啊？"

"技术总监，陆卓远，怎么样，帅吧！也是单身呢。"

楚香记起，好像瞄见过这个名字。"还成。"

"什么？这样才叫'还成'？"吴静拉长声调，夸张地摆了个吃惊的表情，"我跟你说，这是我们公司的骨干，掌握核心技术，连老板都对他客客气气的。我们都在猜，陆总监去年的收入起码有三十万，金龟啊。"

听到最后一句话，楚香登时被逗得笑起来："吴静，你对他动心啊？"

"又帅又有钱，怎么不动心？追他的人超过一个连呢。"吴静的大眼睛闪啊闪，梦幻地说。

"嗨。"吴芬妮插了进来，"楚香，告诉你吧，吴静追陆卓远追了差不多一年半，端午送粽子，元宵送汤圆，立夏还送糯米饭——就差清明节送花了。你千万别跟吴静争啊。"

"不会不会。"楚香连连摆手。

"芬妮姐，楚香名花有主了已经。"吴静嗔道。

吴芬妮随口问："楚香，你跟男朋友是大学同学？"

"不是。"

"收入怎么样？"吴芬妮问得赤裸裸的直接。

楚香一愣，过了会说："还可以吧。"

"哎，姐姐我经验之谈，找男人就应该找条件好的。其实技术部那几个小伙子收入都不错，别看年纪不大，月薪都过八千。就是工作太忙，整天加班，耽误了青春啊。"吴芬妮感慨。

"芬妮姐，你又来了。"

吴芬妮说："要是我年轻几岁，保准上了。你们不知道现在，有家有口，生计艰难,钱根本不顶事用。奶粉一罐就两百多,给女儿买了纸尿裤,我自己连买卫生巾都哆嗦,不舍得啊。"

楚香和吴静一起喷了。

楚香问:"芬妮姐,你家宝宝多大了?"

吴芬妮美滋滋地掏出钱包,打开给楚香看。只见里头夹着一张彩色照片,胖乎乎的婴儿流着哈喇子发呆。"五个月,学名韩秋,秋天生的嘛。"说着忍不住聊了10分钟育儿心得。

正说得高兴,陆卓远从她们桌边路过。

吴静赶紧叫住他:"陆总监。"

陆卓远停步一看。

"陆总监,要吃橘子吗?我不爱吃橘子。"吴静送上大橘子。

陆卓远笑着回绝:"谢谢,我也不爱。"

他看见楚香,问了句:"今天来的新同事?"

吴静说:"是的,叫楚香。"

"哦——楚留香的楚香?"

吴静咯咯一笑,扭头对楚香说:"看吧,你的名字真的好极了。"

楚香站起来,规规矩矩,打了个招呼:"陆总监。"

陆卓远笑道:"不必客气。"点点头,径自走掉了。

吴静望着他的背影,眼睛扑闪扑闪,露出花痴的表情,美美地嘀咕:"你们看,陆卓远,多帅啊……"

楚香心里不禁慎重检讨,自己跟关泽在一起的时候,应该没这么色迷迷的吧。

"行了行了。"吴芬妮显然也受不了了,挥挥手,说,"咱们公司最大的钻石王老五应该不是陆卓远吧。"

"你说Kiwi?那个人虽然比较有钱,但比不上陆卓远帅啦!"吴静有点底气不足,快快为心目中的情郎辩解。

"kiwi?"楚香小心翼翼地试探道。

"最大的有钱人,今天不在。"吴芬妮狠狠咬了一口鸡腿。

# 12

网络公司的工作比楚香想象中更容易上手,虽然事项繁杂,但没太大的难度。楚香花了三天时间,把所有的表格分门归类,打了一张注意事项表,理清了头绪。

楚香本是个耐心且热爱条理的人,做这种烦琐的工作恰好合适。

蒋翠熙考察之后,仅提了几点改进意见,对楚香的工作态度和工作能力表示满意。

楚香表面虚怀若谷,暗中欢欣鼓舞。

几天来,跟行政部的吴芬妮和吴静已经基本上混熟,只有张彤菲不大喜欢说话。楚香觉得张彤菲好像一根钉子,上班时就牢牢钉在座位上,中午也不离开,每天托吴静外带午饭。

张彤菲的电脑旁边粘了许多黄色的便笺,上面密密麻麻写满数字符号,楚香原以为是网络技术术语,后来发现不是,因为张彤菲中午从来不休息,捧着书争分夺秒地学习。

"张彤菲,你在准备考试吗?"这天楚香又看到张彤菲在写便笺,忍不住问她。

"是啊,自考。"张彤菲点头,"4月份就考了。"

"我记得自考课本是黄色的。"楚香看到她的书蓝色封皮。

"这回考数学,里面涉及到积分,我想彻底搞搞明白。"张彤菲手指插在书页里,合起封皮给楚香看,蓝封皮上面硕大的"微积分"三字。

楚香肃然起敬。

由于学历的问题,楚香也曾动过自考的念头,但她在上学时旁听了太多的课,时间上比较紧,再则偷懒,自考这件事一直没有付诸实施。

"张彤菲,你考什么专业?"

"计算机通信工程本科。"

"这种专业,也能自考? 考得出来?"楚香大为吃惊。

"考得出,这门考完,还剩一门'非线性电子电路'就可以报毕业设计了。我连培训班都没参加。"张彤菲淡淡地说。

楚香登时又受到了刺激,感到自己日子过得太舒服了。

楚香问:"你以前学这个的吗?"

张彤菲说:"差不多吧,我是电子职高毕业的。"

楚香看张彤菲的目光立即产生了变化,很崇敬地把这个不爱说话的女孩列为偶像之一。

"你考了几年?"

"三年。"

"很辛苦吧?"

"还行,看对待考试的态度怎样了。"张彤菲微微一笑。

楚香打算问点具体建议,这时门口一个皮肤黑黑的老头推着工作车挤了进来,挂在皮带上的钥匙咣当作响,用不标准的普通话中气十足地喊:"东西运到了! 哪边签字!"

楚香反应过来,有一批办公用品今天运到。她赶紧叫送货人把东西卸在行政部,桌上取了清单,清点两箱物品。

办公用品很杂很多,打印纸、传真纸、回形针、圆珠笔……楚香点一样,就在清单上打个勾,忙得满头大汗。

"楚香。"吴静居然在这个时候叫她。

"等会儿。"楚香头也不抬,蹲在地上数圆珠笔盒。

"楚香!"吴静又叫。

"有事,忙着呢,等会儿。"楚香以为吴静叫她一起去冲咖啡。公司有个不大不小的茶水间,女孩们就喜欢结伴去泡茶、冲咖啡,热点心,还喜欢结伴上洗手间。

"哎,楚香!"吴静不依不饶,分外坚持。

楚香只好直起腰,看吴静,却见吴静的目光盯着行政部门口,便又顺着吴静的目光扭过头。

玻璃门旁边不知何时站着一个高高的青年,休闲外套,头发用发胶搞得根根竖起,两只手很随意地插在裤兜里。

青年用相当诧异的神情看着楚香,半天问道:"你在这儿上班?"

楚香比他还要吃惊:"宋敬学?"

顿了几秒钟,楚香说:"是啊,我在这家公司上班,不过刚来没几天。你怎么在这里?"

宋敬学笑了:"真巧,我也在这家公司干活。"

楚香瞪大眼睛。

原来,关泽说宋敬学在"某公司"做技术指导,就是指奔流网络?可宋敬学同学不是搞物理的么。

趁他俩大眼瞪小眼这个档儿,吴静很谄媚地嘻嘻笑,问:"Kiwi,你跟楚香早就认识的呀?"

"老朋友。"

宋敬学朝楚香挤挤眼。

楚香不说话,心里想,老你个鬼! 总共才认识几天啊,见面次数 only one! 吴静这个八卦女肯定被点燃了,这不是正中兴奋点嘛。

那送货的老头见楚香停止工作,跟同事聊起天来,顿时不干了,大声催促:"小姐,你清点好了没有,我要回店里交差的。"

楚香连忙答应:"快好了,快好了。稍等。"

宋敬学笑:"你忙吧,我去找陆卓远。"说完退出行政部,过了几秒又折回,说:"我都忘了,吴芬妮,'远途'那边是你做的吧,过来帮个忙。"

吴芬妮明显很高兴地站了起来,柔声说:"好的,Kiwi。"

蹬着高跟鞋,摆着腰肢,款款地跟宋敬学走了。

他俩刚一走,吴静马上就从座位上跳了起来,才不管那个送货的老头,冲到楚香身边哇哇大叫。"楚香——"吴静喊道,音调跌宕起伏,嗲得令人起鸡皮疙瘩,"你,你竟然认识 Ki——wi?"

说着眼睛发亮地看她,一副摩拳擦掌、蓄势待发的样子。

"你们干吗要叫他 Kiwi?"

"Kiwi 的 QQ 和 MSN 名字都是'Kiwi'啊,邮箱也是 Kiwi@,你不知道吗?"

"不知道。其实,我跟他关系很一般,也不是太熟。"楚香趁机撇清。她记得宋敬学留给她的联系方式跟"Kiwi"半点关系都扯不上。

"再说,员工名单里没有他的名字呀。"

"没有很正常。Kiwi 是老板,不是员工。"

"老板?"楚香愈发疑惑了,"那吕总呢?"

"你不知道?"

"姐姐,我是新人,怎么会知道?"

吴静看了她几眼,好像在确认她是否说谎,顿了顿,才慢慢地说:"是这样的……"

私密八卦开始,吴静不由自主压低声音,采用了一种流言开始传播的典型开头:"我跟你说,你不要告诉别人哦。"

"好的好的。"

"听说,吕总开这家公司的时候,费了好大劲儿,专门请 Kiwi 做技术支持,Kiwi 属于技术入股,一分钱不花,就做了老板之一,帅吧。"

"帅。"楚香由衷点头。

"现在 Kiwi 不常来公司,就算来了,通常也只跟陆卓远说话,我们跟他混了个面熟,却连他叫什么都不清楚,他的签名潦草得要死,只能认出一个'宋'字。再说了,他也不经常签字,神秘人物啊——楚香,他叫什么?"

"宋敬学。尊敬的敬,学习的学。"

"你跟他怎么认识的?"吴静准备穷追不舍了。

"……大学有个老师,是他朋友。"楚香眼睛都不眨。

"原来是这样。"吴静点头,轻轻叹了口气,过了会,忽然改用迫切的语调说,"楚香,其实芬妮姐说得对,男朋友确实应该找个条件好的,照我看,刚才 Kiwi 对你感觉挺不错啊,你要不要试试,如果抓住他,你就福气了。"

"……"楚香问,"你怎么知道他没结婚?"

"也是。"吴静又叹了口气,"他结婚了吗?"

"不知道。"楚香无辜地回答。

"我感觉,宋敬学他也不是非常非常有钱呀,没到你说的那个程度吧,他好像也没住别墅开飞机。"楚香好奇地打听了一句。

"楚香小姐,麻烦你醒醒,言情小说看多了? 反正,Kiwi 赚得肯定比陆卓远多。我听芬妮姐说的,Kiwi 在业内属于技术上的绝对权威,说一不二,我猜他不只在我们公司赚钱呢。"

说到这里,吴静忽然把双手抱起来,放在胸前,眼睛闪闪地看着楚香。

"楚香,你知道我在追陆卓远啦。"

"啊?"

"Kiwi 是陆卓远的上司,你帮我说说,叫 Kiwi 为我讲点好话嘛。"

楚香晕了。

"楚香——"吴静撒起娇来。

"好的好的。"楚香瞄见送货的老头脸黑了,连忙弯腰,说,"我先干活,干完活再跟你一起花痴。"

楚香飞快地点妥办公用品,收入小仓库,把收据和清单都拿去蒋翠熙那里签了字,很客气地送老头离开。

顺便溜到电梯间摸出手机给关泽打了个电话。彩铃仍是《温柔的慈悲》,楚香暗中好笑,心里暖洋洋的。

"您好,关泽先生的手机,请问哪位?"

楚香一愣,怎么又是行政助理接电话。"你好,关先生不在吗?"

"哦,是楚小姐吗? 关先生在开例会,您稍等。"

过了大约 15 秒,关泽熟悉的声音在电话那头响起来了:"楚香……"

"关泽,以后我再也不敢给你打电话啦。"

"为什么?"他有点意外。

"你的助理都认识我了。"

"那岂不是很好?"他不以为意。

"不跟你多说,你去开会吧。"

"……"关泽无语,顿了顿才说,"小姐,你打都打来了,就这样挂掉啊。"

"没什么,就是我在公司遇见宋敬学了,原来他也在奔流网络做事,吓了我一跳。哎,上次跟你汇报我公司的情况,你怎么不告诉我啊,关先生?"

"网络公司这么多,我怎么知道他也在奔流网络?"关泽反问。一点也不惭愧。

这次轮到楚香无语。

"没事了,关先生,您去开会吧。"


一直以来,楚香都是个不信神佛的人。33 路经过本市比较大的一所教堂,楚香经常遇见某个信耶稣的老奶奶,不给别人传教,但每次都非把小册子塞给楚香,给楚香讲一大堆信仰上帝的好话。

周围则有许多人信佛,比如小安,初一十五总要上香拜拜。

楚香则无动于衷。

她觉得,她不是个被上天眷顾的小孩,因此不必答谢;她同样不相信,将会有被上天垂怜眷顾的一天,因此也不必祈求。

然而,现在楚香猛地有种冲动,认为应该去拜拜菩萨了。

她也不知道这是为什么。

关泽把四人聚餐时间定在晚上 7 点 30 分。下班之后,楚香在办公室磨蹭,本想打探打探宋敬学在干什么,后来发现宋敬学不是跟吕总待一块儿,就是跟陆卓远待一块儿。毫无机会。

楚香等得发困,上茶水间泡了杯咖啡。网络公司加班的人很多,有时甚至通宵达旦,速溶咖啡免费提供,真不知是资本家的善心,抑或是手段。

端着杯子喝了半口,看见宋敬学和陆卓远一起走进来,好像还在低声交谈。

陆卓远看见她,马上吩咐:"楚香,泡两杯咖啡。"

话音刚落，宋敬学笑道："不不，我自己来。"

楚香眼疾手快，撕开两包咖啡，麻利地冲妥，送到宋敬学手上，又恭恭敬敬送到陆卓远手上。

陆卓远对她的表现很满意，用嘉奖的语气微笑着介绍道："楚香，这位是宋总，你以前应该没见过。宋总是我们的技术指导，行内顶级专家，你也可以称呼宋总的英文名 Kiwi。"

宋敬学的一口咖啡几乎吐出来。

"谁的英文名是猕猴桃啊！"宋敬学哈哈大笑，"小陆，你就别扯了。楚小姐心里指不定怎么笑话我呢，对吧？"

楚香谦逊地说："宋总，岂敢。"

正打算找个借口开溜，却见宋敬学转头问陆卓远："楚香什么时候进公司的？"

陆卓远一愣："就这几天吧，具体要问蒋翠熙。"

宋敬学眨眨眼，微笑："小陆不瞒你说，楚香跟我早就认识，想不到这么巧，她也进了奔流。"

楚香直觉地感到，宋敬学是故意说给陆卓远听的，心里不禁有些不安，很窘迫地微笑说："嗯，虽然跟宋总有点认识，但在公司，宋总就是领导……"

宋敬学一听，登时控制不住，又想喷咖啡了。

陆卓远大感意外，问道："Kiwi，你们认识？"

宋敬学慢条斯理："老朋友。"

陆卓远用某种眼光看了楚香一眼，点头微笑："那，真是太巧了。"

宋敬学瞄了瞄墙上的挂钟："时间差不多了，楚香，我们顺路，你坐我的车好吗？"

"好。"

稍微收拾一番，两人结伴乘电梯下楼。只见写字楼门厅的沙发上，某个穿深色西装的男人随意坐着，像在等什么人。他面前的茶几上有一杯热气腾腾的茶。

楚香心中大乐，蹦蹦跳跳地扑了过去。

宋敬学感叹:"不会吧,关泽,你们就这样分不开? 我带楚香去餐厅就行了。"

关泽一笑,不说话,把手亲昵地搭在楚香的腰上。

宋敬学投降。


"嗨,关泽,你的茶?"楚香一手揽着关泽的胳膊,一手指指茶几。

"嗯。"

"谁端来的?"

"前台的小姐。"

"她为什么给你泡茶,你们认识?"楚香似笑非笑,看着他。

关泽反问道:"不是人人都有的吗?"

"得了吧。"楚香笑,"我在这儿坐过好几回了,连茶的影子都没看见过。您真特殊啊,关先生。"

## ☞ 13 ☜

由于宋敬学与陈小安初次会面的"特殊需要",楚香希望关泽挑一个安静的餐厅。

不负重托,半路接上小安以后,关泽的车子径直往城郊开去,最终驶上一条显然经过精心修整的林荫道。天气没有暖,两旁树木枝叶凋零,草坪却仍旧绿茸茸的。尽头藏着一座古雅的建筑,糅杂中式与现代风格。

甫停稳,穿深笔挺蓝色制服的工作人员就迎上来,周到地为后排的女士开门。然后替关泽把车开走了。

用鼻子就能嗅出,这个地方充满了私隐与高端的味道,绝不是个平常的大众餐厅。

楚香与小安面面相觑,发现大门口不露声色地安着一块古怪的石头,上面不大不小,像古代石刻般镌刻了四个字。篆体,歪歪扭扭,她们研究片刻,认不出来。

"宗元会所。"关泽走到她们旁边说。

"拜托,关先生,这个饭店看起来会不会太高级了……"

"不是你让我找个安静点的吗?"

……滴滴汗。她的叮嘱确实需要完成,但也不必太超质量吧!

一位身穿藏青色西装的中年男人从会所里不徐不疾地走出来,朝他们微微欠身,表示欢迎,毕恭毕敬地微笑道:"关先生,您真准时。"眼光又挪到他们身后,微笑道:"宋先生,您好。"

看来,这两个男人是老客户。

楚香挽着小安,跟在两个男人脚后跟,像老鼠般低头溜了进去。

他们的餐位在一个相当私密的地方,隔着透明玻璃墙,可以看见一洼清亮的池塘。数尾锦鲤埋在水间,几蓬翠竹堆于水岸。竹径通幽处,禅房花木深。

藏青色西装笑道:"关先生,您跟宋先生还是喜欢苏州菜?"

关泽看看小安。小安有点紧张,忙说:"随便。"

关泽又看看楚香,楚香也忙说:"随便。"

关泽便说:"照旧好了。"

藏青色西装点点头,含笑而去。一位穿缎面旗袍的服务小姐,为他们泡了四盏茶。

既来之,则安之。

无论如何,此行肩负的最重大责任,楚香没有忘记。她喝了口茶,摆出一副跟会所工作人员差不多的笑容,很诚恳地开始相互介绍。

"小安,关泽你刚才在车上已经认识了。还有这位,姓宋,宋敬学,清华硕士,并且是我们公司的领导,宋总。"

宋敬学登时喷了。

关泽也笑得停不住,问道:"楚香,你要不要叫宋敬学把名片掏出来?"

楚香不理他们,郑重说:"行啊,名片上有联系方式的嘛。"

宋敬学见她当真了,忙解释:"这个,不好意思,我没名片。"

"咦?公司没给你印名片吗?"楚香奇怪了。她自己进公司才几天,还没转正,也已经印好一盒名片,黑底银字,挺帅的。

"没有。"宋敬学说,"怎么了,你家关泽不也不用名片吗?"

"关泽有名片啊。"楚香纠正。

宋敬学微微一怔,扭头看看关泽,不说话了。

楚香继续慎重介绍陈小安:"喏,这是我最好的朋友,陈小安,安全的安。

其实就是我亲人，平时最照顾我，人很好很好很好。"

说完，给宋敬学使了个眼色，示意他说点什么。

谁知小安居然朝宋敬学微微一笑："听说，你是布袋戏爱好者？"

宋敬学一听，奇道："你知道布袋戏？"

小安说："嗯，我没看过剧，不过我有个 QQ 群，里头好几个人都很喜欢布袋戏，经常贴布袋戏的图片，尤其是你送楚香的那个娃娃，儒门天下的首领，疏楼龙宿。"

举座震惊。

连关泽都忍不住露出惊奇之色，过了一会儿，问："陈小安，你也喜欢木头人？"

小安说："布袋戏挺好的呀。"

楚香脑海里登时浮出无数千古名句，同是天涯沦落人，相逢何必曾相识；海上生明月，天涯共此时；众里寻他千百度，蓦然回首，那人却在灯火阑珊处……

上菜之后，随便吃了点鱼，楚香抱怨在办公室对着电脑坐的时间太长，腰酸背痛腿抽筋。关泽很关心，带她中途离席，出去散散步。两人开溜。

关泽说，宗元会所是俱乐部式的，楚香并非会员，遇上不明就里的工作人员，说不定会发生不快，因此他们必须寸步不离。

楚香感觉关泽是在吓唬她。

但宗元会所确实布局古雅，人踪寂寥，偶然才看到几个贵妇结伴低声笑语。

楚香眼光浅陋低俗，忽略了贵妇们优雅的风度，只注意到她们脖颈手指珠光宝气，仿佛周遭有 RMB 的辉芒如佛光闪耀。

楚香暗暗叹气，说了句很酸葡萄的话："关泽，你说，搞这种会所的钱，要是捐给希望工程，咱中国还会有失学儿童吗？你们富人怎么没一点社会责任感呢？"

"我有的，我经常给山区捐款捐物。"

楚香俯身打量走廊旁边的瓷器装饰品，摇头叹息："您做得肯定还不够。"

那位藏青色西装又迎上来，微笑道："打扰了。关先生，上次的茶叶还有，需要跟这位小姐坐下来慢慢聊吗？"

关泽说："不用，我们一会就走。宋先生跟一位小姐还在吃饭，不过，是我请的。"

藏青色西装笑道："明白。"

目光不着痕迹地扫过楚香，礼貌一笑，问道："这位小姐第一次光临，冒昧问，贵姓？"

关泽代替她说："楚。"想了想，又说："顺便给楚小姐也办下会员。"

楚香瞪着他。

关泽不理，说："她是我女朋友，以后过来可以方便点。"

藏青色西装微笑道："好的，关先生。"殷勤地把他俩送出会所，车已经开出来，提早停在门口了。

服务生打开车门，关泽把楚香推了进去。

刚刚上车坐稳，楚香就打开 CD 抽屉，一阵乱翻，找出一张《红色经典》。

没多久，关泽启动车子，楚香立刻按播放，宏伟雄壮的歌声席卷而来。

"风在吼，马在叫，黄河在咆哮黄河在咆哮！"

唱完一首换另一首。

"大刀——向鬼子们的头上砍去！"

接下来：

"地道战，嗨！地道战，埋伏下神兵千千万……"

关泽专心致志开着车，居然跟随旋律哼了几声。很明显，这些歌他都熟悉。"楚香。"他问，"你什么时候喜欢听革命歌曲了？"

"我生在新中国长在红旗下，试图给您，资本家，进行一次革命教育。"

"谢谢，我不需要教育。"

楚香关掉音乐，忽然诚恳地问道："关泽，老实说，你究竟有没有赚取过不义之财？比如宋敬学说的，强行拆迁啦，违法囤地啦，侵占耕田啦什么的。"

"……"

片刻，关泽问："我要怎么回答你才会感到满意？"

"回答'有的'。"

关泽说:"好吧,有的。"

回到闹市的时候还不算晚,他们都没好好吃饭,就在麦当劳买汉堡充饥。关泽看起来挺喜欢吃这种快餐,饿的时候小个子吉士汉堡能吃两个,像个孩子。楚香坚决要求再买一杯圣代冰激凌,站在夜晚的寒风下,一边哆嗦一边吃,爽极了。

他们靠在栏杆上,面前人来人往。一盏复古中式街灯就在他们头顶上发光。

楚香记得,第二次见到关泽时,他就站在街灯之下,像张摄影师拍的照片。而现在,他肯定仍旧像张照片,只不过照片里多了另外一个人,是她。

正好有辆很旧的 33 路公交车开过来,在麦当劳附近停靠,广播依稀:"电信大楼站,到了,下车乘客请注意安全。下一站市六医院……"几人上了车,几人又下了车,关门,往十字路口继续驶去,汇入车流,渐行渐远。

"关泽。"楚香望着 33 路,问,"咱们坐公交车去,怎么样?"

"为什么?"

"给你这个资本家体验下生活。"

没等他回答,楚香就拉着他的手,把他拖到车站。不久,下一趟 33 路到了,楚香给他刷卡。车上人不太多,后排的座位全部空着。

在不深的夜晚乘空荡荡的公交车,其实挺美好。

坐在高大的车厢里,透过高大的车窗,可以看见各种衣着的男女,和各种样式的建筑,在眼前闪烁,仿佛穿梭不止。每样事物都距离如此之近,但又如此之远。

总而言之,好像整座城市都属于自己,而自己不属于这座城市。

"嗨,关泽。"楚香微微侧头,凝视潜伏在旁边的关泽。

"嗯?"

"你会走吗?"

"什么?"

"走,离开,消失,像从没有在这个世界上出现过。"

关泽发了个怔，几秒钟之后，眉头像被微风吹过的湖面一样，稍稍地皱了起来。

然后，他说："不会。"

"关同学，请你认真点，别敷衍我啊。"

"我决不会敷衍你，楚香。"

"承诺？"

"承诺。"两个字毫无迟疑。

楚香沉默。

过了一会，楚香说："33路公交车，本市最早的一条线路，大概我出生的时候就已经有了。从小到大，坐了无数次。现在也是，每天上班都坐33路。心情不好也坐33路。"

"心情不好也坐，管用吗？"

"不知道。反正33路是环线，一圈圈地开，不必下车，我觉得可以减压。"

"唔，可能确实可以减压。"关泽点头，"我也喜欢坐双层巴士，坐在上层，俯视街头的所有人。"

"不会吧，资本家，你也坐公交车？"

"很久不坐了，没时间。楚香，我不是资本家。"

"别想否认这个事实。"

"……好吧。"

楚香瞅着他，不禁笑了。隔了一会儿，又轻轻叹口气，把话题绕回去，说："但我觉得，33路是个怪圈。"

"怪圈？"关泽不明白。

楚香点点头。

"上小学的时候，人家爸爸都有稳定的工作，我爸爸做生意，经常赚不到钱，我就坐33路，心里想，坐完3圈之后，运气就变了，爸爸就也有稳定工作了。但回家以后，发现妈妈照样生气吵架。"

"等到上初中，他赚到钱，外面勾搭了女人。我也坐33路，心想坐完3圈之后，家里风平浪静。可是他们离婚了。"

"中考前一天,我也坐了 3 圈,结果考试失败。你说惨不惨啊,运气竟然一直没来。"

"所以高考的时候,我考虑了很久,最终决定,再坐 3 圈 33 路,满足我的某种仪式感,嘿嘿,变态吧。然后高考也失败。"

"关泽。"楚香语重心长,"现在我带你坐 33 路,你是我最后的希望了。我想我的运气总不会永远不来吧?"

"不会,楚香。"关泽低沉地回答她,吻她的额头。

"关先生,您是资本家,我们有差距。"

"什么差距? 我们没差距。"

"关先生,对我来说,你突然之间出现在这个世界上,太突然了。所以总有一天,也会突然之间消失在这个世界上。小说里都这么写,尤其是网络原创言情小说,讲究悲剧的美感……"

"楚香,你将来能不能不看言情小说?"关泽的声音竟然有点专横。

"那不行,做不到。"

"我给你买一条八千八美元的裙子,你别看了,嗯?"

"才一条啊?"

"你说。"

"裙子要,小说也要,哈哈哈!"楚香大笑。

关泽严肃地说:"楚香,可以看点有文化的嘛,以后在人前卖弄,倍儿有面子。例如世界名著,莎士比亚、歌德这些。"

"喊。"楚香不屑,"你自己看过吗?"

"看过。"

"别吹牛了,吹牛都不打草稿,你是学经济的,从事房地产业。"

"楚香,我从来不骗你,上大学的时候,从《荷马史诗》,一直到 20 世纪的文学,有名的我基本都看过,只不过今天记住明天就忘。为了吓唬一个教授,我还背了萨特《存在主义是一种人道主义》的全文。"

楚香一愣,几乎要被他吓住,想了想说:"以为我白痴啊? 你就算 24 小时都看,也看不了那么多啊。"

关泽微微一笑:"我是神。"

楚香似笑非笑地看着他,露出鄙视的眼神。

关泽用手捧住她的脸,凝视她,忽然靠近她,用力地吻了起来。就像好莱坞类型片,死里逃生的男女主角,在影片末尾激情地拥吻。

"这不是你的车,关先生。"楚香吃吃地笑,发现前排一个拎超市塑料袋的老太太,正皱着眉头偷偷观察他们。

33 路这时靠站,广播里女声播报:"元茂路口站到了,下车乘客请注意安全。下一站……"

关泽拉着她,飞快地溜下 33 路。

"不要紧。"下车后他镇定地说,"没人认识我们。"

然后招手叫了辆出租车,打开车门,把楚香推了进去。

"楚香,我们去买八千八的裙子。"

"……"

"过几天有个酒会,推不掉,你陪我去好吗?"

"宋敬学去吗?"

"唉,是地产业里头的。你知道宋敬学是个宅男,怎么可能对那种商务应酬感兴趣。再说,我跟他时不时去外面吃饭,已经有绯闻传出去了。再这样下去,我们 Gay 的身份就坐实无疑了。"

楚香一听,热血沸腾,很想告诉关泽,其实现在新崛起的一种网络原创类型名叫耽美。

想了半天,还是忍住了。

"楚香。"关泽还在问,"你去挽救我的名誉,好吗?"

"唔……"楚香说。

## 14

　　楚香发现关泽确实很忙。

　　那天，他们买完裙子，关泽把她送回和平新村。车子停在单元门口的时候，已经晚上 11 点多，关泽接了个电话，像是助理李剑打来的，两人叽叽咕咕谈了二十几分钟。

　　最后关泽对电话说："那好，我现在过去一趟，你把资料全部准备好，最好给石总打个电话。"他把楚香赶回家，嘱咐她早点睡觉，自己发动车子，扬长而去——回公司了。

　　这件事把楚香悚到，几天没敢给关泽打电话。当然更不敢邀他出门。

　　所以周末，楚香约吴静一块儿上法喜寺烧香。

　　吴静追陆卓远追了整整一年多，毫无成效，正想找个机会搞点心理寄托，一听去烧香，二话不说就答应了。

　　公交车站距离法喜寺大概五百多米，每隔两米，蹲着一个老太太摆摊子卖香烛。楚香和吴静为了表示诚意，狠狠心，不杀价，各自花二十块钱买了三炷香。

　　楚香暗暗想，这菩萨的钱实在太好赚了。

　　两个女人各怀鬼胎，从天王殿的弥勒佛开始拜起，一直拜到药师殿的药师琉璃光佛。只要看见塑像，马上一跪三叩首，无比虔诚。最后回到大雄宝殿，不厌其烦地再拜释迦牟尼，把香点燃，插在大雄宝殿的前面。

香烟袅袅，楚香感到意犹未尽，双手合十，在香炉旁边念念有词。

看管香火的老居士感觉楚香很有诚心，指点她去旁边小卖部求一串开光的佛珠。

小卖部里头堆满了佛像、佛珠、经书之类的宗教用品，好听的诵经声用收音机一遍遍播放。楚香一看，佛珠全被放在玻璃柜台里面，标签上写："随喜￥188"、"随喜￥1888"……直至"随喜￥8888"。

营业员问："小姐，需要什么？我们这里的东西都是师父开过光的。"

"哦，哦。"楚香唯唯诺诺，眼光飘了一阵，指着经书问，"书也开光？"

"书不开光。"

"这个鸠摩罗什的《金刚般若波罗蜜经》，就是《金刚经》对吧？"

"对。"

"我要一本。"楚香掏出15块钱。

吴静在旁边看她，大惊小怪地叫："不会吧！楚香，你买经回去干吗啊？我看还是佛珠好，天天可以戴。"

楚香抱着《金刚经》，摆出一副喜滋滋的样子，说："我喜欢念经，以后每天下班回去就念半小时经。"

吴静忍不住翻了个白眼，问她："嗳，你究竟求什么？"

"跟你差不多啦，求姻缘。"

"晕倒，你不是已经有男朋友了吗？"

楚香甜甜地说："男朋友又不是老公。"

"你不至于吧，跟男朋友恩爱到这种程度？跟姐姐老实说，如果Kiwi追求你，狠狠地追，开着奔驰宝马追，买别墅追，你变心不变心，嗯？"

楚香露出不齿的表情："姐姐，您太小看我楚香了。天地可证，我决不变心，沧海桑田，海枯石烂。"

吴静绝倒。

吴静从包里摸出15块钱，对营业员说："我也要《金刚经》，再来一本。"

楚香惊奇地问："你也买啊？"

吴静咬牙切齿地说："别以为就你才有这种决心，我也有，追不到陆卓远，我到这里来当尼姑！"

楚香无语。

她们在寺院斋堂里买了两份素食盒饭，充作午餐。米饭上堆着几块豆腐，几条青菜，看起来不怎样，味道居然挺不错。楚香有滋有味地吃着，吴静忽然用胳膊肘捅捅她。

"楚香。"吴静悄悄说，"你看，那边有个帅哥。"

楚香"噗"地笑了。这女人，刚刚发过毒誓，转个头就看帅哥。

吴静使劲儿捅她："你看，那边啦，好帅啊，他是不是在看我们？"

楚香扭过头一看，果然，斋堂的角落坐着个很好看的年轻人，穿了件黑色运动外套，典型的旅游者打扮。

楚香心里不禁一怔，觉得这个年轻人实在很眼熟。但思索片刻，想不起在哪儿见过。

那年轻人见楚香注意到他，毫不在乎地侧过脸，喝起水来。

"人间处处有帅哥啊！"吴静还在发花痴，"楚香，我们都不应该为了一棵树，放弃整片森林……"

"神经，你去问他的电话好了。"楚香推推她。

"那我去试试？"吴静摩拳擦掌。

帅哥跟她们颇有灵犀，此时站了起来，慢慢地，走掉了。

吴静登时泄气。

她们草草吃完斋饭，仍准备乘公交车回去。车站里人很多，大部分是挎着黄色布包的老太太，像个烧香团。她们不好意思跟老太太们争座位，就先在车站旁边的报亭看了看。

吴静买了两本时尚杂志，顺手捞起一本畅销书说："这本书现在很流行哎。"

楚香凑过去瞄了瞄，封面上两个大字——"格调"。

"说什么的？"

"好像是……教你怎么成为上流阶级，揭穿暴发户的本质。Class，翻译成格调，但也有阶级的意思。据说这书特别装。"

楚香随便翻了几页,忽然打开包掏钱。

吴静讶道:"你买啊?"

"嗯。"

"你对这还感兴趣啊?"

"嘿嘿。"楚香古怪地笑。

"车来了,赶快!"

吴静朝车站冲了过去。楚香赶紧把书一塞,也冲了过去。

烧香回来,楚香上公共浴室彻底洗了个澡。然后花一个半小时化了个妆。关泽敲门的时候,楚香刚刚换好裙子。

非常明显,关泽愣了愣。

过了一会儿,他问:"楚香,你还会化妆?"

"女人会化妆很奇怪吗?"

"不是。"关泽说,"因为……你平时都不化妆。"

"这是最安全的妆,要是再夸张点的,我就不会化了。怎么样,一下子很精神吧,成熟吧? 好看不好看?"

"好看。"关泽点头。

"那,你喜欢化妆,还是不化妆?"

"喜欢化妆。"关泽很老实。

楚香看着他咯咯直笑:"可惜我很懒,再说,我也没有化妆品,这些是小安借我的。"

"我买给你。"

"不要。"

"不要不行,我非买给你。"关泽打量着她,有点不怀好意。

楚香裹进旧的长羽绒衣里面,上了车,关泽开起暖气。关泽平时不爱暖气,再冷的天,也把窗弄出一条缝吹冷风,认为那样比较舒服。

"关泽,我以前从来没参加过酒会,等会儿你别管自己走掉,留我一个人哈。"

"不会的。"

"有东西吃吗?"

"有的吧。不过可能好吃不到哪里去。结束以后,我们再去吃夜宵好了。"

"酒会的主题是什么?"

"一家外国独资的建筑设计公司主办的,他们刚刚拿了奖,说白了就是做广告。"

"知道了,那么,关先生,其实您也没什么任务咯?"

"我的任务就是出席,让人看见我就行了。"

楚香肃然起敬。不愧是总裁,别看平时挺温良恭俭让的,有时候说起话来,很有点气魄。

说话间就已到达会场,在本市一家五星级酒店里头。

楚香受香港 TVB 电视连续剧毒害比较深,进场之后才发现跟想象的完全不同。会场里基本都是业内人士,大部分中年往上,长得像社交名媛的,一个没有,倒有好几个头发花白的女士。

楚香看见了王美伦。她站在餐台边,跟一个秃顶老外聊天,压根没注意到他们。

"关先生,现在怎么办?"

关泽笑了:"不怎么办,跟主人打声招呼,然后去瞧瞧有什么吃的。"

"……就这样啊。"

"嗯,就这样。"

关泽带着她,朝会场中央款步走去。

那边站着三个西服笔挺的中年人,两个华人,一个外国人,不时有宾客过去与他们握手寒暄。外国人看见了关泽,笑容满面地往前迎了几步,伸出手。

关泽跟他握在一起,语调很客气地说了一大串话。

外国人的表情笑得更由衷了,叽里咕噜,说得更快更长。

楚香半句不懂,只好挺直背脊站在那里,猛然听到了自己的名字发音,便很淑女地冲他们点头致意,微微笑。

聊了几分钟,关泽转头对楚香说:"咱们走吧。"

楚香问："完了?"

关泽说："嗯。"

两人施施然,离开主人,朝旁边走。

楚香悄悄地说:"那个外国人看起来很和气啊,我以为他也要跟我握手呢。"

"你是女士,你没伸手,他可能觉得不便跟你握。"

"不会吧。"楚香问,"那我没失礼吧?"

"没关系。"

"关泽,刚才我忽然觉得,会英语挺威风的。"

"那位安德鲁先生是意大利人,其实英语不纯正,口音也重,他又喜欢飞快地说一大堆专业术语,实际上有几句话我没太搞明白,就随便含糊过去了。"

"……"

关泽带她走到餐台旁边,转了一圈。仿佛真的不打算再理会别的什么事,打算开始吃东西了。

楚香反而不放心,问道:"你要不要跟别人也打打招呼?"

"不用。"关泽说,"我是客人,难道还要我招待来宾? 楚香,你喜欢喝点什么,果汁好不好?"

"好。"

"那个寿司看起来还新鲜,你喜欢吃寿司吗?"

"没吃过。"

"那试试看。"

说完给她装了三个小寿司。

楚香斯文地吃了一个,皱起眉头,问:"怎么鱼是……生的?"

"……本来就是生的,那个三文鱼。"

楚香点点头,又吃了另一个,强忍着,问道:"不会吧,全部是生的?"

"这个是鱼子酱。"

"鱼子酱竟然是生的? 鱼子酱究竟是什么东西?"

"……就是某种鲟鱼的卵。"

楚香说:"我不吃寿司,我要吃熟的食物。"她一直以为,寿司里头裹的,是煎得香香的水产,谁知大出所料。

关泽只好把剩下的一个金枪鱼卷吃掉了,又给她装了点烤肉和培根。

楚香一边吃,一边忽然发现,似乎有好几个人在朝这边张望,还有些人显得犹犹豫豫,看上去想走过来,但最终没有挪步。

"关泽……"楚香说。

"这个会场有很多景观、建筑设计院的人,还有地产策划公司、材料供应商什么的。我是他们的潜在客户,他们当然想跟我打招呼。"关泽微笑。

"哦。那他们怎么不过来。"

"因为你在嘛。"关泽狡猾地说,"看到我俩这么愉快,不适合打扰。"

"关先生,原来我是您的挡箭牌呀!"

"来,小姐,想吃什么,我照顾你。"

然而终于一个人走了过来。是个五十岁上下,矮个子,有点发福的男人,面相看起来很傲,典型的成功男性。

"哟——"他拖长声音,遇上失散多年兄弟似的热情,"关总!"

关泽跟他握了握手,笑着说:"您好。"

楚香暗暗发笑,听这声"您好"就知道,关泽一准不认识这个人。

幸好中年人取出名片,关泽接过,却没跟他交换。

"何总,您好。"关泽看了看名片,再次微笑着打了个招呼。这一回,笑容有了点变化,显得很商务,很保留。

他们似乎很正式地谈了几句,楚香没听清,她意外发现有个认识的青年朝这里走过来,那个青年白白嫩嫩,穿西装,打领带,脸上一副惊心动魄的表情,好像看见楚香如看见了鬼。

"何振柏。"楚香打了个招呼。

"楚香?"何振柏打量着楚香,异常吃惊,"你怎么在这儿?"

然后何振柏认出了关泽。

那个中年人指着何振柏笑道:"关总,这是我侄子。"

关泽微笑说:"何振柏,曾经在S大有过一面之缘。"

中年人大为意外,又惊又喜:"哦,振柏,你认识关总啊?"

何振柏一时显然没反应过来，懵头懵脑站了片刻，见叔叔跟关泽聊得欢，便转过头面对楚香，低声问："楚香，你男朋友……叫什么？"

"关泽。"

何振柏的嘴张成一个圈，片刻，问道："南嘉集团？"

"上次在学校，不是给你介绍过的嘛。"

"我，我上次没注意。"

"何振柏，没想到你也会穿西装啊，你跟叔叔出来学做生意？"楚香偷偷地笑。想起何振柏的叔叔是做钢材生意的，据称承包过地铁。

楚香察觉到，何振柏的表情很复杂。

"楚香。"何振柏终于低声说，"同学一场，要不要我帮你查查关总的底细？"

"啊？"

何振柏说："这个圈子我比你熟。"

楚香问："什么底细？"

"你不要这么纯洁，关总这种身份的人，难道你心里不慌？"

"为什么要慌？"

"你知道，他身价多少吗？"

"不知道。"楚香淡淡说。

"你知道，只要他吭一声，啧。"何振柏没把话说明白，扁扁嘴，摇摇头。

"不知道。"楚香说。

"楚香，你不了解这个富人的圈子。"

楚香微微一笑，不作声。

"我想你也不了解关总吧。"何振柏的语气理所当然。

"不好意思。"楚香微笑说，"他，我了解。"

## 15

从酒会出来,楚香没有回家,直接去了医院。

事情是这样的。何振柏的叔叔何根生同志,跟关泽聊了大约 20 分钟生意上的事。这 20 分钟里,何振柏跟楚香喋喋不休,因为彼此是认识的同学,楚香便不太拘束,一边说话,一边取东西吃。

吃着,吃着,20 分钟之后,随着何根生带何振柏离开,楚香也迫不得已离开了关泽,上洗手间拉肚子去了。

第一趟去,他们彼此都认为没什么,关泽还笑话楚香肠胃不够坚强。

谁知楚香一发不可收拾,跑了五趟洗手间,开始上吐下泻。直至吐到搜肠刮肚,两腿打颤。完了以后,挣扎着漱漱口,照照镜子,发现眼线和睫毛膏已经被眼泪沾花了。

楚香用温水彻底洗了把脸,粉洗掉以后,脸孔青黄,眼圈发黑,唇色泛白。

关泽在洗手间外等她,一看,马上急了。

"楚香,你吃了什么?"

"……"

"是不是寿司吃坏了?"

"……"

"没事吧?"

楚香有气无力地说:"关泽,我再去趟洗手间。"

冲回洗手间,趴在马桶上一阵狂吐,其实已经没什么可吐的了。歇歇冲掉水,这才虚弱地走出去。

这回楚香看到,洗手间外不止关泽一个人。

酒店 PA 经理正巧在附近转悠,发现这个情况,马上叫来餐厅领班,领班又叫来当班经理。因为酒会的客人大多是本市建筑业内的精英,餐厅经理觉得兹事体大,当即汇报给餐饮部经理。

餐饮部经理不在酒店,内部协调了下,前厅部经理火速赶来帮忙。

几个人如临大敌,围观楚香。

当然不是追究责任的时候。某个穿制服的经理,跟关泽一块儿把楚香送去最近的医院,一路上不停诚恳地解释、道歉。

楚香可怜兮兮地倒在车子后排,感觉这个经理的深层意思是:那么多客人都没问题,偏她出事,所以不是酒店的责任,而是她太倒霉了。

到了医院挂急诊,检查一番,诊断为急性肠胃炎。

楚香不知道关泽怎么跟酒店交涉,反正她躺在输液室里头,开始吊水。

折腾这么久,楚香也倦了,蒙眬眯一觉,醒来时看到点滴才挂了一半。关泽坐在旁边,正压低声打电话。

"对,PEP 的方案李剑都知道。"

"我不管具体开盘的事儿。"

"明天不去了,明天星期天,我休息一天。"

"会?嗯……石总如果有空的话,请石总参加。没空请 Ally 替我参加。"

"周一的安排明天再说,看情况吧。"

说到这里,抬头瞄到楚香睁眼看他,对电话说:"就这样,我挂了。"

输液室里人不多,只有两个急诊发烧的小孩子和他们的家人,及一位独身输液的中年妇女。楚香和关泽颇为引人注目。楚香穿着长裙,套了件羽绒衣,关泽则西装革履,风度翩翩。

关泽站起来,走到躺椅旁边,俯身看着楚香,很温柔,笑眯眯的。

"小姐,你好点了没?"

"好点了。"毛病来得快,走得快,楚香已经精神多了。

"医生问我,你有没有吃过不洁食品,我想酒店的东西应该干净吧。可能你对寿司不习惯。但这么大的反应也挺夸张的,吓了我一跳。"关泽笑道。

"几点了?"楚香问。

"晚上 11 点多。"

"这么晚啊……"楚香一惊。

"嗯,护士说,挂完就凌晨了。"

"关泽,你先回去吧,等我搞定,自己打车回去好了。"

"你开玩笑?"

"说真的。"

"楚香,我像这么无情无义的人吗?"

楚香瞅着他,不好意思地说:"关泽,刚才你打电话是请假的吧?"

"我没请假,明天星期天,休息。就算明天不是星期天,我也可以休息,调休。"

楚香"噗"地笑了。

关泽说:"哦,对了,刚才那位意大利人安德鲁先生打电话给我,叫我转达他的慰问以及歉意。"

"啊?"楚香讪讪。

关泽说:"你看,人家跟你素不相识,还这么有人情味。对了,楚香,你饿了吗?我去弄点吃的来。粥啦馄饨啦,中国食品,又熟又热。现在还有夜宵,再晚就没得卖了。"

"不要吃。"

"嗯。"关泽若有所思地想了想,又想了想,微微一笑,问道,"楚香,等会儿挂完水,你去我家好不好?"说完补充:"你家没别的人,万一又开始吐,怎么办?"

楚香问:"那,你家有别的人吗?"

"我家……有我。"

"……"

"我发誓,决不会……"关泽果断地说了前面三个字,后面开始斟酌措辞,"心怀不轨,乘人之危。"

楚香眨眨眼,含笑问他:"关泽,给你猜一道脑筋急转弯题目,世界上最不能相信的话是什么话。"

"谎话。"

"对,聪明。"楚香继续含笑问他,"然后不是脑筋急转弯,世界上最不能相信的话是什么话?"

"你说。"

楚香淡淡回答:"男人的话。"

关泽一听,满脸黑线,半天才艰难地说:"那,也得看什么男人吧。比如我这种男人,天性十分纯良,我跟大多数人不同,既守信又善意。"

他还在费力想词儿,楚香已经想歪了,目光古怪地看着他,半天,低声诧异说:"关泽,你是不是某种功能有缺陷呀?"

关泽愣住了。

猛地发笑,拍着她的头:"楚香,我以为你是个纯洁的孩子——知道了,那个天涯论坛熏陶的,内事问百度,外事问谷歌,某事问天涯。"

"唔……因此我有点质疑你们男人的本性,或者说本能。"

"小姐,你别挑逗我了,行吗?"


从医院出来,路上已经没什么行人了。好几辆跑车嗖嗖开过,像是郊外飙车一族。关泽的速度虽然比平时快,但始终很克制,遇到几个红灯,规规矩矩地停车等候。

楚香不禁感到,关泽开车的风格跟他的性格十分符合。

关泽把车往一个高层住宅开去,凌晨时分,地下车库门口保安竟然还在站岗,车子驶入,有模有样地朝他们敬了个礼。

楚香赞叹:"哇,这么好,还向你敬礼。"

关泽无动于衷:"敬的不是我,是我的车。"

"您真有深度。"楚香问,"这是什么住宅,也是南嘉房产的吗?"

"当然是。嗯,姜梁你见过,我们跟 PEP 的合作就是从这个住宅开始的,姜梁负责的全案策划。不过名字是建筑师取的,一个老外,着迷中国文化,非取名'唐宫''楚宫'之类,跟足浴城似的,我们坚决不同意,再说这也不是纯中式建筑。好说歹说,最后折中成'山海公馆'。李剑常把这事当笑话讲。"

地下车库有电梯直达。关泽使用某种卡,电梯直接上到 16 层。

出乎楚香的意料,关泽的公寓不是跃层,但面积比较大,装修简洁,灰白黑的色系,很低调。除了沙发与茶几上堆着一些杂志,竟然相当整齐。

楚香脱掉鞋子,小心翼翼地走进去。

"关泽,你家不是样板房吧?"

"不是。"

"为什么家里这么暖,你出门竟不关暖气? 太浪费资源了!"

"我从来不开暖气,但你身体不舒服,我就把暖气开起来了。"

"什么时候?"

"两小时以前。"

"什么?"

"暖气可以遥控。"

楚香咋舌,想了想,问了个很十很隐私很不礼貌的问题:"关泽,你家的房子,多少钱每平米?"

"商业机密。"

"这还……机密?"

"嗯。"关泽淡淡地说,"这幢楼 11 层以上的价格,不向市场公开。"

楚香心里诽谤:"资本家。"

关泽笑说:"我不是资本家。"

"……啊?"

"楚香,洗个澡,早点休息吧,看你的脸,青不拉叽的。"

关泽把楚香带到一个房间,打开灯。"客房,干净的,浴室里什么都有,睡袍也有。你睡觉的时候把门锁上,如果你怕某些人,那个,你说的男性本能,嗯?"

楚香失笑,点点头。

"晚安。"

"晚安,关先生。"

楚香没有锁门,她洗好澡,趴在床上,很快睡着了。


起床已是第二天中午,楚香走出客房,找了一圈,发现关泽不在家。

书房的门敞开着,笔记本电脑放在书桌上,也开着。隐约可以看见屏幕上的 CAD 图。地上则丢着好几十张 A4 纸。看来他一早就在家里工作。确实是个工作狂。

主人不在,楚香不敢随便开冰箱,忍着饿,坐在沙发上等。

电脑都在运行,他肯定没出远门。

同样不敢开电视,无聊之下,楚香随便翻了翻茶几上的杂志。她发现,放在最上层的杂志整本全部外文,连张图片都没,并且居然不是英语。封面上有个 LOGO,某种文字组合成古怪的图案,乍看上去,很有点狰狞的味道。

这样的杂志,茶几上一共三本。

楚香只认得出编号,2004 05,2004 06,2005 01 。

不在意地把那三本杂志挪到旁边,剩下的大部分是《楼市》、《经济观察》之类,居然还有一本《知音》。

楚香晕倒,只好有一搭没一搭地阅读《知音》,心中感慨:"关泽啊,你的特殊品味究竟为哪般?"

等了大约五六分钟,书房响起手机铃声。

丢掉杂志,楚香跑进书房一看,关泽果然落下手机,此时屏幕闪闪,显示"宋敬学"三个字。

楚香便接了电话。

宋敬学的声音在那头不紧不慢地响起来:"喂,关泽。"

"宋敬学吗? 关泽暂时不在。"

"楚香?"那头的声音顿时挑得高高的,相当意外。

"嗯,关泽出去了,大概马上回来。"楚香说。

"哦……"宋敬学沉默数秒,仿佛欲言又止,顿顿,说,"好吧,那我等会儿再找他,再见。"

"宋敬……"楚香一个名字没叫完,本还想说有事可以转达之类,谁知那边不由分说,已经把电话挂掉了。

楚香把手机放回原处,重新走回客厅,继续看《知音》的故事。

两分钟以后,某个人打开公寓大门,主人终于回家了。楚香飞快地迎了上去,看到主人穿着十分家居的宽松休闲服,手中提着塑料袋,像个负责给室友带外卖的学生。

"楚香,你起床啦?"他微笑着说。

"起床了,饿了。"楚香扒开袋子,食物香喷喷的味道钻进肠胃里去了。

"你昨天折腾成那样,肯定饿坏了。家里只有面包和豆奶,早上起来我全吃光了,厨房里什么菜都没有,其实,我也不会做饭。只好去楼下店里买点。"

"不可以打电话叫吗?"

"可以啊,但亲自去买比较放心,眼见为实嘛。"

关泽跟她一块儿从塑料袋里掏出菜泡饭、酱黄瓜,外加一个咸鸭蛋。"这是你的。我查过了,很清淡,绝对不会再让你拉肚子。"

他又掏出其他纸盒,竟然是意式粉、烤羊排,还有一份生的沙拉,里头有某种鱼肉。

"不会吧!"楚香咽了口唾沫,"你吃得那么好,我就吃菜泡饭啊?"

"是啊。"关泽理所当然。

"我也想吃肉。"

"驳回,明天才可以吃肉。"

说完,去厨房取了两双筷子,一个大勺子。他用筷子夹起小羊排,有滋有味地吃起来了。

"肉……"楚香哭丧着脸,开始吃菜泡饭。

吃到一半,关泽放下筷子去找昨晚医院配的药,把两种胶囊,一瓶药水放在餐桌上,以免过后忘记。

"哦,对了。"楚香说,"刚才宋敬学打电话给你,好像有事找。要不要打回个给他?"

"吃完饭再打。"

楚香抬起头,她的位子,视线正好可以落在餐厅角落的装饰品上,她忽然发现,那是架异常精美的瓷盘,而其上的花纹正是那杂志封面的古怪 LO-GO。

"关泽。"楚香指指,问道,"那是什么标志?"

关泽瞥了一眼,微微一笑:"没什么。国外某个组织的纪念品。"

"什么组织?"

"学术组织,科研类的。"

"关先生,您真伟大啊。"

"是吗?"

手机铃声不识时务地再次响起来,关泽起身去书房接电话。

楚香听见他很愉快地说:"喂,宋敬学。"

"楚香在我家。"

然后便是极长时间的沉默,不知宋敬学在电话那头滔滔不绝地究竟说了些什么。

楚香陡然敏锐地觉察到,某种气氛改变了。她悄悄站起来,溜到书房门口,正好听见关泽用不自然的低沉声音,说了三句简短的话:

"我,没感觉。"

"他在你家?"

"我现在去。"

关泽从书房走出来,看见楚香站在外面,不禁愣了愣。顿顿,他微笑说:"楚香,对不起,我有点事要出去一趟,生意上的。"

"好的,关先生。"楚香说。

接电话后,关泽明显变得心事重重,衣服也没换,电脑也不关,取了车钥匙,走到门边的时候才想起交代几句。

"楚香,你留在这儿,好吗?"

楚香点头。

关泽沉着脸地走了。

## 16

楚香当然没有傻乎乎地留在关泽家。

她胆子很大,很嚣张地把关泽的意粉吃光,留下菜泡饭盖起来。吃完后,写了张便条:"关泽,我先回家了,有事打电话给我,楚香。"

想了想,又在"楚香"后面画了个露齿的笑脸。

穿完鞋子将要拉门离开的时候,不知为什么,在玄关驻留片刻,发了一忽儿呆。心中想了许多离题万里、莫名其妙的事儿。

比如,关泽知道她的鞋子不好,硬要给她买鞋子;比如,江边广场聊天,为她包围巾;比如,坐长途车帮她准备零食;甚至还记得给陈小安捎带礼物……

对她无微不至的好。

楚香乘电梯下楼,飞快地跑出山海公馆金碧辉煌的大厅,招手叫了辆出租车。

回到和平新村,来不及喘口气,楚香就打开电脑联网,上 QQ,准备找宋敬学。

宋敬学是个不折不扣的网虫,整天蹲在网络的一角,楚香上班去,早上9 点,看到他通常在线,晚上,凌晨 12 点准备睡觉,看到他还是在线,好像他只需上网就能够生存。

找宋敬学同学，网络比电话管用，况且网上讲话更随意，更方便。

前段时间，得知宋敬学"Kiwi"的身份后，楚香曾在关泽那里打听过。据关同学说，宋敬学居然还是个黑客，世界级尖端的那种，不过很低调，从来不违法乱纪。当然，他悄悄违法乱纪，别人也察觉不到就是了。

关泽夸张地描述，说网络上宋敬学只存在一个对手，那是个网名叫 Eagle 的神秘家伙，貌似不是中国人。宋敬学给那位同学取了个音译名，叫"阴沟"。

但是，宋敬学留给楚香的私人 QQ，名叫"战襄阳→殺"，一看就是典型的网络游戏成瘾青少年，差一点就火星文了，哪有半点黑客高手的范儿啊。楚香分外无语。

此刻，宋敬学的 QQ 意外地不在线。

"战襄阳→殺"的头像灰溜溜地掉在一排好友的最下方。

楚香有点失望，想了想，决定先做另外一件事。她打开附件自带的绘图软件，用鼠标和简易工具，歪歪扭扭画下了关泽家看到的那个奇怪 LOGO 的文字，保存为 JPG 格式传到网上。

然后她传到天涯论坛。

在人气最旺的"娱乐八卦"版块发了个贴：

"请教高手！这是哪个国家的语言，什么意思？"

周末刷论坛的人特别多，过了 20 分钟，帖子已经掉到第二页，楚香自己顶了一下，然后帖子里出现三个水贴，一个广告贴。又过半个钟头，终于，外语达人出现，留下言来：

"俄语嘛。чудеса 的意思是奇迹。"

楚香马上道谢，打开谷歌翻译查询，果然没错。那个 LOGO 的文字就是俄文"奇迹"。

"奇迹"，什么意思？

顺手在谷歌搜了下，"чудеса"搜出来的都是俄文网站，没戏。

搜中文，点开整整七八页，出现的绝大多数条款，都跟韩国那个同名游戏有关，要不就是歌曲的名字，再要不，就是电视剧或者香水，总之，没找到任何可疑信息。

谷歌搜到二十几页,出现一个"世界地理频道"的网页快照,后面还是省略号。点开一看,说的居然是万里长城。

楚香关掉了网页。

她想,关泽毕业于美国的大学,通常,国外的学生不都是兴趣很广泛,参加很多社团组织的么? 似乎也没什么奇怪的,是不?

东摸西摸一阵,楚香放弃搜索,习惯性地登上晋江原创网,看言情小说去了。

找了四五部小说,都不对胃口,于是又去联众打了几副斗地主,楚香准备关电脑,去小安店里转一圈。正想叉掉 QQ,宋敬学的头像忽然亮起来了,还主动给她发了条消息。

"楚姑娘。"一个笑脸。

"宋敬学!"楚香赶紧逮住,问道,"关泽去你家啦? 出什么事啦?"

"这么关心,不愧夫妻情深。"那头感慨。

楚香发了个冒火的表情以示抗议,说:"少来!"

"怎么了啊?"又是一个贼眉鼠眼的笑脸。

楚香说:"刚才关泽阴着脸,很不高兴,很少看到他不高兴的样子呀!"

"他本来就是资本家,压迫者。压迫者你懂吗?"

"……"楚香说,"不跟你开玩笑,到底怎么了,有麻烦?"

"生意上的事。"宋敬学好像不开玩笑了,对话栏里,"战襄阳→杀"的字哗哗流出来,"那老兄有个重要的项目,想跟人抢地盘,生怕抢不过,请我侵入人家公司电脑,摧毁系统,偷窃文件。"

"……"楚香发了个撞墙的表情。

"你们太卑鄙了!!!!!!"又发了一串感叹号。

"哈哈哈,骗你的,骗你的,关泽作为开发商,虽然人品差,但你还不相信我吗? 我像是干那种事的人吗?"

紧接着又说:"不过确实是重要项目,不在本市,在重庆,那边有个地块很快就拍卖了,南嘉的文件偏被病毒毁掉,负责人没办法,急得都找上我家去了,我还得给他搞,命苦啊。"

楚香说："不会吧，宋敬学，你收钱不收啊？"

"好兄弟，讲义气。"

楚香忍不住又想歪了，嘻嘻一笑，正想跟他打趣，电脑显示器闪出好几条丝纹，接着，放在电脑旁的手机"铃铃"地响起来。楚香一看，关泽打来的。马上丢掉键盘，接起电话。

"楚香，你回家了？"关泽的语气如常，很柔和，很低沉，很好听。楚香仿佛能看见电话那头，他的微笑。

"嗯，我的衣服都在家里，大冷天，总不能老穿裙子吧。你的事情弄好啦？"楚香情不自禁，也笑了。

"没弄好。"关泽说，"不过全权委托给宋敬学了。"

"刚才你好像有点生气，是不是？"

"我没生气啊。"关泽低低地笑了两声。

"明明很不高兴，都写在脸上了——关泽，你会不会扣员工奖金啊？"

关泽没话说，半天才开口："嗳，楚香，你开门。"

"什么？"

"我在你家门外，楼道里。"

楚香吃了一惊，忙去开门，探出脑袋一看，关泽果然站在楼梯口，仍穿着那套宽松的休闲服，微笑着朝她看。

楚香跳上去抱住了他。"关先生，您怎么来啦？"

"我往家里打了个电话，发现没人，就直接过来了。"关泽拍了拍她的头，"你穿着裙子，怎么回来的，还坐公交车？"

"没有，打车的。"楚香嘻嘻一笑。

"我从你家，山海公馆大厅出来的时候，保安都看我呢，有一个好像还想叫住我，可能他们都没见过穿得那么不伦不类的女人，以为是贼。"

"是吗？那我得跟他们打个招呼。"

楚香嘿嘿一笑。

"还拉肚子吗？"忽然，他问。

"全好了。"

楚香把他拉进屋，叫他不要客气，尽管坐在床上，然后开厨房的门，钻进去给他现烧了一小壶白开水，泡花茶。楚香家里备着好几种茶，绿茶、花茶、柠檬片，全是超市买的。

关泽喝着茶，朝电脑望了几眼。

"你在跟宋敬学聊天？"

"随便聊聊。"楚香有些心虚，怕关泽知道她在调查那个 LOGO。其实，关泽即便真的知道，肯定也不会怎么样。

楚香草草跟宋敬学说了声再见，关掉电脑，从包里刷地取出一本书，扬了扬，笑眯眯地说："我正打算看书。"

"这么努力啊，什么书？"关泽伸手接过。

只见米色封面上两个大字——格调。

还有英文小字，CLASS。关泽随便翻了翻，莞尔："楚香，你对这还感兴趣啊。"

楚香紧挨着他坐在床沿，取过书，说："本来不感兴趣，但现在，认识您了嘛！为了研究您这样的资本家，所以不得不感兴趣了。来，我念给您听听哈。"

说着一边翻，一边找核心段落，侃侃地分析起来："嗯，'看不见的顶层。一个看不见的阶级。他们的钱来源于继承遗产……'关泽，你好像不是看不见的顶层。嗯。'上层。一个富有又看得见的阶级。'——这个有点像——'他们自己从工作中挣得相当多的财富。通常，如果不做一些非常吸引人的工作，他们会深感羞辱。'……"

关泽有点无奈，说："楚香，你太无聊了吧。"

楚香不理他，继续兴致勃勃翻着书："'饮食习性几乎毫不含糊地展示了你的等级地位。'嘿嘿嘿，我看看你喜欢吃的汉堡属于哪个等级哈！"

"……"

"找不到汉堡，不过有冰激凌耶。'某种你喜爱的冰激凌一定包含着等级意义。香草冰激凌被上层所钟爱，巧克力冰激凌总体说来低于香草，草莓和其他水果味的冰激凌接近底层。'"

"晕，以后不吃水果味了！"楚香大惊失色。

关泽说："谁写的啊，别听人瞎扯了，其实我知道我属于哪个阶层。"

"真的呀?"

关泽不动声色,说:"我属于暴发户。"

楚香一下子笑翻:"关先生,您挺有觉悟啊。"

关泽说:"现在这社会,没觉悟,怎么混。"

"也是。"楚香点点头,"哗啦啦"翻到书的末尾,"有测验题!来,关先生,给您做个测验,准确地测一下,您究竟所属哪个社会阶层。"

关泽把书从楚香手里抽掉。"说了,是暴发户。"

他把书扔到床脚。

楚香不依,手还想伸过去捡,冷不防关泽捉住了她的手。

"别看了。"他说。

他又把双手轻轻捧住楚香的面颊,彼此距离很近,但没有吻她。

楚香看到,他的目光像墨水一样毫不透明,黏稠地,胶着在她的脸上。被这种目光凝视,楚香感到她的灵魂悄悄地融化了。

"楚香,我来跟你说再见的。"关泽忽然极低声地说。

"什么?"楚香顿时从意乱情迷中醒了过来。

"……说再见?"顿了顿,她短促地问道。

关泽半晌不吭声,只是注视她。楚香陡然间,感到他的目光里,蕴藏着许许多多复杂的情绪,就像经纬交织,最终结成了一块网。

"什么意思?"

关泽又是半晌不说话,却猛地微微一笑,说:"楚香,我要去重庆,出差,大概两个礼拜呢,唉……"说着轻声叹了口气。

"两个礼拜,见不到你了。"

楚香一听,忍不住推了他一把,嗔笑说:"关泽,你这人……好肉麻!"

"是吗?我真情流露而已。"

"越来越肉麻啦!"

"……"

"关先生,别忘了。"楚香说,"您是个大忙人,本来,我们一个星期也就见一至两次而已。"

关泽微微一愣,问:"是吗?"

楚香很黑线地看着他，反问："你说呢?"

关泽忙道歉："啊，对不起。"

楚香摇摇头："关先生，您不必跟我说对不起，您得跟重庆人民说对不起。"

"嗯?"

"关泽，你看，十年前，本市的房价，均价才 2000；五年前，涨到了 5000！现在，8000 了！抢钱都没这么快啊！现在您又要去祸害重庆人民了。"

关泽皱起眉头："这个，好像也不能全怪我吧……"

楚香摊手。"我还没怪您呢，您就开始心虚了。"

关泽不禁笑，说道："好吧，我是罪人。——楚香，你现在怎么跟宋敬学一个调调啊。"

楚香说："他是宋总嘛。"

忽然之间，咯咯一笑，说："宋总，怎么听起来跟'送终'差不多，太难听了，难怪他喜欢别人叫他 Kiwi 呢。"

说着，笑嘻嘻地朝关泽看去。

关泽也在看她，笑了。

## 17

第二天,上班的时候,楚香在 33 路公交车上听广播早新闻。伊拉克前总统萨达姆绞刑后疑被示众;青藏铁路即将全线贯通……经济普查修正上年度 GDP 数据;本市冬季气温低于往年平均水平……

结束之前,插了条短新闻。南嘉集团西部继续扩张,强势进军重庆地产业。

10 秒钟,一句话,楚香听着听着,傻傻地笑了起来。

楚香开开心心蹦到公司,刷完指纹打卡机,离 9 点还差 5 分钟。走进行政部,看到吴芬妮和张彤菲已各就各位,打开电脑,泡好咖啡,准备干活了。

吴静的位子空着。

楚香一边开电脑,一边笑说:"芬妮姐,吴静今天要迟到了,她从来不迟到的呀,今天怎么了?"

吴芬妮头也不抬:"吴静今天请假。"

"不会吧,她病了?"楚香想起自己上吐下泻的事儿,莫非根源出在可疑的斋饭上。

"嗯,病了,心病。"吴芬妮淡淡说,语气有点懒散,一副不愿多谈的样子,跟平常快言快语的性格大相径庭。

"心病?"楚香觉得话中有话,不禁非常好奇。

"唉……"吴芬妮叹了口气。

行政部开始诡异地安静起来,只听到张彤菲飞速敲打键盘的噼啪声。谁知,过了几分钟,吴芬妮忽然问她:"楚香,前天礼拜六上午,你是不是跟吴静一块儿去法喜寺啦?"

"是的。"

"去干吗?"

楚香一愣,笑说:"还能干吗,去烧香呗。"

"我的意思是,干吗去烧香,为男朋友?"

"……嗯。"

"唉。"吴芬妮又叹了口气,深深地。

楚香问道:"芬妮姐,到底怎么回事啦? 吴静那天很开心啊,还专门买了本《金刚经》,说要回家念经。"

吴芬妮不响,过了半天,才用一种悠长叹息的语气说:"那天你们烧完香,你是不是跟男朋友有约会,先走了?"

"唔。"

"那,吴静一个人,她懒得回家嘛,打电话问我有没有空逛街。我正好想给老公买衣服,就陪她去商场了。"吴芬妮说着,扁扁嘴,情绪不佳的样子。

"你猜我们遇到了谁?"吴芬妮压低声音。

"芬妮姐你别卖关子。"

吴芬妮说:"我跟吴静在商场里转悠半天,本来她是挺高兴的,还买了一件春装。后来,我们去商场的星巴克喝东西休息。好巧不巧,碰上陆卓远了——咱们的陆总监大人,跟某白领丽人正喝咖啡,吴静上去打了个招呼,你猜,陆总监怎么介绍的?"

楚香有感觉了,瞪大眼睛:"女朋友?"

"是女朋友就好咯。"吴芬妮清清嗓子,模仿陆卓远,哼哼笑着用无所谓的语调,轻笑道,"'介绍一下,这是我太太,姓黄'。"

楚香的嘴登时张成一个 O 字。

过了会儿,才震惊地说:"不、会、吧,陆总监,结婚了?"

"楚香，你没看到，陆卓远跟没事人似的，可吴静当场就傻了。那模样不要太可怜。我看陆卓远的老婆也不高兴起来，连忙把吴静拉开。后来问了问，才知道陆卓远半年前就结婚了，登记拿了本，两人早合法同居在一起，只是没办酒。"

楚香目瞪口呆。

"你说，陆卓远过分不过分啊，明知吴静在追求他，竟一丝儿口风也不露。"

"那……吴静怎么办？"

吴芬妮说："我看吴静丢魂似的，怕她出事，就叫了辆出租车把她送回家去了。"

"她，她没怎么样吧？"

吴芬妮低声说："到家回过神，哭了呗，当着我的面，从包里掏出一本书，往窗外丢下去了。楚香，是不是《金刚经》啊。"

"大概是吧……"

素来不八卦的张彤菲也停止工作，转过头，吃惊地看着吴芬妮，问道："吴静还打算做下去吗？"

吴芬妮说："谁知道呢，吴静是家里的独女，她爸妈都希望她回家。要不是为了陆卓远，她早回南京了。"

吴芬妮好像忘掉自己是已婚人士，忿忿不平："所以说，男人没一个好东西。"


果不出所料，吴静请了两天假之后，提出辞职。上面没有挽留她，把她的客户暂时分摊给吴芬妮和张彤菲。随后，楚香整理招聘资料，在几家报纸、网络媒体上发布招聘信息。

简历和电话滚滚而来，让楚香有种感觉，好像这个世界上，所有人都在求职和跳槽之中消磨一生。

接下来的几天，楚香非常忙。她一边筛掉显然不合格的简历，一边打电话通知面试，人过来面试的时候，她还要组织他们等候、填表格、偶尔为他们倒倒水。

己所不欲,勿施于人,楚香对每个求职者都很善意,遇到实在紧张的毕业生,楚香更觉得像看到了自己,其实她跟他们差不多,于是加倍客气地冲他们笑。

一天下来,楚香感到自己腮帮子都笑酸了。

这段时间里,关泽显然也非常忙,只给她打过一个电话,在凌晨时分。楚香已经躺进被窝,迷迷糊糊之间打着哈欠接听,但就这样,也听出他的声音透着浓重的疲倦。

"楚香……"他跟往常一样,叫了她一声。

"睡了没有?"某种强打精神的欢愉语气。

"刚刚睡。"

"吵醒你了。"

"没关系。"楚香连忙说,顿了顿,很关心地问他,"关泽,你很累吗?"

"嗯,有点。"关泽老实说,"好几天没睡了,要安排的事情实在太多,平时没觉得,真要交代起来,像山一样。我还飞了一趟西安。"

"什么? 你不是去重庆了吗?"

"先去重庆,再去西安,现在又在重庆了。"

楚香忍不住一阵心疼。"关泽啊,你就不要这么拼命嘛。快去睡吧,睡吧睡吧,我挂电话啦。"

"别挂。"他说着停顿,忽然低沉一笑,"我想你了。"

"关先生,您最近很不对劲啊。"

"没有。"他很镇定。

"那就快去睡吧。"

"……好吧。"他仿佛考虑了一下,笑道,"晚安。"

然后把电话挂掉了。

楚香打了个哈欠,胡思乱想一阵,渐渐地,睡着了。

但从这个电话以后,整整两个星期,关泽再没有主动联系过她。关泽跟宋敬学习惯不同,没有 QQ,也没有 MSN,只有一个工作邮箱——助理帮忙掌管——总之没有私人交流的网络方式,连手机短消息都不用,说是嫌麻烦。

楚香给他打过一个电话,是个陌生的男性工作人员接的,说关先生正在开会。楚香随口多问了一句:"会议什么时候结束?"便听到那边隐约有翻纸的声音,工作人员公事公办地客气说,关先生今天的日程已经满了,会议结束以后,另还有3个会议,中间短暂的时间,关先生希望休息一下,不被打扰。如果有要事,请她预约。

楚香认为工作人员的言下之意是,假如没事,趁早滚蛋,这边忙着呢。

于是心惊胆战地挂掉电话,再也不敢去骚扰他了。

暗暗想,这也太夸张了点吧!约会,不,打电话还要预约啊,言情小说里,不是男主角整天陪着女主角胡闹,什么都不用干的吗?晕倒!

随着三轮面试,奔流网络的招聘进入尾声,蒋翠熙最终敲定的人选,是个年纪比吴芬妮还要大的女性,35岁,巧的很,名叫王静。

王静业务相当熟练,只不过,一脸精明强干,看上去不好接近。

事实证明,确实如此。本来除楚香外,三个行政人员各管各的客户,秋毫无犯,互不相干,但王静上班后的第一周,对内开始指导行政部同事的工作,对上,则一举写了两份工作建议,交到蒋翠熙手里。

建议有条理,有分寸,有的放矢,获得了蒋翠熙,甚至是吕总的好评。

凭良心说,王静的人品不算差,唯一的缺点就是对工作过度认真与热忱。一时间,气氛和乐融融的行政部,像可乐抽光了碳酸,变得毫无活力。

吴芬妮不再口没遮拦地说笑,炫耀女儿,张彤菲空闲时间,也不复习高等数学了。

几个人,每天埋头在电脑里面,貌似很努力,实际不知在搞些什么。

日子就这样一天天过去,每一天都仿佛充实得不得了,然而回家仔细想想,其实每一天又似乎什么都没做,今天只是昨天的重复,而明天,又将是今天的重复,日子还很长,不免让人有种事与愿违的无力之感。

楚香在33路的公交车站旁边,忽然发现,迎春花开了。

关泽,已经去重庆整整三个多星期,将近一个月,居然像失踪了一般。

楚香坐在公交车上,心沉如铁。

掏出手机拨通关泽的电话,只听阿桑娓娓地唱:"其实我早应该了解,你的温柔是一种慈悲,但是我怎么也学不会,如何能不被情网包围。其实我早应该告别,你的温柔和你的慈悲,但是我还深深地沉醉在,快乐痛苦的边缘……"

唱了一遍,没有人接,第二遍起头的时候,才被接起来。

电话那头低沉地说:"喂,楚香。"

是关泽。

不知何故,楚香心一酸,却更像酸奶那种掺着甜味儿的感觉,款款地、稠稠地,荡漾开来。"关泽,你不是去重庆两个礼拜吗? 现在三个礼拜多,莫非你失踪了?"

"唔……"

"你还在重庆吗?"

"唔……"关泽含糊其辞。妄想蒙混过关。

"关先生,难道你瞒着我,跟别的女人偷偷登记去了?"楚香想起陆卓远,想起吴静,顺便又想起王静,不禁一阵生气。

"没没没。"关泽一听,忙说,"楚香,你想象力怎么越来越丰富了……"

"跟你学的,看《知音》看的。"

关泽不由低沉地笑起来,说:"你不是专看言情小说的么。"

"关泽我问你,你现在在那儿?"楚香不理他的茬,追问。

关泽沉默了片刻。

"我跟你说了以后。"关泽犹犹豫豫地说,"你肯定要骂我的。"

"不会。"

关泽说:"我在家。"

楚香一听,登时大怒:"你在家,都不打个电话给我?"声音太大,公交车上,好几个人回过头,朝她看了几眼。

关泽说:"我刚从医院回来。其实……"

瞬息之间,楚香怒火又全熄了,惊讶道:"医院? 你……怎么,疲劳过度,病了?"

关泽低笑了几声,说:"病倒没病,但在重庆出了个车祸,小车祸,脚踝那块有点骨裂,医生嘱咐我暂时不能走路,休息几天。"

"关先生,您老实待着,我这就去您家。"

"楚香……"

楚香已经按掉手机。

她转了两部公交车,冲进山海公馆。

那幢高楼住宅,傍晚看起来比白天更美,更奢华,有种不张扬的金碧辉煌之感。楚香匆匆走进大厅,一眼就看到,关泽穿着随便的休闲装,坐在大厅的沙发里。一个棕色拉杆箱立在旁边。

关泽朝她挥挥手,微笑道:"楚香,在这儿。"

说着单脚直立,缓缓站起来。另一只脚则凌空屈着,包了厚厚的绷带,活像战争电影的英雄志士。手里还拄一根亮闪闪的合金拐杖。

楚香被那拐杖吓坏了,跑上去弯腰查看,伸手摸摸石膏绷带,诧异说:"这么严重! 关泽,医生到底怎么说?"

"没事,轻伤。"

"我记得,你开车很小心的呀。"

"我没开车,那几天都是司机开的。"

"没开车,怎么搞成这样了?"

"别提了。"关泽皱皱眉,告诉楚香,"那天晚上,我突然肚子饿,想出去吃点重庆的小吃。刚刚走出酒店,还没上人行道,一辆车就冲过来,砰一声,就那样。"

"天哪,车撞人? 不会吧! 倒霉成这样啊。"

"还行,算运气了,我闪得快。"

"关先生,你为什么好像还挺不在乎的?"

"撞都撞了,不然怎么办。"

楚香晕死,狠狠剜了他一眼。

关泽只好笑了,说:"真没事,医生告诉我,过几个星期也就差不多能好了,绝对没有后遗症,不会伤残。不信的话,我把片子拿出来给你看好了。"

楚香叹了口气,看着拉杆箱,说:"你,你真的才刚刚回来啊?"

"前天。"

"前天怎么不给我打电话呢? 那,这个行李干吗用的?"

关泽说:"楚香,我还要出趟差。夜航飞机,马上就得走。所以,本来不想告诉你的,怕你骂我。"

楚香震惊地看着他,5秒钟以后才说:"你的脚都这样了,还出差? 非得自己去吗? ……李剑或者王美伦去不行?"

关泽摇头说:"不行,非得自己去。"

"这回去哪儿?"

"法国。法国要开一个国际房展会。李剑也去。"

仿佛为了印证他的话,大厅的玻璃门果然开了,李剑西装笔挺地走进来,跟他们打招呼:"关总,楚小姐。"

楚香怔怔地看着他们。

关泽伸手拍了拍楚香的肩膀,微笑说:"楚香,等法国回来,我就没事了,保证给你带礼物。"

"嗯。"楚香闷声发了个音,半天,才不情愿地点点头。

楚香感到,关泽凝视着她,目光很深,笑容却很无奈。她心里浮起一层薄薄的阴霾。

# 18

招聘结束后的第二周,楚香被蒋翠熙叫到办公室深谈了一番。

内容主要是对一段时间以来的工作发表看法,稍作总结,并规划方向,展望前景。最后,蒋翠熙对楚香说,她已经顺利通过试用期,可以签合同了。

签完合同转正后,月薪提到 2000,赴上海培训十天。

蒋翠熙问她:"还有别的问题吗?"

楚香表示没有异议。

总的来说,奔流网络算是一家不错的公司,多劳多得,赏罚分明,报酬还算可以;更重要的是,管理井井有条,很有秩序,因此很有奔头。如果可爱的吴静没走,那就算得上完美了。

楚香填好表格,去财务处领了火车票,回家收拾行李,整装待发。对这趟培训楚香心里很期待。从某种意义上来说,上海算关泽的老家,他的爷爷奶奶都住在上海,那个城市的大街小巷,一定留着他成长的痕迹。

楚香计算过,法国的时间,跟北京时间相差 6 小时。深夜 12 点,正好是法国下午 6 点,晚饭时间——总该空闲、休息的吧!

夜半,楚香关掉电脑,给关泽打了个电话。

楚香发现,自从关泽出差后,大概距离产生美,她越来越思念他了。有天晚上还不小心做了个春梦,梦见靠在他怀里,连背景音乐都很生动,很清晰,跟拍日剧似的。可惜刚刚进展到亲吻,就被闹钟催醒了。让她遗憾了好几天。

幸亏通讯发达,他们无论离得多远,总还有一根看不见的电话线栓着两头。

"喂,楚香。"关泽喜欢连名带姓地叫她,声音如常好听。

"关先生,脚好点了吗?"

"差不多吧。"

楚香听得出,他的语气有点敷衍,有点推托,总之有点紧张。而背景居然隐约冒出了怪模怪样的音乐。

"关泽,你在哪儿?"

"嘿嘿。"

他竟在奸笑!听出苗头了,楚香想了想,大为吃惊,质问道:"关泽,你该不会……在国外,在法国,泡酒吧?"

"嗯……骗不了你。我在 Buddha Bar,挺有名的。东方情调的 Lounge music。楚香,跟你说,酒吧里有一尊半楼高的佛像,金光闪闪,要是被咱们中国的老太太们知道了,非冲过去砸场子不可。"

楚香已经想冲过去砸场子了。那个人,瘸着脚,拄着拐杖,风尘仆仆马不停蹄,说是去出差,竟在异国酒吧里逍遥。

关泽还挺高兴,说:"楚香,我给你带几张碟子回去吧,Buddha Bar 发了六七张专辑,每张都在销售排行榜前十。"

楚香讥讽:"关先生,您什么时候成这么前卫的潮流青年了?您不如自己开个酒吧,自己做 DJ 打碟好了。"

"楚香,别这么说嘛,爱美之心,人皆有之。回头我给你带专辑。"

"我才不要专辑。"楚香气愤地说,"我要法国香水!"

"……好吧。"

楚香气呼呼地提醒他:"那个酒吧乱不乱啊,你小心再摔了脚。"

"不会,李剑也在,有事他会帮我的。"

楚香又想了想,给那个大忙人打次电话不容易,何况还是越洋电话。决定不跟他计较酒吧的事儿,告诉他说:"关泽,我通过公司试用期了,明天就去上海培训。去你老家。"

"明天去上海培训?"关泽的语气陡然认真起来。

"嗯呐。"

"你一个人走,火车吗?"

"是的呀。"

"几点?"

"早上 8 点 30 分的火车。"

"楚香,明天我叫司机送你去。"

"不不不,不用了,太麻烦人家了。"楚香想起那辆颇为招摇的奔驰,上次去绍兴的时候,被底楼的租房青年看见,从此两人相遇,他的笑容都好像怪怪的。

关泽说:"不麻烦,火车站人很多,不安全,何况你还有行李吧?"

"关泽,真的不用了。就当锻炼锻炼。"

关泽一听,低低笑了几声,这才说:"好吧,那你身边有钱吗?"

"有!"楚香赶紧说,"而且公司食宿全包,宿舍、食堂都准备好了,不怎么花钱。我早打听清楚了,一下火车,旁边就能转地铁一号线,交通很方便的。"

"嗯。"关泽像在沉思。

楚香忙补充:"培训地点就在闹市区,非常安全。"

"那么。"关泽像被说服了,叮嘱她,"我在国外,如果有事需要帮忙,你给……宋敬学打电话。"

"好的,关先生。"

楚香眼睛开始有点发潮,她原以为,她的世界已是一望无际的空旷废墟,谁知上天总算不曾赶尽杀绝,给她留了一堵墙。

楚香鼻子酸酸地问:"关泽,你什么时候回来呀?"

电话那头,似有若无,关泽仿佛轻轻叹了口气,他问:"楚香,你去上海多久?"

"一个多星期,十天。"

"那么等你回来,我已经回来了。"

楚香万分雀跃地欢呼:"太好了!"

关泽笑了笑:"楚香,很晚了,你先去睡吧。"

"好的,关先生,您保重您的脚哈! 晚安!"

楚香兴冲冲地挂掉了电话。

第二天天气晴朗,阳光明媚,楚香打开窗子,让清晨的阳光洒进屋内,就着阳光,吃了半个果酱面包。已经跟小安打过招呼,家里什么都不用担心,她真是个幸福的孩子啊!

楚香背着双肩包走到楼下,在往公交车站的必经之路,开过来一辆银灰色的车,非常眼熟。

雷克萨斯,跟宋敬学的车同一款的。

现在买私家车的有钱人真是越来越多了。楚香正在心里嘀咕,雷克萨斯戛然而止,驾驶座车窗落下,里头的司机探出脑袋,叫她:"楚香!"

楚香一个激灵,惊讶地说:"宋敬学?"

宋敬学毫不废话:"上车!"

楚香坐了进去。

宋敬学穿了件大猴子图案的白 T 恤,皱巴巴的,灯芯绒夹克,套一条运动裤,蹬了双休闲皮鞋,风格乱的真是,不知道的人,还以为他刚刚从那美克星回地球。

"别看了。"宋敬学察觉楚香在观察他,"你家的关泽凌晨 4 点给我打电话,叫我送你去火车站,我眯着眯着就睡过头了。刚刚开到这里,正要给你打电话。"

楚香嘿嘿一笑,说:"Kiwi,不好意思哦。"

宋敬学正全神贯注地倒车,没理她。

楚香发现,宋敬学的车前增添了一只非常小的公仔摆设。竟然是——浪客剑心!

楚香不禁立即浮想联翩,沸腾了。勉强按捺,款款地微笑,问道:"宋敬学,你跟小安现在怎么样,进行到哪一步了,透露一下嘛。"

宋敬学盯着后视镜,嘴里笑说:"我不会告诉你的。"

"不会吧……这么保密？"

"嗯,绝密。"

说到做到,宋敬学竟然不说话了,把车子开得飞快,朝火车站疾奔而去。

接近车站,能望到候车大楼的时候,宋敬学才瞥了副驾驶座一眼,问道:"楚香,这个书包就是你的行李,没别的东西了?"

"没了。"

"车票检查一下。"

楚香在书包的一个小口袋里摸摸粉红色火车票:"车票在。"

"几号候车厅?"

"七号。"

宋敬学把车直接开到候车大楼的停车场,半点都不在乎自己的古怪穿着,下了车,手一伸,拎起楚香的书包,就朝七号候车厅走去。

楚香觉得很过意不去,说:"宋敬学,你先回去好了,谢谢你噢。"

宋敬学说:"你第一次单身出远门,火车站人多,小偷多,环境复杂,你的家长关泽同志谆谆叮嘱,叫我把你送上车。"

"……"

候车厅算不上干净,也算不上脏,提拉杆箱的、拖蛇皮袋的、背登山包的……各种各样的人都有,宋敬学跟楚香找了个座位坐下,宋敬学从兜里掏出一只 MP4,悠闲自在地看起片子来。

楚香凑过去一看,别提了,又是那个木头人打架的武侠电视剧。

半晌无话,离发车还有 20 分钟的时候,宋敬学忽然又从夹克的兜里掏出某样东西,随便放在楚香的膝盖上。

"关泽叫我带给你的。"

楚香一愣,那是张银行卡。

楚香说:"我不要。"把银行卡塞回他手里。

宋敬学笑道:"给你防个身,人在外地,免不了有用钱的时候。"

"我没用钱的时候。我带钱了。"

"那好。"宋敬学说,"到时候你自己拿去还给关泽,别放我这,待会儿要是钱少了,难道我还负责赔啊。"

"什么？钱少了，我更赔不起啊！"

宋敬学说："你不用赔。"

"……"

宋敬学把银行卡塞到楚香的书包口袋里："据说密码是你的生日。"

这时火车站的广播开始一遍遍播送：旅客们请注意，开往上海方向的T123次列车已到站，请在二楼第七候车厅检票进站……

宋敬学拎起书包，拔腿就往检票口走，楚香只好跟在后面，一阵风地跑过去了。

剪了票，宋敬学说："路上小心。等你从上海回来，关泽会接你的。"

楚香发现，不知为何，宋敬学的表情有点古怪，好像火车一开，就西出阳关无故人了。她点着头，心里想，不至于吧，又不是去黑龙江插队，只是去上海培训个一礼拜而已。

再一看，宋敬学已经掉头走掉了。那张亮闪闪的银行卡，放在书包的小口袋里。

宋敬学大步流星地走回停车场，却没找自己的车，而径直朝一辆闪闪发光的卡宴 SUV 奔去，窗玻璃紧紧关着，看不见汽车内部，宋敬学毫不犹豫，使劲地敲起车壁来。

车窗迅速移下，司机是一个很年轻的小伙子，休闲装，戴了一副极大的墨镜，遮去半张脸，鬼鬼祟祟。

"果然是你。"宋敬学劈头盖脸地骂道，"你跟踪我干什么？"

"我没有跟踪你。"小伙子显得相当镇定，"我在跟踪楚香。"

"哦，楚先生，承蒙你关照。"宋敬学讥笑道。

"我知道，现在你和关泽，都对我很有意见。"小伙子扭回头，看着搭在方向盘上的手指，"我也不是故意的，人总有失误的时候，你说呢？"

"你是人吗？"宋敬学一点也不客气，"你毫无人性。"

"Kiwi，别激动。"小伙子说，"我这不是在尽力弥补，尽力挽救嘛。"

"挽救？你有办法挽救？"

"暂时没有。"

"滚蛋！"

"嗨，Kiwi，事情还没绝望，你得对我有点信心。"

宋敬学冷笑了一声，阴森森地说："关泽估计想找人做掉你，你最好小心点。"

小伙子仍旧很镇定，说："这种事，关泽不会做。只要你不心狠手辣就行。"

宋敬学看着他，过了会儿，说："这段时间，关泽在处理他公司的事儿，忙得团团转，至于楚香。反正你看着办吧。"

小伙子说："别威胁我啊。"

"我威胁你了吗？"

"你的语气就是一种威胁。前天我的 QQ 被盗，不是你干的吧？"

宋敬学目露凶光，恨不得一把扭断他的脖子。

小伙子问："关泽现在在哪里？"

"在家。"

"怎么骗楚香的？"

"去法国出差。"

小伙子微微一笑，问道："楚香其实很机灵，怎么骗她相信的？"

"Buddha Bar。"宋敬学淡淡说，"上次从巴黎带回来的 CD。"

"关泽其实也是个天才。连蒲达吧都能想出来。"

转头一看宋敬学脸色不善，忙说："好吧，好吧，Kiwi 你放心，我一定会全力以赴。对了，今早你上过网站了吗？"

"没有。"

小伙子从副驾驶座捞起一个手提，开机，联网，嗒嗒几声，输入某个网址。

小伙子平静地说："北京时间今天上午 7 点，新的照片上首页了。你的老对手，黑客 Eagle。"

说着，把笔记本电脑侧了个方向，转给宋敬学。

只见网页上登着一张大幅清晰的生活照，是个很好看的外国人，像北欧人，黄色头发，穿着溜冰鞋，年纪很轻，笑容满面的样子。

照片底下备注两段不长不短的文字。宋敬学脸色缓缓地沉了下去。

沉默。深深的沉默。

小伙子忽然说："Kiwi，其实你是不是应该跟楚香打个招呼。你的 QQ 签名是什么来着的？ 半生闲隐今终止，一步江湖无尽期……"

"不好意思，楚香是言情小说迷，不看武侠。"

## 19

没料到,上海的培训课程安排得相当之满,从上午8点,一直到下午5点,晚上居然还有课,三个老师轮番上阵,大气儿都不给喘一口,跟冲刺高考似的。

据说,关泽小时候住在静安寺附近,楚香本来还美滋滋地盘算着,有时间去那儿好好逛逛,结果上课上到精疲力竭,去的最远的地方,是马路对面100米外的便利店。所有的计划都泡了汤。

想给关泽打电话诉苦,两次三次都不在服务区,破天荒接到一条短信,说他去山区考察小镇和别墅,可能全球通不通。

楚香嫉恨得牙痒痒,还不如直说,去公款旅游了呢!

终于,培训在楚香的祈祷中结束了。

毫无留恋,楚香一心快快回家,背着包飞速登上火车,几个小时,从上海回到她熟悉的城市。

单身下了站台,混杂在熙熙攘攘的人群里,通过栅栏,来到出客口。一大群小贩蜂拥而至,与出站的旅客迎面交汇,像江水的两股浪潮般撞在一起。

小贩们手里拿着宣传单,大声吆喝。"小姐,宾馆要不要?""一日游!

一日游!""小姑娘,租车这边!""本地导游,50块钱一天。"

出站的旅客在小贩的缝隙间涌出去,花花绿绿的广告单页在人潮中乱飞。

楚香走到外面,微微仰头,呼吸了一口新鲜空气。她以为无法寻觅关泽的踪迹。但她竟一眼看到,有个熟悉的人影拄着拐杖,稳稳站在旁边。他的气色看上去有点倦,不过西装修身,在火车站的各色人群中分外醒目。

他微笑着,一言不发地也正看着她。原来他们在顷刻之间都找到了彼此。

楚香分明觉得,这个场景实在太熟悉了,任何煽情电视剧都不会缺少这种久别的相逢。如果是时装剧,多半在机场;如果是怀旧剧,多半在车站,而此刻的男女主人公,就像两朵花,忽然地绽放了。

楚香奔了过去,挥手叫他:"关泽!"

关泽右手拄着拐杖,左手拍了拍她的肩膀,然后拉住她的书包带子,轻轻一拨,把包从她肩上卸下来了。

楚香连忙抱住包,笑道:"关泽你现在是伤残人士,需要特殊保护,包我自己拿。"

关泽倒也不坚持,问她:"上海好玩吗?"

楚香一听,摇头埋怨:"别提了,从早到晚上课,什么地方都没去,那个培训太残酷了,简直是魔鬼训练啊。"

关泽笑了:"是嘛,先上车再说。"

"关泽,你什么时候回来的?"

"昨天晚上。"

"脚好点了吗?"

"伤筋动骨一百天,小姐。"

那辆曾坐过的奔驰停在不远处。关泽慢慢朝车子走去,显然经过几天的练习,他策杖走得挺稳当了。楚香有点心疼,嘀咕说:"你在车里等我就好了,干吗走下来呢,这里人也多,万一撞上谁怎么办。"

关泽侧头朝她一笑。

司机为他们打开车门。关泽把她推了进去。

"楚香,去我家吧,你应该想洗个澡。"

"嗯……"

不管她还在考虑,关泽已经对司机说了两个字:"我家。"

楚香微微一怔,因为关泽很少这样专横的。再一看,他满脸倦容,瞧起来接二连三的出差,跑来跑去,把他给累惨了。

路上关泽基本没有说话,头靠在座椅的靠背上。

低气压——楚香发现,他目不斜视,收敛微笑,不声不响的时候,周围的气压仿佛刹那间低了下去。楚香心中有些疑惑,时不时,偷偷觑他一眼。

他似乎毫无感觉。

到了山海公馆,楚香捧着书包,跟在他身后,上到 16 楼。

关泽说:"楚香,你先去洗澡吧,我在客厅等你。然后去吃饭,好不好?"

楚香不回答,凝视他,片刻,问道:"嗳,关泽,你很累吗?"

"嗯?"

"要不然你先去睡吧。"楚香看着他的眼睛,说,"你休息,等下我去买吃的,麦当劳你喜欢的汉堡包怎么样。再说你走路本来也不方便。"

"不用了。"关泽微微一笑,迎上她的目光。

"噢。"楚香点点头。

麻利地洗完澡,楚香换好衣服,用一块大浴巾擦着头发,回到客厅。

关泽坐在沙发里,朝她招招手。楚香便在沙发前的地毯上席地而坐,任由关泽揉着她的脑袋,替她弄干头发。

这时茶几上已搁了一只大号纸袋,满满的。

楚香认出了里头迪奥和香奈尔的包装,忍不住扭头问道:"关泽,这些东西,全是这回你在法国买的?"

"送你的。"

楚香瞪大眼睛:"送我的? 全部? 不会吧!"

"怎么不会,你看一下,喜不喜欢。"

楚香咽了口口水:"你,你为什么买这么多?"

关泽说:"你只说要香水,我也不知道哪种香水好,就买了几种据说很经典的。还有化妆品,上次说了要买给你的。"

楚香把东西一件件掏出来，忍不住，激动了。其实，女人在这种时候，难免总会激动一番的。"这么多香水啊……"

看着那一排十几个漂亮瓶子，楚香震惊得哑口无言。

半天才问："在哪儿买的啊……？"

关泽理顺她的头发，淡淡说："香榭丽舍大街和机场商店。"

"关泽，你等我哦。"

楚香高高兴兴地蹦了起来，跳进房间去了。

她对着浴室的大镜子，很臭美地梳妆打扮，用粉扑把脸扑得白白嫩嫩的，双眉描得又长又细，选了亮闪闪的眼影，刷长睫毛，抹好唇彩，最后洒上法国香水。

关泽一看，跟她开玩笑："你这么漂亮，岂不是反衬我又老又丑？"

楚香扑过去抱住他，笑道："关先生，您最帅了，您跟杂志的模特儿差不多。"音调甜甜腻腻，她自己都起鸡皮疙瘩。

"唔。"关泽说，"小姐，你的态度也变得太快了吧。"

"我向来很崇敬您的，关先生。"

"这些东西果然灵光。我听说，李剑每次估摸女朋友心情不爽，就去商场买一件化妆品当礼物，所以他女朋友从来没跟他发过火。"

楚香咯咯一笑："那你也学学李剑嘛，一样一样送好了。很贵的。"

"不要紧，我有诚意。"

晕，何必跟有钱人提钱呢。楚香问："那，我们现在去吃饭吗？"

"稍等。"

关泽慢吞吞地走回卧室，关上门，再出来的时候，已经脱掉西装，换了件深灰色双排扣的外套。楚香忍不住粘着他，花痴了好长一阵子。

大概关泽交代过，司机竟还在大厅等着他们。

一坐进车子，不知为何，关泽稍有起色的情绪，瞬间似乎又阴郁了下来。没有微笑，嘴唇抿成一条直线，好像身体里的某根弦绷得相当紧张，接下来，将做一个拯救或毁灭地球的抉择。

司机等待了数秒，见他们都不吱声，便问道："关总，去哪里？"

关泽说："宗元会所。"

楚香正在观察他，一听，忙改正："不去宗元会所。"

"嗯，你想去哪里？"

"我……想吃川菜。"

"今天不吃川菜了好吗？"关泽笑笑，问道，"去一个安静的地方吃饭，好吗？"

楚香有些莫名的惊惶，一个"不"字含在嘴里，然而却笑笑，听见自己说出来的话是："那好吧。"

车子悄无声息地开动，往郊外的宗元会所飞驰而去。关泽靠在车椅上，一声不吭，忽然从外套的兜里摸出一包烟，轻轻一抖，取出一支。手指捏着烟卷，正要往嘴里送，又想起什么，把烟塞回去了。

楚香眼睛的余光捕捉到这个动作。问道："你抽烟？"

"偶尔。"

"关泽，你有心事吗？"

"没有。"

回答异乎寻常的迅速，傻子都听得出来，很不真实。楚香感到自己的心颤抖了一下。

安静片刻，楚香说："关泽，我不去宗元会所了。"

关泽反而一怔，过了会儿，说道："那，我们去吃川菜。"

"不吃了。"

"什么？"

楚香说："不吃了，关泽，你送我回家吧。上海学习强度太大，都没好好休息，回来坐了好几个小时的火车，困死了，想睡觉。"

关泽不说话。

楚香不敢扭过头，却感到，他的目光深深地落在自己脸上。

"那好。"关泽淡淡说，"去和平新村。"

司机马上变换了方向，驶入闹市，路过一家不大不小的肯德基。楚香不让关泽下车，自己跑到店里，打算买两份套餐外带。正值用餐时间，餐厅人满为患，楚香足足排了 15 分钟队。关泽没有进去帮她。

拎着袋子走出去时，看见他站在车外，靠着车厢，有点漠然地抽着一根烟。

来来往往，很多人在偷偷打量他。

他看见楚香，掐掉烟，微微一笑，为她打开车门，把她推了进去。

"关泽。"楚香感到自己嗓子发干，半天，问了句不相干的话，"你的脚，骨裂什么时候才会好？"

"再过几个星期吧。"

"好好休息，不要抽烟。"

"嗯，知道了。"关泽回答得挺老实，但显然心不在焉。

奔驰悄然减速，停在和平新村 12 幢楼下。楚香仍坚持不让关泽上楼，关泽同意了，请司机帮她把东西提了上去。然后，楚香扒在窗口，看见天色入暮，万家灯火，奔驰车扬长而去，逐渐缩成一个小点。

十五分钟后，楚香的手机响了。来电显示：关泽。

楚香用微微颤抖的手接起电话。

电话那头沉默，楚香也沉默。

足足过了半分钟，电话那头才低沉地说："喂，楚香。"

"关泽。"

沉默，可怕的沉默。

为了表现勇气，楚香对着手机强笑了一下，问道："关泽，你刚才，是不是一直有话要跟我说？你说吧，究竟什么事儿？"

"楚香。"关泽的声音很低，"我要去美国了。"

"你从法国回来，才一天，现在又要去美国？"

"嗯。"

"去多久？"

关泽深深吸了口气，说："不知道。"

楚香听见自己的声音变了，两行泪水从眼眶里滚了下来："不知道，是什么意思？"

"楚香……"关泽慢慢地，说，"我要移民。"

"移民？！"楚香抽了一下鼻子，笑道，"你的公司在这里，好好的，广播新闻里都在播,正往中国西部扩张,你的亲朋好友也都在这里,无缘无故,你移民?"

"嗯。"

"关先生,拜托,说谎也要真实,你以为我是白痴?"

"公司的事,我已经全部移交了。其实,我一直想移民。"

楚香的嗓子几乎被泪水塞住了。她用手指抹了抹脸,问道:"那你,给我打这个电话,又是什么意思?"

"楚香……"

"你打电话,是想跟我说,让我别惦记你了,从此以后假装相互不认识,对吗?"

"对不起。"

"刚才,当着我的面儿,你为什么不说,为什么,嗯?"

"对不起,楚香。"他重复了一遍,语调变得有些硬。

"关泽,你现在过来,你当面跟我说。"

"不。"关泽拒绝了,淡淡告诉她,"有件事,我一直隐瞒了你,我去的不是法国,是美国,我已经把所有的手续都办好了,机票也订了。"

楚香愣住。

"楚香。"他叫她的名字,停顿三秒,说,"再见。"

楚香按掉了电话。泪如泉涌。

要镇定,楚香跟自己说,要镇定。她手忙脚乱地点开手机菜单,回拨过去,彩铃依旧是那首《温柔的慈悲》。唱完一遍,没有人接。

楚香再拨一次,还是没有人接。

歌词悲伤而缠绵,唱了一遍又一遍,始终,没有人接。

楚香听见阿桑沙哑地唱着:"其实我早应该了解,你的温柔是一种慈悲,但是我怎么也学不会,如何能不被情网包围。其实我早应该告别,你的温柔和你的慈悲,但是我还深深地沉醉在,快乐痛苦的边缘……"

楚香感到手足冰凉,以为自己做了个噩梦。


33 路的怪圈再一次变成了现实。

　　明明,那个时候,他坐在她的旁边。公交车里乘客上一拨,下一拨,而他们的世界坚固安妥。

　　她问:"关泽,你会走吗? 像从没有在这个世界上出现过。"

　　他说:"不会。"

　　她说:"关同学,别敷衍我啊。"

　　他说:"我绝不会敷衍你,楚香。"

　　"承诺?"

　　"承诺。"他的回答义无反顾。

关泽失踪了。

那个电话结束以后，关泽再无只言片语，忽然销声匿迹。一个大活人，却像广场上孩子们吹出的彩色肥皂泡，在空中化成了虚无。

一段日子，楚香满世界地寻找关泽。

他的手机变成了空号。

去山海公馆，保安在大厅冷冷地将她拦住，说 16 楼是私人电梯，没有掌纹或密码，来客无法进入。楚香在楼底等到凌晨 3 点，发现 16 楼的灯光始终不曾亮起。

楚香又去和菩大厦南嘉集团的办事处打听，那里的工作人员告诉她，关总的办公室在南嘉总部大楼，辗转寻到南嘉总部，却是王美伦接待了她。

王美伦很遗憾地告诉她，关泽确实暂时卸去了职务，名义上还是总裁，但已将权力移交给另一位姓石的副总。公司上下，没有人知道关泽的去处，也许有人知道，但肯定不会泄露。

楚香想起，似乎李剑总是陪在关泽身边，但问起时，王美伦说，李剑已派到西安任总经理，升职了。

楚香感到王美伦的目光充满了怜悯。

然后，楚香去了宗元会所，工作人员对她非常尊敬，跟她说，她的会员资格与关先生是连在一块儿的，因此所有的消费都记在关先生的账上，但是，关先生的行踪，他们确实不知情，其实即便清楚，也将保密。

楚香在网上找到了北京 PEP 地产策划公司的联系方式，多方打听，找到了总监姜梁的助理。助理小姐却说，姜总监去了国外出差，近期都不在北京，更用某种风牛马不相及的惊异口吻，表示关泽先生与 PEP 只有生意上的往来。

所有的线索一条条断了，关泽曾出没过的地方，曾联系过的人，都跟他撇清了关系。刹那间，他变成了一道真空。

楚香想起《金刚经》最后所载之偈语，一切有为法，如梦幻泡影，如露亦如电，应作如是观。不禁感到既心酸，又可笑。

最后唯一的希望就是宋敬学。

楚香给宋敬学打电话、聊 QQ、发邮件，宋敬学坚决地表态，说他不知道关泽究竟去了哪儿，究竟干了些什么。

但楚香直觉认为宋敬学说谎。

因为，关泽失踪后，宋敬学竟也突然呈半失踪状态，缺席了奔流网络公司所有的技术研究会议，不露面，不现身，显然在逃避。

宋敬学家远在郊区某镇，上一回，关泽开着车去的，楚香也搞不明白具体地址，向陆卓远询问的时候，被陆卓远冷言冷语地打发了。

于是她只好等。

直到一个多月后，宋敬学才来了趟公司，鬼鬼祟祟的，趁着员工中午吃饭的时候潜进陆卓远的办公室，关上门，呆了两个钟头，然后又偷偷摸摸地溜了出去。

不曾想，在电梯间被楚香逮了个正着。

宋敬学只好故作欢快："嗨，楚香，好久不见了。工作顺利吗？"

楚香说："很顺利。"

"唔，再接再厉。"

"谢谢。"

宋敬学心急如焚地等来电梯，闪身而入，眼睛一眨，却见楚香也挤了进来。"楚香,你上楼下楼啊,几楼?"

"你几楼,我就几楼。"

"……"

沉默片刻,宋敬学问她:"你不上班呀。"

"我请假。"

宋敬学苦笑。

来到写字楼地下车库,宋敬学朝自己的车子快步走去,楚香一言不发,跟在他的身后。"滴"一声,宋敬学开启车锁,坐进驾驶室,楚香已经闷声不响地钻进副驾驶室,随手系好了安全带。

宋敬学停下动作,苦笑说:"喂,楚香,我去哪里,你都跟着啊。"

"是啊。"

"我现在去……洗手间。"

宋敬学一看,楚香松开了安全带,连忙说:"开玩笑,开玩笑,真服了你了,唉,走吧。"说着发动车子,驶出车库,飞快地往绕城高速奔去。

路上,宋敬学直视前方,叹了口气。

楚香一言不发。

关泽跟她分手之后,她双眼充血,脸色青白,神态凶狠,看上去跟《生化危机》里的僵尸似的,好像稍微一刺激,就会扑上去咬人。

"楚香。"宋敬学开着车,觉得不能视若无睹,便耐心地劝说道,"那个关泽,他不是东西,你何必跟他一般见识?你就当吃了个教训,将来再遇到那种不负责任的人……"

诋毁另一方,是宽慰失恋者最常用的方法,宋敬学居然运用得得心应手。

楚香打断,问:"什么?"

宋敬学说:"什么什么,楚香,我的意思是……"

楚香说:"宋敬学,你告诉我吧,关泽去哪儿了?"

宋敬学脸上的表情与语气都极度诚恳,说:"楚香,我确实不知道。"

楚香换了种问法:"那你告诉我,究竟出了什么事,为什么突然要移民去美国? 真是移民吗?"

宋敬学模糊地说："大概……是真的吧。"

楚香冷笑。

已经这么多天过去了，那个分手的电话一直在她耳边挥之不去，关泽最后说了短短两个字，"再见"。如此简短，如此镇定，如此冷酷。想不到，那个温和的人，竟也能这样的决绝啊。

楚香眼中一热，用手指肚狠狠抹抹眼睛，木着脸，扭头看向窗外。

宋敬学正偷偷地、时不时地瞥她一眼，见她掉眼泪，心里不禁慌了，愁眉苦脸地讨饶："别哭啊，唉，求你了。这样吧，去我家慢慢说。楚香……不是我骗你……"

"停车！"

车子戛然而止。

楚香用力试图打开车门，却发现全被锁住了。

宋敬学说："你去哪儿，我送你，要回公司吗，还是和平新村？"

楚香冷冷说："我去跳河，你给我选条干净的。"

"……"

两人沉默。

半晌，楚香说："宋敬学，我不跟你打听了，你开门，让我下车。"

宋敬学显然失语。

"楚香，那，那你想怎么办？"

"我想怎么办，跟你有关吗？"

"楚香，你不会想不开吧。"

楚香不说话。

宋敬学叹了口气，恨不得当场掏心窝子，一副言出肺腑的模样，说："楚香，不管你信不信，我实在不知道关泽那家伙上哪儿去了。对，关泽跟我交情好没错，可那个人你也知道，向来是个闷骚，也不会事事都向我汇报啊！"

"宋敬学，'神'是什么意思。"

宋敬学一愣。

半晌，装傻充愣地嘿嘿一笑，问道："什么'神'？"

楚香的眼泪已控制不住了，串串地掉下来，她用手捂住脸颊，在车上到处找开锁的按钮,到处乱撤。

宋敬学连忙投降,着急拦阻她,踌躇了片刻,终于,迟疑着说:"好好好……楚香,去我家,我告诉你……唉,其实关泽没骗你……我们,我们不是普通人。"


宋敬学的家一点都没变,四处堆满碟片和书籍,充实凌乱的样子。那尊叫"莫召奴"的漂亮木头人,睁着极美的眼睛,悄无声息地立在沙发旁边。

上回来的时候,楚香觉得,宋敬学家和乐融融;这一次,她觉得寒风阵阵。

宋敬学把她请到沙发里,给她泡茶,给她削水果……

总之忙了很久,像在做最后的挣扎,终于站到沙发旁,盯着她说:"楚香,我告诉你的事情,你得保密,行不?"

"嗯。"

"可能——你会觉得,有点荒诞,离奇,不可思议,但你得相信,我告诉你的,绝对不是谎话。"

"你说。"

宋敬学沉思了一下,问道:"楚香,你相信这个世界存在神迹吗?"

"神迹? 你指什么?"

"嗯……超出普通人类的能力,比如……举个不恰当的例子,有些电影你肯定看过,像《超人》、《蜘蛛侠》、《X 战警》之类的……"

楚香说:"我不相信。"

宋敬学忙补充:"当然啦,那些是夸张的电影艺术表现手法。但实际上,这个世界确实有人,那个……"

楚香嘴角露出一丝讥嘲。

"宋敬学,你什么意思? 你的意思是,你跟关泽是超人 superman,氪星来的,刀枪不入,四处乱飞?"

楚香提高了声音:"宋敬学,你真当我是白痴啊!"

"楚香,别生气嘛!"宋敬学费力地说,"我只不过举个例子而已……唉,没说我们是超人,那只是,为了帮你更容易理解。——这样吧楚香,你去随便挑本书,你觉得很复杂的书,随便挑一本过来。"

"干吗?"

"你去挑一本。"

楚香气呼呼地走去书房,在桌上随手捞了本《现代汉语词典》。

宋敬学拿过词典,掂了掂,苦笑说:"楚香,这本书比较厚,给我十五分钟时间,我把它记下来。"

"什么?"

"背词典。"

"你开什么玩笑?"

宋敬学苦笑说:"我没开玩笑。"

他竟真的全神贯注地翻起书来,十五分钟以后,果然把词典交给楚香,说:"我把整本词典记下来了,你考考我吧。"

楚香将信将疑,翻开词典:"左面一个弓,右面一个广,什么字?"

"guo,拉开弓弦的意思。——楚香,你可以考得更难一些。"

"1401 页,第一个字是什么字。"

"忻。"

"945 页,第二个字。"

"排队的排。"宋敬学把"排"的所有词组都背了一遍,分毫不差,连顺序都没颠倒。

"上下的下在第几页?"

"1356。"没有丝毫犹豫。

楚香不禁看着他的脸,有点发呆,过了会儿说:"有些人喜欢背词典,你以前肯定背过。"

宋敬学说:"那你可以再去选一本没有人喜欢背的。"

楚香跑进去挑了很久,挑了本弗雷泽的《金枝》。这次宋敬学只翻了五分钟。然后把楚香要求的第十章流利地背了一遍。

接下来,他记下了《尤利西斯》。倒背如流。

再接下来,他记下一本《概率论与数理统计》。

楚香哑口无言。

宋敬学深深地看着她,半天,问道:"楚香,我说的神迹,你懂了吗?"

楚香吸了口气,说:"宋敬学,你的智商很高,记忆力超强,你是天才……"

宋敬学摇摇头:"其实,这超出了普通人类的能力。"

楚香无法反驳。

宋敬学说:"其实,不止我,全球大概有300多个人拥有某种普通人不具备的超能力,而且每个人的能力都有差别。有些人可以控制心灵,像催眠一样,另外有些人则拥有预知力。诸如此类。"

他见楚香不吭声,苦笑说:"我真没说笑,我们有一个俱乐部,名叫Чудеса——这是俄文发音,中文翻译成'神迹'。关泽跟你开玩笑,说我们是'神',实际上,我们是'神迹'的会员。"

"关泽……也是?"

"也是。"

"关泽,关泽他有什么能力?"

"对不起,楚香,'神迹'有一条规则,他人之力量乃他人之私隐,不可以随便泄露。"

楚香瞪起眼睛,感到不可置信。

"关泽他很正常,他肯定没有超能力!"

"你是说,我很不正常?"

"……"

愣了半天,楚香只好说:"……你也很正常。"

宋敬学笑了:"当然很正常,《超人》那些电影,是极度夸张,虚构出来的。——其实,我们跟一般人毫无区别,唯一的区别是,拥有某些特殊的能力,天赋异禀罢了。"

宋敬学打开笔记本电脑,在浏览器的地址栏里轻巧地输入一行字母。

他的手指快得像在键盘上滑冰,楚香一个出神,网页已经打开了。缓缓地,浮出一个LOGO。

楚香脱口而出:"这个LOGO我见过,关泽家的杂志……"

"嗯,这是'神迹'的LOGO,因为'神迹'组织的创始人是俄国人。你看，这是我们的官网，基本上，所有会员都在官网有联系，此外还有会刊。你可以理解，'神迹'的会员比普通人容易成功，很多是有钱人，所以我们还有个基金会，当初，关泽创业的钱就是从基金会里头贷来的。"

楚香咽了口唾沫："组，组织？"

宋敬学笑道："就是俱乐部，差不多。打个比方，英国还有个国际组织，叫门萨协会，智商是入会的唯一标准，人群中最聪明的 2% 才拥有入会资格。"

"还有这种协会啊……"

"有啊，你去网上随便查。"

"那门萨跟你们比……"

"呃，我只好不谦虚地说，不值一哂。"

楚香看着宋敬学，脑海里盘旋着所有曾看过的动画片和电影的片段，然后忍不住问道："宋敬学，你们是不是……有任务，比如要去打 boss 之类？"

"打 boss？"宋敬学没听懂。

"比如有个危害很大，能力超级的大 boss 需要消灭……"

楚香急急地问："关泽，关泽去干危险的事情了吗？"

宋敬学喷了。

十秒钟之后才满头黑线地说："小姐，现在是 21 世纪的中国！拜托你现实点，我倒想去打 boss，哪来的 boss 给我打啊。你的想象力，怎么比小安还强啊。"

楚香不说话。

宋敬学叹了口气，摊手说："楚香，'神迹'的事我已经告诉你了，够坦白吧。你千万要保守秘密，别去外边乱说啊。"

"有什么好说的。"

宋敬学一愣，问道："你难道不觉得……我们很神奇吗？"

楚香瞅着他冷笑："你能背《金刚经》吗？"

"呃，没看过。"

"《金刚经》里说，佛也要穿衣裳，也要进城讨饭吃，也要洗衣服洗碗，也要洗脚，连佛也不过是普通人。"

# 21

　　楚香苦苦搜索了三个月，毫无成效。

　　关泽人间蒸发，杳如黄鹤。

　　楚香知道，她的力量，一如草芥。

　　或许关泽并没有说谎，真的移民去了美国，而此时正在大洋彼岸逍遥，甚至，在那片遥远的土地上娶妻生子，安家落户。

　　每次想到这里，楚香就觉得心痛如绞。她发现这个世界，想要记住一个人，不容易；想要忘掉一个人，更加困难。

　　出于某种缥缈的心理寄托，她把《金刚经》念了好几遍，经文里说，"是经有不可思议、不可称量无边功德"，可惜这些功德，没有换回某人的点点蛛丝马迹。

　　转眼间一年过去。

　　楚香有点灰心。

　　在张彤菲的参谋下，她报名参加了秘书学本科自考，发奋学习，这一年的时间，竟然考出了5门课。同时发奋工作，勤恳的态度与所获得的成绩，被几乎所有同事所认可。

　　春节前后，大学寝室进行了一次聚餐。

寝室的四个人发现，大伙儿都已经褪去了学生气，看上去，都变成了成熟的大人。

——按照罗佳怡的说法，从前在公交车上给小朋友让座，家长会教：快谢谢姐姐；而现在，家长通常都教育说：快谢谢阿姨。

她们都觉得这个例子贴切极了。

现在，阿文在某事业单位做事，工作轻松，前途稳定。

小六订了婚，在家开了个淘宝小店卖衣裳首饰，生意尚可。

罗佳怡跟"那边"的男朋友分手，准备回家乡继续发展。

总之不管好坏，似乎人人都滑入了人生的正轨。

楚香还是坐 33 路回和平新村。和平新村对面，棉纺厂旧址的 LOFT 将要成型，楚香在报纸上见过北京 PEP 策划的广告，也收到过夹报和宣传折页，只不知那个"工业学大庆"的标语，是不是尚在原处。

楚香想起来，心里就不禁冒出一首歌：一场游戏一场梦。

陈小安同学回家乡过春节去了。

这段日子，小安跟宋敬学发展得似乎不错，想来怕刺激她，小安尽量回避，很少提起谈恋爱的事儿。

顺着沿街的店面走去，忽然看到，小安服装店旁边开出一家旅行社的门市部。

好几个易拉宝广告张在门口，热热闹闹的。

一个穿工作服西装的青年推销员站在门口派广告，笑容满面地问她："小姐，春节长假有旅游计划吗？"

"我不旅游。"

"我们旅行社开发了好几条新颖的线路，各国深度游，朝圣游，温泉游，还有哈利波特的拍摄地，英国古堡游。感兴趣的话，我可以为您介绍一下。"

楚香笑笑，不说话。

半天，开玩笑似的问道："那么我想找神，该去游哪里？"

"哦，朝圣之旅，我们旅行社有好几条线路，小姐，请进，我为您介绍。"

推销员殷勤地把楚香请了进去，让在沙发里。

"冒昧问，小姐你有宗教信仰吗？"

"怎么说？"

"嗯，世界各地有不少宗教圣地，打个比方，麦加就是伊斯兰教的第一圣地。我看小姐不是穆斯林，那么信不信基督教？"

"我没有宗教信仰，偶尔去拜拜菩萨。我只想找神。"

推销人员笑了："这么说，尼泊尔是最理想的目的地啦，尼泊尔自然风景相当漂亮，住在酒店里，打开窗户就可以远望雪山，而且宗教遗产丰富，还是释迦牟尼的诞生地。我们社专门有一条'纯净心灵之旅'，尼泊尔 9 日深度游。"

"释迦牟尼不是出生在印度吗？"

"古印度。古印度跟现在的印度，版图上有区别。"

"尼泊尔太远了。"

"太远？哦，没关系，国内也有好几条线路，比如四大菩萨的道场，普陀山、九华山、峨眉山、五台山，都是不错的地方。"

推销人员讲解得津津有味："其实我隆重推荐云南丽江、香格里拉 7 日游，来回双飞，去过的人都说香格里拉是圣洁的地方，离神很近。"

说着取出一张钉着名片的广告折页，放在楚香面前。

楚香翻了翻，照片拍得相当美。

"这条线有 2900 元普通团，和 3500 元五星豪华纯玩团两种。"

楚香拿走了折页，说："我回去再考虑一下。"

推销人员微笑说："好的，小姐，你想找神，香格里拉真的很合适。我们社是知名大旅行社，出门在外就是要找大旅行社才放心，是不是？小姐想去的话，就来找我好了，我姓张。名片上有电话。"

楚香卷着折页慢慢走出了门市部。

香格里拉。香格里拉真的能找到神吗？楚香苦笑。


在楚香看过的网络原创言情小说里，关于时间，有个常用的比喻，说时间像握在掌心的沙，无论握得多么紧，还是会悄然地，一缕缕地流泻。不久，节日过了，春天来临，气候渐热，进入了五月。

关泽仍没有消息。

楚香在报纸上看到一条新闻：由于本市"三纵三横"道路整改，126路、78路公交车暂改停靠路线，具体如下……；路段整治工程结束以后，33路公交车将停止运营。

33路作为本市最早的公交线路，服役已长达22年，该线路退出历史舞台后，将由车况更好的19路公交车代替，此外将增添56路公交车的班次，保证市民出行……

楚香有点吃惊，打开本市网上论坛，果然看到好几条议论33路的帖子。跟帖长长的，顶得很高。

"以前我很讨厌坐33！！空调也没有，开得很慢！！但是真正没有这辆车的时候也感觉不舒服，好歹它也陪了我们这么多年。"

"以后坐车又少了一个选择，呜呜……"

"33路啊，我很小就乘它嘞，真的要取消吗？"

……

楚香翻着回帖，翻到第七页的时候，关掉网页，哭了。

关泽不见了，33路也没有了。

一切结束了。


奔流网络公司的员工每年享受6天年假，楚香加了两个双休日的班，凑满十天。

她在网上找了些资料，发现丽江只有机场，没有火车站，于是买了张去昆明的卧铺火车票。

从本市到昆明，K字头火车需要跑一天两晚。

楚香抱着行李，谁也没有告诉，独身一人，登上了去昆明的长途火车。

跟去上海的火车不同，这趟火车乘客极多，很多人没有位子，坐在过道上。幸好，卧铺车厢还算整洁，秩序尚可。

楚香从没坐过长途火车，陌生的环境拯救了她的心情。她觉得挺好玩，挺新鲜。

对面铺是两个20来岁的小伙子，穿登山鞋，戴运动帽，背大行囊，一副热情洋溢意气风发的样子，说是认识不久的驴友，辞了职，结伴去滇西北玩儿的。

上铺则是个胖胖的大叔,派去昆明出差,还没发车,就跟两个驴友侃起来了。

"我年轻的时候去北京……"

"我年轻的时候,川藏公路……布达拉宫……"

"你们年轻,年轻真好啊!"

楚香听他们瞎侃,不由听得心里直乐。确实,年轻人,除了爱情,生活中值得经历的有趣事情实在太多啦!

吃饭的时候,楚香跑了趟餐车,发现火车上的东西特别贵,青椒豆腐干炒两根肉丝,配点米饭就标价15元。

工作一年多,楚香省吃俭用,攒下了万把块钱,这回,现金随身带了三千块,舍不得乱花,在餐车转了圈,又跑回去了。包里还有饼干,火车的热水免费提供。

两个驴友发现她啃饼干,跟她打趣:"姑娘你没长途火车经验吧?坐火车不准备泡面怎么行。火车上的东西,那是给人吃的吗?"于是硬塞给她三盒红烧牛肉面,不肯收钱,说方便面而已,带了好多,到时候再去昆明超市买呗。

楚香却之不恭,满怀感激。

火车哐哧地开动,一往无前。只见窗外,风景单调地变换着。

颠簸中楚香感到了某种旅途的漂泊之感。

车厢内的人们,仿佛没有来处,没有去处,没有目标,没有终点。总之,没有归宿。

楚香瞄过一点萨特的理论——因为关泽提过,为了吓唬教授,他曾经记过萨特著作的全文——萨特说,人先存在,进行自由的选择与创造,整个过程终结之后,方获得自己的本质。

火车离出发的城市越来越远,第二天,行至湖南境内。

楚香忽然接到一个电话,陈小安同学打来的。

"香香,你在哪儿呀?"

"……火车上。"

电话那头骤然安静三秒,随即一声尖叫。"火车——?!"

"楚香! 你去哪儿了,你干吗去,你快说!"

"……"楚香有点郁闷:"我去旅游。"

陈小安同学一听,显然受到了刺激,在那边大喊大叫:"你一声不吭,什么都没准备,去旅游?!"

楚香无辜状:"我准备了啊,我在网上找了很多资料,而且选好旅店,打电话订好房间了。"

"楚香,你胆子真大啊!"

"……"

"你等等,宋敬学跟你说话。"

"楚香。"宋敬学的声音传过来了,幸好,他还算镇定,"你事先怎么不打个招呼呢,说走就走啊? 你去哪儿旅游了?"

楚香迟疑片刻,老实回答:"丽江。"

"广西漓江,还是云南丽江?"

"云南那个。"

"什么时候回来?"

"我请了十天假。"

楚香在电话这头,听见那边陈小安嗡嗡嗡的声音,好像跟宋敬学吵起来了。宋敬学一个劲儿地在说:"不要紧,丽江挺安全的,不要紧,安全的。"像在跟小安解释。

楚香想要插嘴,说了好几声"喂",那边都不理她。

楚香不禁满脸黑线,说:"你们还有事没啊,别浪费我长途话费哈。"

宋敬学好像叹了口气,说:"没事,暂时没事,楚香,你注意小偷,注意安全,明天再联系你。"

不由分说,把电话挂了。

楚香狂晕,这小两口,感情好,难道是来秀幸福的啊。

收起手机,隔了几分钟短信又响了,掏出来一看,移动的提示短信,"您的手机已充值 200 元话费"。不用说,陈小安充的。

两个驴友见她无聊发呆,笑眯眯地问她:"嗳,你去昆明走亲戚?"

楚香说:"嗯。"

一个驴友说:"如果有时间的话,去丽江、香格里拉、梅里雪山一带旅行嘛,雪山你见过吗? 特别圣洁,特别震撼。都说雪山是神的领地,可以涤荡人的灵魂。"

楚香瞅了他们的背囊一眼,笑说:"我可不行,我体力不好。登不了山。"

驴友都笑了,说:"谁让你登梅里雪山啊。其实梅里雪山是个统称,那一带,海拔超过6000米的山峰共有13座呢,最高的叫卡瓦格博。十几年前卡瓦格博有场山难,很有名,你听说过吗?"

楚香摇头。

驴友说:"卡瓦格博峰,海拔还不到7000米,但至今没有人能登顶,是处女峰。1991年的时候,中日联合登山队就在卡瓦格博出了事,全部遇难,后来,似乎就没人再去登那座山了。都说,梅里雪山是藏族的神山,有神庇佑。"

楚香发生了兴趣,问道:"那你们去干吗?"

驴友笑道:"我们去远远地看神山一眼呗,想想就知道,多壮观啊! 那附近还有个明永冰川,是很罕见的低纬度低海拔冰川。"

楚香打听:"去一趟要多久啊。"

驴友说:"也用不了多久,七八天够了吧。实际上时间不是问题,什么都不是问题,困难总能克服,关键是困难面前的借口,实在也总是很多。对吧?"

楚香一听,不禁肃然起敬。

"其实。"她说,"我是想去香格里拉的。"

"香格里拉不错,你想去的话,先去丽江玩两天,丽江有不少户外爱好者,顺路的,说不定能捎上你。或者找旅行社呗。"

楚香毕恭毕敬地向两个专家咨询了许多问题。

驴友相当热情,事无巨细——交代,有些楚香没想到的,也都跟她说了。

上铺的大叔见他们这么兴致勃勃,忍不住也来劲儿了,扒在铺上长吁短叹："年轻好啊,年轻人,能吃苦,能受罪!我要是再年轻二十岁,也跟你们一块儿去看那个雪山,叫……什么来着?"

"梅里雪山,卡瓦格博。"

"对!说不定,第一个爬上顶的,就是我啊!"

大伙儿一起笑了起来。

火车停到昆明站,楚香告别热情的驴友和大叔,乘公交直奔昆明长途汽车站,买了张去丽江的大巴车票。

又颠簸 8 个多小时之后,楚香站在了丽江古城的面前。

# 22

古城像一幅百年历史的卷轴，缓缓地打开了。

楚香抱着行李，一眼望去，刹那之间冒出了两个直观感觉：这地方真美，这地方人真多。

身为世界文化遗产、著名的旅游目的地，丽江古城不免人群拥挤，店铺林立，充满了商业的气息。然而奇怪的是，它竟仍旧拥有令人迷醉的独特的风韵——它或许被改变，但不曾完全丢失。

楚香混进人流，边走边看，她发现，古城内溪流逶迤，水质清澈，四方街的附近，溪中小鱼成群。不知何故，每条鱼都绷紧身体，奋力逆流而行。

楚香订的旅店，是一家传统民居改造的客栈。

老板是个皮肤黝黑的中青年人，姓王，但人人都叫他"老苏"。相传，是最古早的一批户外爱好者，圈子里名气不小。他的客栈，网上推荐的很多。

楚香在客栈里看到了不少老苏亲自画出来的手绘地图，相当有趣，并且有用。

闲聊的时候，楚香问老苏："现在还有真正的纳西族，住在丽江古城里吗？"

老苏摇头："很少了。"

于是楚香故作深沉："这么说起来，其实丽江，也已经不纯粹了啊。"

老苏笑道："游客上丽江玩，大部分都喜欢这儿的气氛，这儿的酒吧，谁还记得这儿原本是纳西族普通男女老少繁衍生活的地方啊。不过怎么说呢，再怎么着，丽江就是丽江，对不？"

"您对丽江很有感情吧。"

"那当然了，没感情，我也不至于留在这儿。前半年，有个朋友在中甸松赞林寺附近开了家客栈，叫我去，我想了想，还是没挪窝。"

"老苏，您是哪里人啊？"

"苏州。"

楚香瞪大了眼睛，恍然大悟说："难怪你叫'老苏'呢！上有天堂下有苏杭，苏州也是好地方！"

老苏笑："苏州是好地方，但这辈子我已经变成云南人啦。嗳，你去听过古城里的纳西古乐表演了吗？"

"没有。我这人不大有文化，不一定听得懂，再说，那个古乐表演的票太贵了。"

"哦，没事儿，我有 CD，可以借你听听，要不然明天你起床早点，外面运垃圾的车，播的音乐也是纳西古乐。"

"噗——"楚香忍俊不禁。

"小吃，吃了吗？"

"刚才在路边的小摊买了个鸡豆凉粉，太难吃了，我吃半个就扔掉了。"

"那是因为你还没习惯。那个，东巴文字的纪念品，买了吗？"

"没有。"

老苏点点头，手伸到柜台下面，"哗"一声，掏出一沓披肩，介绍说："你看，上面的花纹就是东巴文字，这可是目前唯一还存活的象形文字啊。住店客人便宜卖，25 块钱。"

楚香喷了。原来，问这么多，就为了这茬啊！

"老苏，您太会做生意了吧！"

"没办法，房子的租金越来越贵，我倒还想免费招待背包客呢，行得通吗？"

楚香觉得这话还算实在,于是挑了一块披肩,掏钱买下来了。披肩花纹不坏,挺民族风的。丽江的昼夜温差比较大,五月天气,太阳一落,有点凉飕飕,楚香顺手就抖开披肩,裹在了肩膀上。

"老苏,麻烦再打听下,我如果想去香格里拉,怎么去才比较好?"

"办法很多种,我建议你,最好包车去。"

"可是,我一个人,包车不现实啊。"

老苏指指墙壁,说:"你去那边找找看,能不能跟人凑一队吧。"

顺他所指,楚香踱了过去。

那面墙很热闹,贴满了花花绿绿的便笺,都是年轻的散客们下条子诚邀组队,好一块儿包车去周边玩的。方向五花八门,近的泸沽湖,远的甚至还有去腾冲的;不过绝大多数,目的地是香格里拉、梅里雪山一带。

楚香挑了半天,挑了个三男两女的队。联系一下,发起人是一对青年夫妇。

青年夫妇就住在楚香隔壁的隔壁,他们房间里,席地搁着两只大登山包,床上还有摄影包,一副装备齐全、经验丰富的样子。

他们已经定下行程,丽江——虎跳峡——香格里拉——梅里雪山。

楚香加入了他们。

在老苏这个背包客云集的客栈里,楚香感到自己——一个城市里来的穷女子,登时也不禁沾上了背包客的浪漫与不羁气息。

青年夫妇说:"当然不能排除骗子存在的可能性,你叫什么,楚香是吧?我们还怕你是骗子呢。而且,路上全部是盘山公路,翻车的危险更大,你说怎么办。要想绝对安全,呆在家里看电视得了,跑出去看什么雪山啊。"

楚香认为有道理。


余下来一天,听从老苏的建议,楚香租辆自行车,去了趟离丽江不远的束河古镇。

据说,束河是纳西族最早的聚居处。但束河古镇面积比丽江小,位置比丽江僻,民居比丽江旧,街道比丽江窄,当然,也就比丽江清静得多。

楚香溜达一路,看到不少老人坐在街头巷尾,脸上的皱纹仿佛还沉睡在历史之中。

束河也有客栈,也有酒吧。但跟丽江相较,大都很沉默,很低调。

楚香喜欢极了。

她觉得,要是有时间,回来得搬到束河住一两个晚上。

某处僻巷之中,楚香遇到了一家装修极为简单的店,从外望去,店里挂着东巴文的装饰品,也挂着藏族的唐卡,打扫得一尘不染。颇有情调。

店名叫"鹰巢"。

这两个字写在门板上。旁边还粘着两张广告,普通 A4 纸,手写体。一张写:本店招聘服务员,男女不限,包吃包住,报酬面议;另一张写:提供烤全羊,¥880。

一副很随便,很漫不经心的样子。

楚香鬼使神差地走了进去。

观察桌上的饮品牌,然后要了一杯现磨咖啡。

看店的是个 30 岁左右的男人,皮肤微黑,五官分明,像少数民族。他招待客人的时候,不大露出笑容,显得有点冷傲。言谈举止给人一种感觉,似乎他是个有品位、有档次的时尚人士。

事实上,他的穿着——尤其发型确实很潮:光头却留着一圈毛茸茸的黑发,一眼看去,像头顶开出了一朵花。

店里随处放着几本留言簿,楚香啜着咖啡,翻看游客们的留言签名。

楚香发现,留言簿里居然还能找到好几个影视艺术界名人的踪迹;不少游客的留言情深意切,充满了感悟,仿佛坐在这家店里消磨一个下午,就如拈花微笑般洞彻了人生。

草草翻完留言簿,楚香把头转来转去,随随便便地观赏店里陈列的装饰物。

比如,最引人注目的一把粗犷的藏刀,刀鞘镶嵌绿松石,很漂亮,明显价值不菲。

藏刀旁边,有个充满风味的木头娃娃。

而墙角,置了一尊精致的瓷器。

楚香的视线挪到这里,再也无法移动,她的心脏瞬间停跳五秒。

是的，在关泽家，她曾经见过这样的瓷器工艺品，上面有个长得如邪教般的 LOGO——чудеса——"神迹"。

楚香感到嗓子有点发干，手有点发抖。

她深深吸了口气，扭头望了老板一眼，老板正靠在吧台上闷声不响地玩扑克，手势帅得像香港电影里的赌神。

这个男人，难道他也是神迹组织的会员？

那么，他认识关泽……认识宋敬学吗？

楚香不禁迟疑片刻，决定跟老板套套近乎，探探口风。

"老板，你好。"

玩扑克的男人漫不经心地抬起头，问道："你还要什么？"

"嗯……不要什么，就是说，你的咖啡真不错，真香，是云南本地的咖啡吗？"

"云南小粒咖啡。"

"嗯……听说过，麻烦问，这附近有卖咖啡豆的地方吗？"

"不知道，我不在当地进货。"

"老板，这是你自己的店吧？"

"是的。"

"开很久了？"

"一年多。"

"你的店很有名吧？我看到留言簿上有好几个名人签字呢！"

男人微微一笑，不咸不淡地应付说："是吗？"

很显然，他压根没往心里去。

楚香看着他，表面淡定，其实心中算盘打得飞快，使劲地想着，应该再怎么跟这个人寒暄套话。

半晌，楚香恭维说："而且，好多人的留言都写得很有才华，都是文艺青年啊！"

随手拿过一本留言簿，翻到其中一页，找了段长的，念道："你看这个人写的——'束河的时光让我理解到什么才是生命的永恒，在北京，那个喧嚣的都城，别人都认为我是成功人士，可我在成功的同时，拥有真正的生命吗？

我只有钱,我的躯体是空的,我没有灵魂,我像一颗灰尘飘浮在北京上空,围绕我的只有汽车废气……我是垃圾。可在束河,我终于沉淀,变成了冰晶。'"

楚香一本正经地念着,瞥见那男人终于笑了起来,淡淡地,有些讥讽。

他问道:"你在搞笑?"

"嘿嘿,嘿嘿。"楚香干笑,问道,"老板,这些留言,你都看过吗?"

"差不多吧。"

楚香一听,连忙问道:"那这些留言,你都记住了吧,你是不是早已经把这些留言全部记在脑子里了?"

男人淡淡回答:"当然没有,六七本留言簿呢,谁的记忆力能这么好啊。"

楚香有点失望。

想了想,换了个话题:"你的店里,工艺品都很漂亮。"

"从各地搜集来的,大部分是藏族的东西。"

"你去过西藏?"

"去过。但云南的藏区去的比较多。你知道的,香格里拉那一带,已经是藏区了。"

"嗯,我知道,迪庆藏族自治州嘛,我……明天就去香格里拉。"

"那么你还有事吗?"

没等楚香把话题拉到那尊瓷器,他就反问了一句,很显然,他有点不耐烦了,不想再聊下去了。言下之意,近乎于逐客。

楚香踌躇,半天,只好厚着脸皮问道:"老板,贵姓?"

男人看了她一眼,淡淡说:"免贵,姓欧。欧治宇。"

"欧洲的欧?"

"嗯。"

"这么说,原来你不是少数民族啊?"

"不是。"

"那个,你的名字是'志向'的'志'?"

"治疗的治,宇宙的宇。"他不大愉快地介绍了自己的全名,皱起眉头,过了会儿，面无表情地补充说，"别人都叫我 Tom。"

"原来你用英文名啊，我认识一个人，他的英文名叫 Kiwi。哈哈，怪吧。"

楚香注视他，发现他连眉毛都没抬一抬，看上去对"Kiwi"这个名字毫无兴趣，无动于衷。楚香只好自顾自，接了句废话："其实，Kiwi 也不是英文名啦，就是网络名。"

"嗯。"

楚香笑笑，用一种谄媚的语气，跟他攀起交情来："等我从香格里拉回来，再上你这里喝咖啡哈！"

这回，那个老板欧治宇看了她一眼，垂下眼皮，连"嗯"都没"嗯"上一声。

功力不够！楚香不禁有点沮丧，眼看打听不出特别的情况，磨蹭了一会儿，只好付钱，灰溜溜地走出去了。

心里嘀咕说，靠！开店的人，态度还这么不好，真是自恋到一定程度了。不就脑袋上长花么，难道很稀奇吗！


楚香快快地，在束河的四方街上吃了碗美味米线，犒劳自己。

顺手掏出手机给宋敬学发了条短信。

"宋敬学你认识一个叫欧治宇的吗？英文名 Tom。"

半分钟后，收到了回信："不认识，谁啊。"

楚香想了想，没把"神迹"的事儿透露出去，瞎编乱造，说："是这样啦，我在丽江遇到一个人，他说他也认识一个 Kiwi，我还以为是你呢。"

"你别给人骗了。"

楚香汗。

过了会儿，再发过去一条，问道："你真的不认识？会不会以前的同事、朋友什么的，你给忘记了？"

宋敬学回得超快："我很少忘记一个人，幼儿园同学的生辰八字我都记得。"

楚香一想也是。

宋敬学连《现代汉语词典》都能背下，怎么会记不住某个人呢？于是说："真可惜，我还以为，遇上你的朋友了呢。"

那头无消息，楚香以为他不再回了。

然而 15 分钟以后，手机又"叮咚"一响。

短信上写道："楚香，好好玩，注意安全。"

楚香一怔，盯着手机，涌上一阵说不清的感觉。很意外，很奇怪。

# 23

背包客们都认为，人生需要一次远游。

于是，碰巧混进背包客队伍中的楚香，也跟着他们经历了一次难忘的旅行。

接下来的几天，楚香背着简单的行李，跟刚刚结识的同伴们一起，前往虎跳峡徒步。在虎跳峡翻山越岭，连续不断地飞奔了 13 个小时，直至精疲力竭，灵魂出窍。

然后她近距离地接触了金沙江。

她亲眼看见，江水汹涌，以粉身碎骨的劲头切割山脉，一路轰然跌坠，惊心动魄。

之后，他们包车前往香格里拉。

沿途遇到了大片洁白的华泉台地，在一个叫"奔子栏"的地方，居高临下，观赏到金沙江突然呈 Ω 状，拐了个大弯。

一路绿草如毯，鲜花盛开。

终于到达香格里拉的时候，楚香已经发现，最美的香格里拉，其实已在悠长的路途之中。但此时，雄伟的松赞林寺迎面而来，宛若神弹指而化的遗迹。

楚香接受了松赞林寺一位活佛高僧的摸顶祝福。

他们在香格里拉盘桓数天，然后马不停蹄，沿盘山公路蜿蜒而上，来到了4292米的云南最高海拔公路。

那里是白马雪山垭口，风很大，越过那里，就进入了德钦县，梅里雪山所在不远了。

德钦县的飞来寺，是观赏梅里雪山的好地方。

就在飞来寺，他们竟神奇地巧遇了另一队背包客——丽江时同样住在老苏的客栈，曾有一面之缘。

原本素不相识的两队人，像遇见兄弟般兴高采烈，合并在一块儿，大吃了一顿。

吃完饭，两队已经自然重组了。没体力的留下远观梅里雪山，有劲儿的，继续往一个叫"雨崩"的地方前行，好更亲密地接触梅里。

楚香选择留下。

那对青年夫妇则告别他们，临行笑言："有缘再会。"

大伙儿来自全国各地，五湖四海——背包客们的这个"缘"字，着实微妙得很。

小旅店设备简陋，小虫子飞来飞去，大概因为海拔高，晚上很冷。楚香穿了两件T恤，一件外套，披肩把脑袋包得滴水不漏，跟所有人一样，精神抖擞，耐心等待拨云见日的时刻。

第三天，浓雾散尽，梅里雪山现出了真颜。

远方，浩瀚的雪山连绵不断，在阳光下蒙了淡淡金纱，一眼看去，简直不像是真的。

所有人都被震撼了，发出啧啧的惊叹，纷纷相互询问，究竟哪座山峰，才是著名的卡瓦格博。其实大多数人搞不清楚，指来指去，没有定论。

楚香觉得，认不认得出卡瓦格博，已经不大重要了。

楚香遥望雪山，有点发呆。

那分明寸草不生的雪山，好似诠释着生命的灵性，使人有种感觉，愿意为它付出一切，包括自己的灵魂。

终于回到丽江的时候，老苏还记得她，笑眯眯地跟她打了声招呼："回来啦?"

楚香头一昂,说:"嗯! 回来了!"

"雪山怎么样?"

"太圣洁了! 这辈子,已经没有遗憾了!"

老苏哈哈大笑,说:"有这种想法的人,说明还是很有灵性的。"

"真的吗?"

"是啊。"

楚香羡慕地说:"哎,老苏,太佩服你了,当初就能下定决心,离开苏州当个云南人。你当初怎么想的啊?"

"我嘛……"老苏笑道,"没怎么想,因为我喜欢。"

楚香汗,说:"就因为喜欢啊,这理由也太简单了吧?"

"简单? 天底下还有比'自己喜欢'更重要的理由么?"

"……"

楚香答不出来。

一个人自诞生之后,父母、学校、工作、配偶,乃至朋友,每一项势力都免不了争先恐后地为他划下格子。格子之外的广大空间是"自我",然而,往往格子里面的方寸之地,才被称为"生活"。

老苏笑眯眯地问:"你难道也想做个云南人?"

"想啊。"

"哈哈哈。"老苏笑道,"那你试试看嘛。"

"我恐怕……不行。"

"有些事看上去很不现实,其实真的做起来,说不定不比想象中难。说到这里,你知道我最厌烦哪种人吗?"

"哪种?"

"自以为是的那种。"

"啊?"

老苏说:"我觉得人能有一种追求,就是好事。我本人的追求,就是留在大香格里拉地区。哎,不说了,你还要住几天?"

虽然楚香毫无归意,但十天的假期,此时还剩不到两天。

楚香想了想,说:"不知道,再住几天吧。"

当天晚上,楚香失眠了。


第二天,不由自主,楚香再次去了束河古镇。

找到了那家极有可能跟神迹组织有所关联的"鹰巢"。

头顶长花的老板欧冶宇,跟上次一模一样,脸色冷淡,靠在吧台上,酷酷地玩扑克,手法纯熟,相当帅。

"嗨,你好!"楚香打了个招呼,不确定这个欧汤姆是不是还记得自己。

"要什么?"欧冶宇抬起头,淡淡问。

"咖啡。"楚香吐字清晰,说,"跟上次一样,现磨的云南小粒咖啡。"

欧冶宇对这句话并无表态,丢下扑克,进去里面开始现做咖啡。趁他进去的时候,楚香伸长脖子,在相同的地方,果然又看到了那个印有"神迹"LOGO 的瓷器。

不会错,肯定是"神迹"。

楚香假装无意,指着店门板上贴的 A4 纸手写广告,问道:"老板,你这里正在招服务员吗?"

"嗯。"

"有什么招聘要求吗?"

欧冶宇问:"你想应聘?"

楚香说:"是啊。"

欧冶宇皱起眉头,虽然没有直说出来,但眼神已经表达了以下内容:开玩笑,脑残了吧,吃饱了撑的? 想逗趣,找别家。

楚香凛然不惧地看着他。工作一年多,社会大课堂给她带来的最大收获,就是不知不觉之间,脸皮变厚了。

欧冶宇把热腾腾的咖啡放在她面前,淡淡问道:"你干哪行的,或者还是学生?"

"我在一家网络公司做文员。"

"大城市来的吧。"

"嗯,算吧。"

"诚心想在这里干活?"

"……诚心的。"

楚香脑海里不禁浮出若干红色电影的画面:地主老财坐在太师椅里,斜睨着苦大仇深的雇农。哦,不对,欧汤姆,那就不是地主阶级,是假洋鬼子,外国资产阶级的买办走狗。

冷不丁听到欧治宇问:"为什么?"

"……"

楚香被问住了,半天,只好反问道,"请问什么叫'为什么'?"

欧治宇轻描淡写地说:"喜欢丽江的人不少,确实也有很多人就留在这儿不走了,但我觉得你不像那种人,你身上没那种味道。"

"味道? 什么味道?"

欧治宇看她一眼,没有回答。

"老板,你嫌我看起来老实?"

欧治宇还是没回答。

楚香说:"不瞒你说,昨天我刚从梅里雪山回来,我觉得雪山太圣洁了,那不是山,是神。我本就是来香格里拉找神的。现在我决定当个云南人了,希望你能给我一个机会。"

"哼。"欧治宇发出一个声音,似乎是冷笑。

"你决定?"

"嗯。"

欧治宇沉默片刻,忽然问:"那么,你的英语怎样?"

楚香不禁一愣。

欧治宇淡淡说:"这里外国游客很多。"

正说到这里,果然,一个高高大大的外国老头竟踱了进来,领口别着太阳镜,脖子上挂着大大的照相机。

欧治宇朝老外努努嘴:"你去招呼下。算面试。"

楚香顿时傻眼了。

找个服务员的工作,还要现场表演英语啊!

欧治宇表情冷淡,用目光强迫着她。

楚香只好走了过去,眼光扫过外国老头手臂上长长的毛,摆出一副很欢快的样子,笑道:"Hello!"

外国老头嘴里发出一声友好的回应声。

楚香硬着头皮,问道:"What. . . can I do for you?"

外国老头看上去开心极了,嘴里发出短短的一声语气词,抑扬顿挫,蛮好听,接着词汇就像古镇里的小溪那样汩汩地流了出来。

"……"楚香瞪着老外。

她本来想,点单的时候,抓准一两个关键词,比如 coffee、tea、cola 之类的,谁知道,这个老头儿居然哇啦哇啦冒出这么长一篇!

楚香有点尴尬,期期艾艾地说:"Could you. . . could you. . . repeat. . . "

忽然憋出了一个词:"Pardon?"

老外叽叽咕咕重复了一句话。

"Pardon?"

老外笑了,用手指指着饮品牌"现磨咖啡"那栏,示意楚香。

"OK!"楚香懂了,笑眯眯地说,"Thanks!"

走到欧治宇那里,邀功:"他要现磨咖啡,就是我要的那种。"

欧治宇冷冷看了她一眼,问道:"你觉得你适合这份工作吗?"

"……"楚香说,"适合。"

欧治宇足足沉默了十几秒。

楚香嘴硬:"我承认,英语确实不大好,但这里的客人,不会个个都是外国人吧,仍旧以中国人为主,是不?"

见老板不表态,忙补充说明:"我大专毕业的,很会学习,点单的英语,说不定过几天就熟能生巧了。你雇一个当地人,也不一定会英语吧? 你也看到啦,我的服务态度很好的,很热情很客气。"

"那好,包吃包住,月薪 500。"

楚香一愣,才 500 啊,难怪门板上的招工广告拿不下来呢。

"怎么样?"

楚香咬咬牙,说:"好的,老板。"

欧治宇看着她,反而有些意外,顿了半天,才说:"试用期两个月。"

楚香忙问:"转正以后加工资吗?"

欧治宇淡淡说:"看表现。"

"哦。"

欧治宇问:"你有英文名吗?"

"没有。"

"取个英文名吧。"

"为什么?"

"这里老外很多。"

楚香寻思,还是不要跟老板顶嘴比较好,眼光四下一瞄,正好瞧见了某本杂志封底的欧米茄手表广告,模特是一个硕大的皮尔斯·布鲁斯南。

"James,怎么样?"

欧治宇皱起眉头:"那是男人的名字。"

"我知道啊,007的名字,我喜欢007。"

"这里不是军情六处。"

"……那,那就欧米茄吧。"

"随便你。"


楚香像做梦一样回到丽江收拾行李。

简直太不可思议了,她,楚香,居然真的在束河找了一份工作。这件事无论说给谁听,都会认为她傻了,疯了,失常了,完蛋了,没希望了!

楚香不禁想起一句唐诗:孤舟蓑笠翁,独钓寒江雪……


考虑再三,楚香不敢直接跟小安坦白,采取迂回政策,给宋敬学打了个电话。

果不出所料,宋敬学在电话里狠狠骂了她一顿,叫她赶紧滚回去。

楚香拒绝了。

宋敬学很生气,一把挂掉电话。

幸好,半小时以后,宋同学似乎想通了,重新主动打了过来。

并且他的态度奇迹般和缓,告诉楚香说,奔流网络的善后事宜他会帮忙办妥；至于楚香和平新村的房子，小安会代为照顾；而一些衣物之类的生活必需品，过几天，用邮局 EMS 快递给她，叫她留下详细地址。

楚香震惊极了，感激涕零，当场就给宋敬学和陈小安写了两张至诚至恳的感谢明信片。

几天后，一只大包裹果然跋山涉水，运到了丽江邮局。

里头装满各式各样的物品，显然经过细心的挑选与准备，井井有条：有毕业证复印件、被套床单、内外衣物、轻便的鞋子、几本常看的书、杯子、面霜、家乡的点心……

此外，竟还有十几瓶法国香水，那是关泽送的。

## 24

楚香在束河生活了三个月,挺满足,也挺开心。楚香发现,束河的三个月,比大都市三年的时间,还要宽松。

束河的时间是静止的。流动的只有那些面目各异的游客。

跟楚香组队去香格里拉的青年夫妇,此时已回到家中,用 Email 发来了很多照片。

青年夫妇的摄影技术相当不错,硬件也好,用专业昂贵的单反相机。他们给楚香拍了十几张单人照,楚香特别喜欢其中一张,点点鲜花充满了整个镜头,远景是松赞林寺,而她骑在马上,回眸一笑,目光虔诚,面容纯真。

楚香把照片洗了出来,臭美地贴在店里的墙上。

因为这张照片,跟楚香攀谈的客人变得多了起来。

对附近不熟悉的背包客,免不了要打听一番,楚香便跟他们聊香格里拉,把她自己的经验传授给他们。说话时,起头必定是"以前我去的时候……",好像她上辈子就已待在束河,是个老资格的云南人了。

束河这个地方,金钱强大的阶级划分力,暂时失去作用。某个人能否受到尊敬,有时是缘自其对地理和文化的熟悉程度。

背包客的态度常常充满了谦逊和佩服,让半桶水的楚香暗自得意。

当然也撞见过高手,是个年轻登山家,最高登顶过 8201 米的奥卓友峰,毕生的理想是海拔 7556 米,据说死亡率高达 90% 的贡嘎山。

楚香请登山家喝了一杯可乐。

印象深刻的,还有个很漂亮的女客。长卷发、描着粗粗黑黑的眼线、穿长长的布裙子,外表看上去像安妮宝贝的主人公。

女客要了一杯苏打水,坐在店里翻看其他游客的留言。

然后取了张丽江古城的明信片,伏在那里想了很久,写了很久。

她转头问楚香:"我放支歌,可以吗?"

楚香点点头。

女客便打开手机,轻轻的,放了一首哀伤的歌。


原因一定很多,就随你吧!究竟为什么,我不管它。分手我不怕,你知道吗?你知道的啊!只是……那几乎成真,我们的家,你真的不想吗?那这些年的专心无猜,你只当我是朋友吗?我以为雨声会遮住你的回答,它却那么清楚啊!让这个你曾深爱的女孩,一夜长大……


楚香无意偷窥女客的心情,却被这首歌打动了。

不知为什么,楚香感到难过。

这是个失恋的人吧?坐在遥远的束河,给男朋友写明信片。

不过起码,她的男朋友还有个地址,还有个着落……

女客走了以后,楚香被低落的心情冲昏了头脑,不怕死地问欧治宇:"老板,你有女朋友吗?"

欧治宇看她一眼,冷冰冰地吐出一个字:"有。"

"你女朋友为什么不跟你一道来束河呢?两个人开酒吧,不是很好吗?"

欧治宇面无表情地看着她。

态度不善,楚香只好不吭声了。

在这些形形色色的客人里,楚香寻找自己的影子,终有一天,她忽然发现，虽每天仍在用手机，有时也用欧治宇的笔记本电脑上网，但现代生活已不自禁地离她越来越远。

某一天傍晚，夕阳如红纱般笼罩了束河。

楚香坐在"鹰巢"里，给关泽写了张明信片。


关泽：

　　时间过得真快，你好吗？我一直很想你。

　　现在我住在束河古镇，云南丽江的旁边，这地方很漂亮，以后，我大概不会回去了。

楚香

×年×月×日

楚香在明信片的地址栏，写了南嘉集团总部。毫无指望地骑车去了趟丽江古城，把明信片送入邮局。

回来的时候，"鹰巢"旁边的空地上，已经非常热闹了。

这天晚上，"鹰巢"有一个烤全羊派对。

出钱的是隔壁开客栈的小伙子。那个小伙子跟欧治宇气质差不多，也是潮人，头发长长的，扎个马尾辫，破不拉叽的牛仔裤经年不洗，美其名曰：养牛。

小伙子跟欧治宇惺惺相惜，还算有点交情，朋友来到束河，便想在欧治宇的店招待朋友吃烤羊、喝啤酒。

此时，一只黄焦焦的全羊，像武侠片里演的那样，架在旁边的炭上。

欧治宇正给烤羊刷油。

一个流浪歌手弹着吉他，在唱许巍的《蓝莲花》。


　　没有什么能够阻挡，你对自由的向往，天马行空的生涯，你的心了无牵挂。

　　穿过幽暗的岁月，也曾感到彷徨，当你低头的瞬间，才发觉脚下的路。

心中那自由的世界,如此的清澈高远,盛开着永不凋零,蓝莲

花——啊——

最后的调子拉得又长又激烈,意气奋发,一下子调起情绪,旁边的人发出"噢噢"的欢呼。噼里啪啦鼓起掌来。

这流浪歌手,楚香白天曾见过,在"鹰巢"参观了半天,饶有兴味地打听了许多关于纳西族和藏族的故事。想不到,歌唱得这样好。

楚香乐呵呵地去搬啤酒。

真好呀,全是年轻人,无忧无虑,无牵无挂,在束河这个远离家乡的古老小镇,心无杂念,放肆唱一首追求自由的《蓝莲花》。

有人起哄:"老贾! 老贾再来一首!"

"再来一首!"

流浪歌手按着吉他,换了个曲子,唱起罗大佑来。

遥远的路程昨日的梦以及远去的笑声,再次的见面我们又历

经了多少的路程。

不再是旧日熟悉的我有着旧日狂热的梦,也不是旧日熟悉的

你有着依然的笑容。

生命与告别光阴的故事改变了两个人,就在那多愁善感而初

次回忆的青春……

楚香听着歌,一边派发啤酒,一边傻傻地笑着。无论如何,伤心的失落的事再多,总归会有更丰富多彩的快意填充进生活。再倒霉的人也有盼头,上帝给关上了一扇门,就会打开一扇窗,难道不是这样吗?

发光整箱啤酒,楚香站在客人的外围,拍拍手上的灰。

冷不丁,有人在背后叫了声:"嗨!"

楚香转过头。

只见某个年轻的背包客,戴着帽,系着运动腰包,满头大汗,诧异地盯着她。片刻,他竟猛地叫起来:"哎! 你好! 你……不就是火车上的那

个……?"

楚香登时也认出了他,又惊又喜,大声叫道:"对对对! 哎! 你就是,你就是火车上送我方便面的驴友嘛!"

两人不禁一块儿高兴地笑了起来。

这就是束河,任何时候都会遇见朋友。即便从不知姓名与来历。

"想不到还能见面啊!"楚香快活地说,"你要喝什么? 这次我请你哈!"

"谢谢,谢谢。"驴友呵呵笑道,"太巧了,火车上是五月份吧,都三个月了,你上哪儿玩了趟,怎么还没回家?"

"我不打算回去啦,现在我在这家店打工。"楚香指指"鹰巢"。

驴友一听,不禁露出震撼的神色。

过了半天,才说:"我每次出来旅行的时候,都想,这一次是真的不回去了,但结果,总还是乖乖回城去,嗨,你厉害啊! 女中豪杰!"

"哪有这么夸张,嘿嘿,你喝什么?"

"冰的,越冰越好。我从丽江走路过来的,热死了。"

"好,等等!"

楚香跑进去倒了一杯冰可乐,觉得力道不够,再装了七八块冰,玻璃杯上很快沁出了一层细细的水珠,看上去凉快极了。驴友不客气,把可乐"咕咚咕咚"灌了下去,舒服地叹了口气。

楚香含笑看他,问道:"火车上跟你一块儿的,另外那个驴友呢?"

驴友没回答。

就在这时,驴友的脸色,仿佛电视机坏掉般,陡然晦暗起来,两秒钟前生气勃勃的人,突然,像个大麻袋,瘫倒在地上。

玻璃杯骨碌碌地滚到了旁边。

楚香呆住了。

刹那之间,楚香脑海中,居然一片片地闪过了《名侦探柯南》的影像。受害人恐怖死去,警车呼啸,然后警察举起盛可乐的玻璃杯,闻了闻,说,苦杏仁味,氰化物中毒,再然后,手铐就拷上了她的手腕。

流浪歌手还在忘情地唱着罗大佑的歌。几乎没人发现这个突如其来的意外。

　　幸好,在旁边照顾烤羊的欧治宇,快步奔了上来,摆正驴友的身体,让他平躺在地上。

　　驴友休克了。面色灰白、手足湿冷,心跳剧烈。

　　欧治宇吼道:"不像普通中暑,快叫急救车!"

　　楚香瞬间回神,掏出手机拨打了120。

　　丽江医院的急救车马上赶到。楚香还没怎么反应过来,她已经拎着包,站在了医院急救室的门口。一个高高瘦瘦的男医生,走到她面前,问:"你是病人家属?"

　　楚香说:"不是。"

　　医生表情相当严肃:"急性心梗,可能是过度疲劳引发,需要马上手术。手术通知单、病危通知书谁来签字? 另外,马上去补办手续,交住院押金。"

　　楚香朝欧治宇瞄了眼,欧治宇站在服务台旁边,正翻驴友的手机,一边不停打电话,试图联系驴友的家属。

　　楚香结巴地问道:"急性……急性什么?"

　　"急性心肌梗塞。"

　　"心肌梗塞? 他年纪这么轻,怎么会得心肌梗塞?"

　　"谁告诉你年轻人不会心梗。"医生严肃地教训说,"知道心梗归哪类么? 心脑血管意外! 既然叫意外,就是让你想不到!"

　　楚香觉得这话挺逗,想笑,又笑不出来。

　　楚香问:"有生命危险吗?"

　　医生答得很断然:"有。"

　　楚香浑身冒汗,说:"他突然晕倒,身边没有朋友,我们正在联系他的家属。医生,你们能不能先手术……那个,押金要多少钱?"

　　"3万。"

　　"3万?"楚香一惊,这可不是一笔小数目,"难道不能先欠着,等他家属来了以后,再补吗? 如果没有押金,就不抢救了吗?"

　　医生说:"我们已经在抢救了。不过,医院的规定是先交押金。"

　　楚香只得跟欧治宇商量。"他的家人联系到了吗?"

　　"还在联系——这人的手机里没有'爸妈'之类的号码,可能为了防欺诈电话,我打了好几个,都说是不大熟悉的工作客户。"

楚香口干舌燥,年轻的驴友,刚才还活蹦乱跳,总不能放任不管,看他去死吧!

猛地,楚香脑中划过一道光。

她翻出钱包,找到里头夹着的,一张尘封已久、从没用过的银行卡——那是去上海培训前,关泽送给她防身的。

护士送来了所有的单子,一切就绪,只等签名缴费。

楚香揣着卡,不知道自己怀着什么样的心情,走到收费处。

只见工作人员轻轻一划,女声机械提示:请输入密码,很顺利,很轻易,机器发出咔咔打印的声音,收据轻轻滑了出来,划卡成功。

原来这么久,这张卡不曾作废。

欧治宇冷眼看她,没良心地提醒:"欧米茄,你有没有想过,万一他家人赖账怎么办,别忘了你一个月薪水只有500。"

楚香心烦意乱,冲口顶了一句:"老板,你打算给我涨工资吗?"


经过几个小时的抢救,还算顺利,驴友脱离了生命危险。

第二天上午,楚香离开医院,找到附近的银行。

楚香把一直攥在手里的银行卡交给柜台小姐,低声说:"麻烦你,我想查查,这张卡能取多少钱。"

柜台小姐划卡,在电脑上点了几下,笑容可掬地问道:"准备提多少钱?如果现金5万以上,需要预约的。"

楚香感到有气无力,问:"最多可以提多少?"

柜台小姐微笑说:"VIP信用卡,刷卡消费最多可以透支人民币50万,提现的话,是人民币35万。"

楚香一听,脸色大变,简直被震住了,几秒钟的时间,她变成了一尊木偶。

然后,像个游魂般在银行大厅毫无目的地飘了几圈。

她最终失魂落魄,垂头站在墙角。

人民币50万。

是的,送卡的时候,关泽说不定已早有预谋。这是什么意思呢,难道他想用这50万作为某种补偿,青春损失费?失恋抚慰费?或者,仅仅是一个富人对一个穷人,出自善意的资助?

楚香发现自己不由自主蹲了下来。

楚香用微微颤抖的手掏出手机,再一次,拨通了关泽的电话。

听见话机里传来女声机械的中英文提示:"对不起,您所拨打的号码是空号,请核对后再拨;Sorry, The number you dialed does not exist……"

空号,永远是空号。

楚香把手机放在地上,手伸进包里,使劲翻了一阵,翻出纸巾,压住双眼。

再次抬头的时候,却见面前出现了一个人。

酷酷的发型,酷酷的穿着,酷酷的表情。

欧治宇看着她,冷淡地说:"你蹲在这儿干什么,走,回束河。"

楚香拉上包的拉链,站起来,低头快步走出了银行。

心这样烦乱,以至于她根本没注意,手机还落在银行的地上。

# 25

"那笔钱,是你的积蓄?"他们乘公交车回束河古镇,路上,欧治宇忽然不咸不淡地问了她一句。

"干什么。"

"那笔钱有问题?"欧治宇问道。

楚香微微一怔,转过头,却见欧治宇神色如常。

他淡淡地说:"如果那笔钱有问题,我可以帮你凑出来,你先去把钱还了。"

楚香明白了他的意思,不禁有点惊讶,从没觉得,原来这个欧汤姆也有可取之处。

楚香沉默片刻,笑了笑,说:"谢谢,不用。"

一路无话,回到束河,他们跟往常一样,打扫店面,把店开张起来。

暂时没客人上门。楚香双肘撑在桌面上,呆呆坐在椅子里,眼睛望着那尊印有"神迹"LOGO 的瓷器出神。чудеса,几个俄文字母像视频的拉伸特效,在她眼前扩大、模糊,渐渐地,化作一样东西,居然是关泽的微笑。

楚香不由泪盈于睫,用指尖揩掉潮湿,在心里暗暗自嘲。

那张明信片,上面的话到底写错了。

她应该写的,仍是阿桑的那首歌《温柔的慈悲》:"其实我早应该了解,你的温柔是一种慈悲,但是我怎么也学不会,如何能不被情网包围……"

"欧米茄。"

"啊?"

"易拉罐啤酒大概快卖完了,有空你去清点下,过几天,再去进五六箱。"

"噢。"

"你在看什么?"

欧治宇的语气貌似不大耐烦,楚香做贼心虚,一个激灵,挺直身体,下意识搪塞说:"老板,唔,我觉得,这个瓷盘很精致啊,大概是哪里的纪念品吧?"

"чудеса,国外一个小型天文学俱乐部。"

楚香有些诧异地瞄了欧治宇一眼,见他眼睛都不眨一下。不会吧……骗人骗得这么不动声色。"天文学俱乐部?听起来很了不起,老板,你还是个科学家?"

欧治宇半天没有出声。

忽然,语气平缓地说:"不是我的,是我女朋友的。她送我的礼物。"

楚香大吃一惊,问道:"这个瓷盘,原来是你女朋友的?"

"是的。"

楚香怔住了,想了很久,小心翼翼地问:"这么说,你女朋友是科学家?真厉害啊!"

欧治宇的脸上,此时划过一道流星般的笑容,然而语气未变,说:"她不是科学家,只是业余对天文学感兴趣,实际上,她是个电脑工程师,在沃尔沃公司总部工作。"

"沃尔沃总部?"

"在瑞典。"

"你女朋友原来是留学生?"

欧治宇摇摇头。"以前我学瑞典语,去瑞典留过学。我女朋友是当地人。"

"你女朋友叫什么名字?"

"Lucia。"

顿了几秒,欧治宇的舌尖缓缓滑出一个名字的发音,漫不经心而又充满了感情。

楚香听在耳里,心底不由自主地,产生了一丝怅惘。

"不过,"欧治宇说,"她更喜欢她的网名,叫 Eagle。"

"Eagle..."楚香喃喃地念道,感到这个名字似曾相识。转头看去,见欧治宇的脸色,仿佛表现出了某种从未有过的温情。

"她是个天才的电脑工程师。这瓷盘,其实就是 чудеса 为她特别制作的奖章,为了感谢她给 чудеса 俱乐部设计了完美的网站程序。"

听到最后这句话,楚香心一跳,Eagle 这个名字闪进了她的脑海。

——关泽曾提过,网络上,宋敬学有个对手名叫 Eagle,宋敬学还为其取了个音译名,叫"阴沟"。

"我能看看你女朋友的照片吗?"

欧治宇迟疑了几秒,从裤兜里摸出一只钱包。

想不到,这个酷酷的潮人,居然把女朋友的照片随身携带,楚香对他有点刮目相看了。

只见照片上是个漂亮的外国女孩,一头金发,笑得极为灿烂,她穿着溜冰鞋,微微弯腰,向镜头招手,好像生活得非常快乐。

楚香忍不住开玩笑,调侃道:"哇,老板,你有这么漂亮,又这么聪明的女朋友,干吗不留在瑞典啊,你竟然舍得啊。"

欧治宇不说话。

楚香说:"要不然,你把她接来束河嘛,她不肯辞掉沃尔沃的工作吗?"

欧治宇把钱包收起,放好。

半晌,淡淡地说:"她去世了。"

楚香一愣。

欧治宇说:"急性粒细胞性白血病,发病很突然,她失踪了整整半年,再次联系我的时候,已经在医院的抢救室,最终没能抢救回来。她葬在瑞典,已经一年多了吧。"

楚香低声说:"老板,对不起啊。"

欧治宇瞄了她一眼,走回吧台去了。

他又变回了面无表情的样子,靠在吧台上,身后的音响,此时播放某种音乐。

身为头顶长花的时尚人士,欧治宇每天都会弄点有潮流、有品位的 music,大部分是酒吧电音,House、Trance、Funk 之类。他的习惯是,只在无人时,打开音响播放一会儿,其间只要有客人上门,就立即关掉音乐。好像光临的客人不配分享那些曲子。

楚香心里有点歉疚,决定今天奉承他一下,拍拍马屁。

"老板。"楚香摆出一副快活的模样,问道,"今天是什么音乐? 今天的音乐还不错哈!"

"Buddha Bar。"

楚香一听,脚步胶在当地,站了很久。

半天才走到吧台前,说:"给我看一下碟子。"

欧治宇把 CD 的壳递给她。

封面果然是一尊很大的佛像。

某些往事像束河清净的风一般,让人感到有些凉凉的。

楚香笑笑,问道:"这个 Buddha Bar,是不是法国巴黎的酒吧,就在香榭丽舍大街旁边,酒吧里有尊大佛像,挺有名的?"

"原来你也知道?"

"听说过。"

楚香说了三个字,放回 CD 壳。她的眼光从欧治宇脸上扫过,觉得有句话似乎很适合他们俩。同是天涯沦落人,相逢何必曾相识。

三天后的下午,是束河古镇最寻常的一个夏天。

明澈的溪水汩汩流淌,四方街上的小吃摊,热热闹闹地摆成长龙,猫和狗趴在墙根睡觉,游客们四处转悠。"鹰巢"里,欧治宇靠在吧台后,闷头玩牌。

店里安静极了,老式吊扇飞快地转动,发出轻微的"吱吱"声。

楚香趴在桌上,透过敞开的大门,看到有一个游客,踏着历史悠久的石板路,沐浴在薄薄的阳光下,不紧不慢、从从容容地走了过来。

那是个年轻男人,身材很瘦,穿了件亚麻色衬衫,修长的牛仔裤,登山鞋,棒球帽,还戴着遮阳镜,挡住了眼睛——比较典型的游客打扮,却挺光鲜。

不知为什么,楚香"呼"地坐直身体。

那男人拖着一只不大不小的旅行拉杆箱,手里还卷着一本书,施施然,径自走到"鹰巢"门口,停了下来。

就在他脚步停顿的刹那,楚香的身体,情不自禁往后飞快地微微一仰,好像此时有支坚硬的箭,猛然贯穿了她的心脏。

楚香把嘴唇抿成一条线,用一种冷酷的目光,盯着他。

是的,这男人,不要说戴帽子、戴太阳镜,就算烧成了灰,楚香也认得。

从来对客人相当漠然的欧治宇,不晓得吃错了什么药,竟抬起头,打量了来客一眼,主动淡淡问了句:"要什么?"

"可乐,谢谢。"

欧治宇吩咐:"欧米茄,去倒可乐。"

这个远道而来的客人,极为自然地侧头看了楚香一眼,微微一笑。

楚香扭头就走,闯进酒水间,倒了杯可乐。

出来的时候,看到拉杆箱竖在吧台旁,而他微微弯腰,正柔情蜜意地注视墙上的照片,脸上的神情很愉快,很欣慰,又很怀念,仿佛充满了光彩。

楚香面无表情,把玻璃杯顿在离他十万八千里远的、角落的桌上。

他只好离开照片,走到那张桌子前,端起杯子喝了口可乐。

谁都看得出,他欲言又止了好几次,终于朝楚香低低地微笑搭讪说:"嗨。"

楚香往另一个方向偏过头,无动于衷地望着墙角。

他管自己说了下去:"那张照片,是在香格里拉拍的吗? 拍得真好。"

楚香不说话。

"你去香格里拉……"

"这位先生。"楚香打断他,鼻子"哧"的一声,公事公办地说,"想去香格里拉,丽江有好几个旅行社,也可以包车去。随便你。"

他点点头,研究着她的表情,忽然叫了她的名字:"楚香……"

楚香立即又冷言冷语地打断了他:"不好意思,你认错人了,我叫欧米茄。"

"……"

他沉默半天,忽然说:"欧小姐,你对丽江很熟吧? 我刚来这里,你能不能给我介绍几个好玩的地方?"

"不好意思,我不是导游。"

他一听,只好又沉默了。

半晌,把手里卷的书放在桌上。

楚香看到了那本书的封皮——《驴行云南:背包游丽江》,又瞄一眼他的拉杆箱,嗤笑一声,再次偏过头,拨着指甲,不吭声。

他喝了口可乐,想了很久,声音很低地说:"我会在这儿住好几天……"

"关我什么事?"

"嗯……你不能帮我推荐一家酒店吗?"

"我一家酒店都不认识。"

楚香寸步不让,死死板着脸,心却不由自主,已经在发抖。恨死了! 既恨他这种若无其事的态度,又恨自己。

他陡然转了个话题:"香水很适合你。"

楚香一听,登时顶了回去:"世界上只有你会买香水? 这香水是别的朋友送给我的。越南香水,不比法国的差。"

他笑笑。"欧小姐,看来,我好像没认错人。"

"……"

不小心中了圈套,楚香两眼朝天,一声不吭。

他看着楚香,显然,他也不知一时该从何说起。

空坐半晌,他从座位上站起来,低声说:"楚香,我先去找个酒店,把行李放好……等下再来找你。"

楚香还是不说话。

他迟疑片刻,摸出可乐钱,本想放在桌上,冷不丁,被楚香一把夺过。

他一怔，又看她一眼，却见她眼睛望着天花板。

他便只好低下头，走到吧台边，弯腰重新拖起拉杆箱，慢慢地，走出了"鹰巢"。

楚香脑袋登时"嗡"的一声。

其实还没反应过来，人却已经冲了出去。楚香看见，他瘦瘦的背影就在前方。他孤身一人，沿着束河古老的小路，一步接着一步，不停地走远。

楚香大吼一声："站住！"

没志气！楚香痛恨自己，恨死了。

然而一层淡淡的水雾还是瞬间蒙住了她的眼睛。

他停步转身。

在这个古老的小镇，他们用某种情仇交织的眼光，相互望着对方。好像电影中定格的画面，足足望了十几秒。

终于，楚香用力扭头，差一点拧折了自己的脖子。她钻进"鹰巢"，把可乐钱一把扔到欧治宇怀里。

欧治宇问："你认识他？"

"不认识。"楚香干脆地回答。

"那你干吗叫得这么凶。"

"我以为他想吃白食。"

欧治宇垂下头，管自己玩牌，不理她了。

"老板。"楚香嗓子发干地说，"我现在去进啤酒。"

"嗯。"

楚香一阵风地跑出"鹰巢"，再往路前方看的时候，那个人居然已经不见了，连影子都没留下。楚香的心脏砰砰乱跳，骑上小三轮车，在束河仔细地寻找起来。

然而没有人。

各式各样的游客优哉地逛着，中国人、外国人，各式各样的男人。只是没找到他。

楚香不死心，蹬着小三轮，开始一家家客栈找。

路过某条偏僻狭窄的巷子时，楚香猛然停了下来，毫无来由地打了个冷战。

她看到,深巷内站着一个陌生男人。

那人穿洁白的 T 恤,胸前松松垮垮,绕了两圈天珠与绿松石交错的项链,他手中执一个金黄色的经筒,以一种极优雅的动作轻靠在墙上。

他侧脸对着楚香,像日光中乍然而放的莲花。

刹那之间,楚香感到自己跌入了时空的隧道,而六世达赖的诗却如灵光般在脑中浮现。

> 那一刻,我升起风马,不为乞福,只为守候你的到来;
>
> 那一天,闭目在经殿香雾中,蓦然听见,你颂经中的真言;
>
> 那一月,我摇动所有的经桶,不为超度,只为触摸你的指尖;
>
> 那一年,磕长头匍匐在山路,不为觐见,只为贴着你的温暖;
>
> 那一世,转山转水转佛塔啊,不为修来生,只为途中与你相见。

楚香坐在小三轮上,头晕目眩地看着那人。

那人居然转过身,毫无顾忌地,款步朝她走来。

走到她面前的时候,将手中经筒"卡拉卡拉"转了几下,然后唇角微扬,轻轻一笑。

用现代汉语充满蛊惑地问道:"小姐,算命吗?"

# 26

认出来了,原来是在绍兴兰亭曾遇到过的神棍!难道此人从兰亭精神病院一直逃到了云南丽江的束河古镇吗?

楚香张大了嘴,说不出话来。

神棍却若无其事,再次问道:"小姐,算命吗?"

楚香吸了口气,说:"不算。"

"免费的。"

"不算,谢谢。"

"那么姻缘呢,连姻缘也不算?"

楚香呆若木鸡,然后抓狂了,很明显,这个人也还记得她。楚香跳下小三轮车,气势汹汹地质问道:"你是谁,你到底想干吗!"

"小姐,请你态度好一点,何苦为难基层的一线员工?况且我是免费算命,不收钱的。"

"……"楚香一时噎住了。

神棍转着经筒,目光迷离,语音缥缈,装神弄鬼,缓缓地说:"小姐,你知道吗,你的姻缘已经来了。"

楚香冷冷看着他。

过了片刻,推车就走。

神棍一把拽住了三轮车的尾巴:"等等!"

"我不算命,我不信这一套。"

"不算你会后悔的。"

"放手!"

"免费的,算算何妨?"

"你别拉着我,我还有事呢!"楚香用力推小三轮车,想要挣脱他。

神棍却用力拽着三轮车,嘴里说:"好好好,楚香,要不这样吧,你留个电话号码给我,我给你打电话。"

楚香一怔,骤然止步,转过头,露出非常惊诧的眼神。

"你叫我什么?"

"楚香啊。"神棍理所当然地回答。

"你认识我?"

神棍笑笑,向她伸手,说:"第三次见面,幸会。"

楚香疑惑地看着他,机械地伸出手,跟他握了握。"第……三次?"

"第一次在绍兴嘛。第二次,你忘了? 你跟朋友在法喜寺烧香的时候,我们也曾巧遇。今天是第三次。"

"……巧遇。"楚香重复了这个词。

"当然,也不算巧遇吧。说白了,我故意接近你的。自我介绍一下,我是关泽和宋敬学的朋友,чудеса'神迹'会员,官网代号**おんみょうじ**。"

"你也是神迹会员?"

"是的。"

"哦什么?"

"**おんみょうじ**,日语阴阳师。安倍晴明是我的偶像。"

"……"

楚香被这个人搞得有点头昏脑胀。她觉得,眼前这个人,超出了一般正常人所能理解的范围。她想了想,决定按照自己的思维,先整理一下。

于是她问:"贵姓?"

"敝姓楚。"

"姓什么？"

"楚。"

"你也姓楚？那你叫什么？"

"楚襄。"

"不好意思，请再说一遍，我刚刚有点耳鸣了。"

"楚襄。"

"这位先生，你在寻我开心？不好意思哈，今天没心情跟你开玩笑。你……你是跟关泽一起来云南旅游的吧，宋敬学也来了吗？"

"宋敬学没来，我也没戏弄你，我叫楚襄，襄阳的襄，襄助的襄。"

楚香瞪了他一眼。

神棍见她不信，感到很无奈，他从裤兜里摸出钱包，又打开钱包，从里面掏出一张崭新的二代身份证，交给她。

身份证上的大头照，拍得像个痴呆，楚香鉴别了好几次，觉得确实是眼前这个人。照片左边的姓名，两个黑色宋体字清清爽爽——楚襄。

"不是假证吧？"楚香心里信了，又把身份证翻来覆去看看，嘴上嘀咕一句。

"假证会用这么难看的照片吗？"

"好吧，楚先生。那你，你三番五次接近我，究竟干什么，你有什么企图？"楚香心里不禁想起了007谍战电影。

"说来话长。"

"你可以慢慢说。"

神棍转着经筒，悠悠地邀请道："楚香，晚上我请你吃饭怎么样？嗯……丽江古城旁边的七宝饭店不错。你喜欢吃烤鱼，还是火锅？"

楚香打量着他，有点好奇地问："你吃荤？"

"什么意思，难道我看起来像吃素的？"


楚香骑着三轮车，无精打采，吭哧吭哧拉来六箱易拉罐啤酒。回到"鹰巢"的时候，发现某个男人又出现在了店里。

他双手搭在吧台上，懒散地站着，仍戴棒球帽，却摘掉了太阳镜。一年多过去,他瘦了很多,脸上没有肉,下巴尖尖的,五官更为分明。

楚香发现,不见他的时候,很心慌;此时见到他好端端地站在旁边,忽然又气不打一处来。于是放重脚步,气鼓鼓地走了进去。

欧治宇叫住了她:"欧米茄。"

"老板,什么事?"

欧治宇说:"过来,给你介绍一个新同事。"

"……"楚香怀疑自己耳朵坏了。不由自主,眼光飘到关泽的脸上。

欧治宇朝关泽努努嘴,说:"欧米茄,他叫关泽,英文名威廉。"又对关泽说:"她就是欧米茄。"

关泽站直,朝她微笑着点点头。

"你好。"居然还朝她伸出了手。

楚香当然没跟他握手,扭头冲着欧治宇,瞪大眼睛,问道:"老板,你想雇他?"

关泽微笑说:"已经雇了。"

楚香不理他,质问欧治宇说:"老板,你雇我一个,不是已经够用了,难道你不想节省成本? 再说,你雇得起两个人吗?"

这话当然有根据,楚香知道,在很酷很时尚的面具下,欧治宇其实是个马马虎虎的老板。

欧治宇经营的店,很伟大地,以一种老庄的思想维持生存。不求有功,但求无过,没大盈利,也没大亏损,平平淡淡。总之,就是无为而治。

按照"鹰巢"的收益,雇她楚香一个廉价劳动力,已经差不多。再多雇一个,就吃力了。

谁知道,楚香的好心,欧治宇压根不放在心上,摆出一副爱理不理的臭脸孔,淡淡地说:"威廉的英语很好,比你好得多。"

靠! 一举击中! 楚香登时气死了,一个卖饮料的酒吧而已,这个欧汤姆,还以为他开的是新东方雅思培训啊!

楚香气愤地瞪了关泽一眼。

关泽朝她微微一笑,似乎挺得意。

楚香认为,关泽在寻她开心,纯属玩笑。这个人是做房地产生意的,中国东部至西部的各大城市，基本都有其旗下的楼盘。这个人是南嘉集团的总裁，印累绶若，日进斗金。

只要他喜欢，他大概可以买好几百个"鹰巢"。又怎么有工夫在束河这个地方，跟她一块儿消磨时间？

但没想到的是，关泽居然有模有样地干起来了。

他拖地、擦桌子、消毒杯具……还招待了偶然上门参观的老外一家五口。在他的殷勤招呼下，那一家五口挺开心，每人消费了一杯咖啡。

楚香瞅着他，心里有点喜悦，又有点沮丧。

情绪非常地复杂。

楚香跟欧治宇说："老板，既然有了新同事，我晚上请个假可以不？"

"什么时间？"

"晚上6点……到晚上9点。"

关泽凑上来，问："你去干吗？"

楚香说："要你管。"

到点的时候，楚香去换了件漂亮的连衣裙，描好眉毛，抹上唇彩，又喷了些香水，故意弄出一副喜气洋洋去约会的样子，蹦蹦跳跳地出去了。

黄昏，束河的游客已经不多。

那些从历史里走出来的房子和石板小路，此时继续沉浸在薄暮之中。路边溪水缠绵地流淌，仿佛男人与女人之间，无法斩断的情丝。

楚香独自走着走着，猛地回头，果然看到关泽不紧不慢跟在她后面。

楚香不由驻足，问道："你干吗跟着我？"

关泽微笑说："没有啊。"

"没有？"

"我散散步而已，不允许吗？"

楚香冷哼一声，快速走出束河古镇，在大马路边等了五分钟，招手叫了辆出租车。车停下来，关泽忽然赶在她前头，为她打开车门，把她推了进去。

然后他自己也悠然自得地坐进了车子。

"你上来干吗！"楚香凶巴巴地问。

"小姐，请问你去干什么？"

"我去吃饭。"

"我也去吃饭,我饿了。"关泽盯着前方,嘴里说,"附近我不熟,正好,你去哪里吃,我也去哪里吃。"

楚香无语了。想发火,发不出来,只好不吭声。

丽江的马路没有拥挤的晚高峰,出租车开得很快,不久就停在七宝饭店的门口。

七宝饭店毗邻丽江古城,建筑与古城配套,青砖灰瓦,古香古色,却陷在一片张灯结彩之中,看上去,五光十色,热闹非凡。

那个叫楚襄的神棍,还是白天的打扮,等在七宝饭店门口,手里无聊地转着经筒。

楚香走上去,叫了他一声:"楚先生,你好。"

神棍转头一看,看到了关泽,不禁吓了一跳。半天,问道:"你们,一道来的?"

关泽说:"嗯。"

神棍讶形于色,又问道:"你们已经和好了?"

楚香登时脸一沉。

关泽忙说:"先进去,好像人很多,会没位子吗?"

三个人前前后后,神棍领路,间隔两米以上,鱼贯而行,倒像三个互不相识的陌生人。神棍订了个清净的角落,火锅已经上桌,服务员为他们开了空调,递上菜单。

座位是这样排的:楚香和神棍面对面,关泽很老实地坐在神棍旁边。

神棍把菜单捧在手里,问楚香:"你有什么特别爱吃的吗?"

楚香说:"随便。"

神棍便埋头研究了片刻,叫来服务员,点了一大堆菜。

很快,火锅料就一样样地送了上来,大多是各式各样的新鲜菌菇,稀奇古怪,看上去鲜美可口;还有两种云南特产的鱼;一盘绿油油的薄荷叶。

神棍慢条斯理地把料子放进火锅。

火锅美味极了,饭桌上的气氛却有点古怪。

楚香埋头捞菜、吃菜,不说话,也不抬头朝两个男人看。关泽却时不时瞄她一眼,嘴里慢慢吃着一片鱼,好像要把鱼吃出一朵花来。

助兴的大任落在神棍肩上,神棍咳嗽一声,指着某盘菇,介绍说:"嗨,你们知道吗? 这就是松茸。"

"据说,原子弹爆炸以后,什么都不长,就是松茸还能长,极抗辐射,还抗癌,营养非常丰富。日本人特喜欢松茸,有钱人才吃,他们一次就买一小朵,家里好几口人分着吃,一人吃一丝。"

说着,给关泽夹了好几筷,说:"你多吃点,补的。"

关泽说:"谢谢。"

神棍继续演讲:"所以日本人来这里,看到松茸也不吃,把它装在簸箕里,打扮好了以后,抱着它拍照,可神气了。哈哈哈,好笑不?"

关泽吃了口松茸,轻轻叹了口气。

神棍又指着另一盘菇,说:"不过呢,最好吃的还是这个,这是鸡枞,切开来长得像鸡肉,你闻闻,还有鸡肉的香味,可鲜了。"

楚香问道:"楚先生,你请我吃饭,不会就是来给我普及蘑菇知识的吧?"

"当然不是。"

"那你的'说来话长'……?"

"今天不提那个了。"

"不提?"这什么人啊,楚香差一点昏厥过去。

神棍忽然摆出一副极为严肃的表情,正色说:"楚香,你知不知道,银行的单子送到关泽手上,他急成什么样了吗?"

楚香一愣。

神棍说:"你刷了3万块钱,关泽一看就急了,说你肯定出了事,否则,不会用他那么多钱。赶紧打电话查了查,刷卡地点居然在丽江医院。关泽马上就订机票飞了过来,谁劝都不听。就这件事,你是不是应该原谅他百分之五十?"

某种东西很钝地在楚香的心脏上拉了一下。楚香心里忽然抽痛。

她看一眼关泽,见他默不做声地吃着松茸。

"银行的单子。"楚香讥笑说,"关先生不是移民去美国了吗?"

神棍似笑非笑，说："去美国，就不能再回来？"

"……"

楚香气结，感到这个神棍很能说。

"楚香。"这时，关泽终于抬头，微微一笑，问道，"你的手机呢？"

"丢了。"

关泽沉默一会儿，说："我给你打了好几个电话，都是已关机，我真以为，你出事了。"

楚香顿时冷笑起来："好几个电话？好几个电话怎么了。这段时间，你知道我给你打过几个电话吗？你以为你是谁啊，想来就来，想走就走。偶然想起给我打几个电话，就很了不起吗？就得重重有赏啦？"

楚香扔下筷子，猛地站起来，气冲冲地跑出去了。

丽江古城就在旁边，她一头扎进了古城如织的人流。

冷不丁有人攥住了她的胳膊，一回头，便撞上了关泽投来的眼光。他把楚香扯到身边，不由分说，用力勾住了她的肩膀。

楚香摔掉他的手，用力推他的肩，不肯让他贴近。

"楚香。"仓促间他快速地说了两个字。

楚香的眼眶又有点潮湿。

他们松开了彼此，四目相对。

# 27

回到束河的时候，已经非常晚了。除了几声狗吠，镇里寂然无声。

他们摸黑慢慢地走着，手已经紧紧拉在了一起。

楚香心里有点不服气，不会吧，她就这样，什么也没搞清楚，就原谅他啦？可是没办法，他的手很温暖，身上有种植物的香味，他走路的样子很帅，他的脸很好看。

所以，她没办法把手从他的手里抽回来。

似乎有种神秘的力量，盘旋在他们之间。

"关泽。"楚香恨恨地说，"别以为我会既往不咎。"

"……对不起。"

楚香转头瞟了他一眼，不知为什么，觉得有点啼笑皆非。"喂，关泽。"她只得没好气地找话题，"你看到'鹰巢'的瓷器了吗？чудеса，跟你家的那个工艺品长得很像。"

"是 Eagle 的。"

"你怎么知道，你已经问过欧治宇了？"楚香大吃一惊。

"不用问。那种瓷盘，全世界一共只有两个，本来是'神迹'俱乐部专门定制，送给 Eagle 和宋敬学做纪念的。因为他们俩合作给'神迹'做了新的网站程序。宋敬学搬家的时候,嫌瓷器累赘不好搬,就送给我了。"

"那你知道不,Eagle 去世了。"

"知道。"

"急性粒细胞性白血病。"

"唔。"

"Eagle 去世之前,失踪过一段时间,整整半年。"

"是吗?"

听得出,这个人又想打马虎眼了。楚香拧了他的手一下。

关泽有点无奈,顺着楚香的逻辑推测了一番,说:"小姐,你心里是不是这样想的,我大概……我是不是也得了绝症,白血病肝癌之类,所以我也失踪了……"

楚香一听,不禁担心地问道:"关泽,不是这样吧?"

"不是。"

"你,你瘦了,瘦了好多。"

"一般来说,瘦一点的人比较长寿。"

"你别骗我哈。"

"迄今为止,我真的没得任何绝症。我发誓。"

楚香终于放下了一颗胡思乱想的忐忑的心。她点点头,继续刚才的话题:"欧治宇好像并不知道'神迹'的事儿啊。欧治宇告诉我,чудеса 是一个小型天文学俱乐部,你说奇怪不奇怪?"

"不奇怪,说明 Eagle 没把实情告诉给他。"

"可是,为什么不告诉呢? 欧治宇跟 Eagle,我觉得,感情好像很好的。"

"很多'神迹'会员的家属,一辈子都不知道'神迹'的存在——比如宋敬学的能力遗传自他的母亲,而他父亲,就不知道他母亲是'神迹'会员。"

"你们的能力是遗传的吗?"

"嗯。"

"那你,你是谁遗传的?"

"父亲。"

"你妈妈知道吗?"

"不知道。"

楚香愣住了。顿了老半天,才问道:"这件事,很机密吗? 透露出去,会有麻烦吗?"

关泽微微一笑:"最主要倒不是怕惹来麻烦。楚香,你知道大部分'神迹'会员,人生的终极目标是什么吗?"

"什么?"

"平凡。"

楚香又愣住了。

关泽说:"其实,很多'神迹'会员都挺痛苦的,你肯定不信吧,宋敬学那家伙就曾经很苦闷,想不开,差一点得了忧郁症。"

"不会吧! 我觉得,你们太威风了啊!"

"真的,不骗你。你想想,比如宋敬学吧,他上幼儿园开始,就不可能有谈得来的同龄人,他妈妈为了他,费了很大工夫搬到上海,就因为我在上海,可以跟宋敬学做个伴。"

"宋敬学是学物理的,很长一段时间,他都被'有神论'和'无神论'困扰。他认为这个世界是科学的,但他本身偏偏就不是科学的。他越想解释,越研究,越苦闷。最后,想通了,跟科学研究一拍两散,活得开心就好。但又跟家人闹翻了。"

楚香张大了嘴,感到既有点好笑,又有点同情。

关泽微微一笑,说:"大多数'神迹'会员,都有各种各样的困扰,有些人,一辈子就花在'斗争'上,既跟自己斗争,也跟别人斗争。所以看起来很光鲜,其实挺艰难。"

楚香说:"关泽啊,我有点怀疑,你真的也是 чудеса'神迹'俱乐部的会员吗?"

"当然是。"

"你也跟宋敬学一样,15 分钟能背下现代汉语词典?"

"唉。"关泽叹了口气。

"能不能嘛?"

"不能。"关泽老老实实地交代,"现代汉语词典,我估计自己起码得花上两三天的时间吧,而且,不刻意用心的话,我记不住,很快就会忘掉的。"

不知为什么,楚香有点失落:"这么说的话,你的能力比宋敬学弱啦?"

关泽说:"不是。"

"哦?"

"我的主要能力,是预知力。"

楚香瞪大了眼睛,问道:"预知力是什么?"

关泽说:"就是预知未来啊。比如,我感觉到,2008 年会发生金融危机,股市和楼市都会遭到波及,尤其股市,很惨。"

"真的?"

"百分之九十五以上。"

"喊,2008 年北京要开奥运会啦,股票怎么会跌?"

关泽不动声色:"你不信的话,去买支股票试试看好了。"

"你……什么事都能预知?"

"那倒没有。有些事可以,有些不可以,没有规律。"关泽皱起眉头,"但只要我感觉到的,一般都很准。"

"你也有困扰吗?"

"有。"

"你是为了什么而困扰呀?"

关泽笑笑,说:"你不觉得能预知一件事,却无法改变结果,是很痛苦的吗? 唔,东南亚大海啸的时候,外国有一个'神迹'会员预知到这件事,但他是个普通牙医,没办法挽救那么多人,毕竟不是拍好莱坞电影嘛。"

"海啸报道出来以后,他心理就出现了问题,还不能看普通心理医生,不然,人家会以为他脑子有病。"

楚香咋舌,问道:"后来呢?"

"他只好上官网求助,找同样是'神迹'的会员帮忙。据说,最后专程飞了趟中国。"

"中国?"

**おんみょうじ。**

"原来那个神棍是心理医生啊!"楚香脱口就说。

关泽登时笑喷了。

"唔,他不是心理医生,但确实是神棍,能力挺强的。他拥有特殊能力。"

"什么能力?"

"楚香,'神迹'有一条规则,他人之力量乃他人之私隐,不可以随便泄露的。"

楚香想起来,宋敬学也这么说过。

楚香沉思了半天,忽然忙不迭地问:"关泽啊,那你帮个忙,预知我看看,我要怎么样才会发财?"

"小姐,我又不是神仙。"

"你不是有预知力吗?"

"……"

"那,问题简单点,你就说我会不会发财吧。"

"会。"

"几几年开始发的?"楚香不禁沸腾了。

"你嫁给我的那一年。"

"……"

边走边谈,不知不觉,回到了"鹰巢"附近,两个人假模假样地松开手,虚伪地装做没交情。店还没打烊,灯亮着,老板欧治宇靠在吧台后,无聊地玩牌。

一个三十岁左右的女人坐在店里。面前摆着咖啡杯。

这女人穿着米白色衬衫,款式很正的一步裙,化着淡妆,像个规矩的白领。在束河,这种打扮不大常见。

楚香打了个招呼:"嗨,老板。"

欧治宇抬了下眼皮子,表示答应。然后收拢扑克,努努嘴:"那人找你。"

"找我?"

"嗯。"

"找我干吗?"

"那个心肌梗塞的驴友,叫什么?"

"徐乐。"

"是徐乐的家属,看起来你的 3 万块钱有希望了。"欧治宇淡淡说,"你跟她谈,我先走了,一会儿你关门。"说完,也不理楚香的反应,自己就走掉了。

楚香和关泽面面相觑。

扭头一看,却见那女人已经面带微笑地站起来,走到楚香面前,礼貌地说:"你好,是楚小姐吗?"

"呃,是的。你好。"

"我姓陈。"

"陈……小姐,你好。"

"冒昧打扰。"这女人呈上一张名片。

楚香双手接过,心里不禁有点疑惑,觉得这个女人不像家属,倒很像搞推销的。仔细一看,名片上写着——春宜百货集团,总经理助理,陈琳。

"春宜百货?"楚香讶道,"就是那个大商场?"

"是。"

楚香当然知道,春宜百货是很有名很有历史的高档商场,好几个大城市都有连锁,那时候,楚香还跟关泽去逛商场买过裙子呢。

大公司白领耶,难怪要掏名片出来炫了。

楚香问:"那,您是……徐乐的……姐姐?"

陈琳露出职业的办公室微笑:"哦,倒不是姐姐。不瞒你说,徐乐是我们徐总——春宜百货总经理的独生儿子。徐总在三亚开会,走不开,交代我过来办手续,还特别叮嘱我,要好好感谢你。"

楚香一听,不禁大为吃惊,说:"不会吧,徐乐他是富家公子啊,真看不出。"

陈琳微微一笑。然后,彬彬有礼地说:"丽江医院的手续已经办好了,明天一早我们就要包机回北京。所以,现在有几件事要跟楚小姐商量。"

"什么事?"

"首先,楚小姐能不能留个银行账号?"

"可以啊。"楚香回答。对方是富翁,欠钱还钱,天经地义。

陈琳微笑说:"是这样,楚小姐垫付的 3 万块订金,当然会如数还给楚小姐的,徐总的意思是,另外还要给楚小姐包个 3 万块的红包。"

楚香看着她,觉得自始自终,这个人的语气中间,都充满了上等人对弱势群体的关爱之情,再礼貌也掩饰不了某种居高临下的轻视。

楚香心里登时有点不是滋味。

陈琳见楚香不说话,笑着说:"哦,还有一件事。刚才,我已经跟这里的欧老板打听过了,楚小姐的收入并不高。如果楚小姐愿意的话,我可以在春宜百货为楚小姐妥当安排一份工作,当然在大城市,薪水从优。"

楚香又觉得,这话的语气挺像新闻联播。

楚香说:"呃,不必了,谢谢。那个,红包我也不要。"

"其实楚小姐不必客气,你救了徐乐,徐总很感谢你。"

楚香摆摆手,谦逊状:"好人好事,应该的!"

说完这句话,楚香忽然觉得自己很煽情,打工妹无私救人,不求回报,最后居然婉拒改变命运的机会。这种故事,完全可以上《知音》杂志,令人歆歔不已。

陈琳笑了:"这样吧,先把银行账号留给我,过几天会汇款过来。如果楚小姐有去春宜工作的想法,就打电话给我。"

楚香点点头。顺手在吧台拿过一张杯垫,写下了银行账号。无比诚恳地对陈琳说:"陈小姐,我真的不要红包,你给我汇 3 万块就行了,真的。"

眼睛一瞥,见关泽不吭气,又补充说:"其实那笔钱,我是跟一个人借的,他钱多,但品德低,我想专门为他积积德。真的。"

陈琳看了楚香一眼,非常职业风范地微笑说:"好吧。"

拿了账号,陈琳就向楚香告辞,走到门口的时候,忽然转身,问关泽:"这位先生叫什么?"

关泽笑笑,说:"你好,我姓关。"

陈琳问:"关先生也在这里打工?"

"是啊,我跟楚小姐一块儿的。"

"噢……"陈琳点点头。

楚香不禁感到,这个白领丽人的表情里,充满了遗憾。

陈琳忽然说:"关先生如果想另谋高就,也可以打电话给我。"

关泽微笑,点点头:"好,谢谢。"

他们两个并排站着,一起目送陈琳离开。

楚香迅速退到关泽背后,用手指使劲儿捅他。"关先生,那个陈小姐,挺照顾你嘛! 还主动帮你找工作!"

关泽嘿嘿一笑。

"那个春宜百货的总经理,你认识不认识?"

"认识。不熟。"

"什么?"

"几年前我们合作过一个 shopping mall。不过,那时候徐建树的助理不是刚才那个,大概她是新上任的吧。嗳,楚香,你有没有觉得她其实挺傲慢的。"

"什么?"楚香瞪大眼睛,"你也感觉到了? 那你怎么不帮我说说话?"

"说什么?"

"镇她一下。"

"怎么镇?"

"比如,跟她说,钱不要了! 不就是 3 万嘛,不在乎! 还比如,当场给她领导徐总打个电话,让她震撼一下。再比如⋯⋯总之桥段多的是,下回给你看几本言情小说哈。"

"这么多方法啊。"

"是啊! 你怎么就一直站在那里不吭声呢!"楚香扼腕。

关泽理直气壮:"你不是不原谅我嘛。"

楚香:"⋯⋯"

## 28

　　楚香觉得,关泽变了。

　　这种感觉非常微妙,但楚香确实觉得,以前的关泽,哪怕对人再友好、再客气,始终保留一份克制与谨慎,好像他建筑了坚不可摧的堡垒。

　　可现在,他显得轻松愉悦毫无顾忌,如同一个负重徒步的人卸下了登山包。当然,这个地方是束河,大半的游客来到这里,都为了想稍微地摆脱掉身体或者心灵的包袱。

　　况且每个人都会变的。她自己也变了。

　　她,楚香,从青涩的学生,变成了云南一个古镇里的酒吧女招待。过着平凡的、惬意的、远离经纶世务的生活。

　　这种生活,令一些人艳羡不已,也让另一些胸怀大志的观光客颇不以为然。

　　未来在哪里,她不知道。

　　如果未来一直像现在这样,她会很喜欢。

　　这天早晨,晨光熹微,整个束河笼罩在淡淡凉风里,当地老人牵着一头牛,从门前缓缓地路过。楚香开了店门,给店里的工艺品掸灰尘。掸完灰,她站在吧台旁,看关泽认真地拖起地来。

欧治宇则在吧台后播放某种酒吧音乐。

欧治宇忽然微微皱眉，问道："欧米茄，你又抹香水了？"

"嗯呐。"楚香故作神气，得意地说，"法国香水，很时尚哈！"

欧治宇瞟了她一眼，语气不轻不重："娇兰的'蝴蝶夫人'。"

楚香愣了愣，娇兰这个牌子她当然知道，大商场里都有。但香水的包装全是外文，拆开用的时候倒真没注意，完全不清楚香水名叫"蝴蝶夫人"。

楚香不甘示弱："就是'蝴蝶夫人'，怎么样，不错吧！"

欧治宇问道："谁送你的？"

"一定要别人送吗？我自己买不行？"

"你在哪里买的。"

"商场里。"

欧治宇淡淡说："'蝴蝶夫人'是娇兰1921年推出的，有80多年历史的经典香水，配方很复杂，果香转为花香，最后进入东方香调，稍微有点见识的人都不会不知道，只在香榭丽舍大街的娇兰旗舰店才有卖。"

楚香语塞了。

半晌，说："就算是别人送的好了，很奇怪吗？"

欧治宇冷冷说："你应该叫买给你的朋友多长点基本常识。香水也是有气场的，按照你现在的气场，还压不住'蝴蝶夫人'。你昨天用的希思黎'夜幽情怀'也太成熟了。"

楚香又塞住了。

转头一看，关泽拖着地，脸上表情有点尴尬。

楚香登时顶了回去："老板，你说压不住就压不住啊？我感觉挺好的，真奇怪，我最喜欢'蝴蝶夫人'的味道了。"

欧治宇不说话，显然，并不是理亏，也不是屈服，而分明像不屑再谈下去了。

这真是道不同不相为谋，楚香恶狠狠地腹诽："你就装吧，哼，介于装A和装C之间。了不起吗？"

关泽在旁边，对他们的争执不介入、不表态，假装很老实。拖完地，他拎着拖把，施施然走出店，去旁边的小溪洗拖把。有个老奶奶正在理菜，他绕到人家的下游,微微躬身,漂起拖把来。

楚香站在门口,长距离地观察着他。

他衬衫的袖子卷到胳膊肘,一副很随意,又很帅的样子。楚香知道,他不喜欢穿短袖衬衫,也不喜欢穿长袖 T 恤。——可能属于有钱人免不了的怪毛病。

其实从前,他穿得最多的,是西装。

他的西装全部是深色的,非常修身,服装商人陈小安同学曾兴致勃勃地考察过,说他穿日版西装和欧版西装都挺合适。他的领带一般不大花俏,搭配起来,显得有点严肃。

人人都知道,他经常穿正装,因为他很忙。

在楚香的印象里,关先生的特长,就是没日没夜周旋在各个会议中间。

想到这里,楚香忽然一怔,感到惊诧极了。那么,现在他为什么竟有空在束河慢条斯理地消磨时间?他居然正在洗拖把!

仿佛感应到楚香的眼光,关泽抬起头,朝她微微一笑。

瞬间,楚香感到一阵目眩,好像周遭的情景都不太真实。

楚香不由自主捞起两块脏抹布,走了出去,一直走到关泽身后,亲昵地叫了他一声:"嗨,关威廉!"

"嗯?"

楚香暗暗发笑,觉得这人真是好脾气,叫什么都答应。

楚香用手指欢快地甩着抹布:"我问你,香水究竟在哪里买的?那时候,你到底有没有去法国啊?"

关泽动作一顿,慢慢地绞着拖把的水,很显然,趁这个工夫,他在斟酌。

"我……没去法国。"他谨慎地说,"李剑去了。"

"噢,照这么说来,你真的去美国了?"

关泽转头看她一眼,诚恳地道:"楚香,你要洗抹布吗,拿来我给你洗。"

"不用。"

"别客气,来,我帮你。"说着,关泽深情款款地从她手中拉过抹布,浸在溪水里,卖力地搓起来。

"想不到你挺能干吗。"

"这不算什么。"

关泽谦虚了一句,又说,"楚香,你假如有时间,带我去香格里拉玩,好不好? 你的照片拍得太好了,我也想去拍一张。"

"不好意思,我没时间,有时间也没钱。"

"不要紧,我可以雇你当导游。"

"关威廉同学,请问,欧治宇给你多少钱一个月?"

"你不觉得在雇主背后谈收入,挺不好的么。"

"啧。"楚香说,"那就不谈收入了,咱们来谈谈,你究竟有没有去美国?"

"……"话题绕回来了,关泽一时不吱声。

"不说话是不是等于默认。那这次,关先生您什么时候回美国啊?"楚香一脸天真状,咄咄逼人地问道,"对了,您住在美国哪个州,阿拉斯加还是佛罗里达?"

关泽不禁看着她苦笑。

"楚香……"

楚香讥笑说:"关威廉同学,这次要起驾回宫的时候,你当面跟我打个招呼,你也知道,我的手机丢了。"

关泽沉默,表情很复杂。过了半晌,他拎起洗好的拖把和抹布,一言不发,灰溜溜地走回"鹰巢"去了。

晕倒! 竟然逃避问题! 楚香扭头,瞠目结舌地望着他的背影。

彻底无语,抓狂了! 这算什么态度,躲得过初一,难道还躲得过十五! 难道她楚香不发飙,就当她是小猫啊!

这时,"鹰巢"今天的第一个客人已经上门了。

欧治宇关掉音乐,看了他一眼。

是个非常俊雅的年轻人,穿着破了洞的牛仔裤,松垮的烂 T 恤,戴一顶毛边的褐色帽子,背着旧吉他。原来是个音乐青年。

楚香回到店,跟音乐青年打了个照面,登时险些背过气去。

"楚先生。"她说,"您真早啊。您今天怎么换风格了,转经筒和天珠呢?"

神棍不理睬她讥讽的口气，往椅子上一坐，跷起二郎腿，优哉游哉的模样，对欧治宇说："咖啡，谢谢。"

然后把吉他卸下，抱在怀里，拨出音来。

"你会弹吉他?"楚香问。

"比较擅长古典吉他，民谣吉他一般般。"神棍很谦逊，嘴里还嘟哝一句，"这吉他音不大准嘛，果然借来的东西不牢靠……"

"哐啷哐啷"搞了半天，终于好像满意了。神棍款款地弹出一段前奏，居然挺像样的，又自顾自款款地唱起歌来：

> 那悲歌总会在梦中惊醒，诉说一定哀伤过的往事；
> 那看似满不在乎转过身的，是风干泪眼后萧瑟的影子。
> 不明白的是为何人世间，总不能溶解你的样子；
> 是否来迟了命运的预言早已写了你的笑容我的心情。
> 不变的你，伫立在茫茫的尘世中。
> 孤独的孩子，你是造物的恩宠……

楚香起先不在意地听着，渐渐，就愣住了。

神棍的歌声很平缓，很抒情，然而竟充满了穿透力，蛊惑人心。歌声像一粒石子，猛地抛进听歌人的心湖，敲碎了湖面。连那水漾出的涟漪，不知不觉，都已经乱了。

神棍轻轻弹着曲子，整个店浸没在乐声之中，诡谲的气氛里，神棍把嘴角轻轻勾出一个弧度，慢慢抬头，问道："小姐，点歌吗?"

楚香意乱情迷。

楚香脑海里，有四个字像蓝天中的白云般温柔浮动。那是所有言情小说迷熟知的、N＋1部言情小说都会用到的典藏词汇——邪魅一笑。

原来，艺术真的是源于生活的……

关泽在楚襄肩膀上拍了拍，指指"鹰巢"门外。示意很清楚：出去谈。

"我还没有喝咖啡。"楚襄表示不同意。

"我请你吃米线。"关泽淡淡道,语气有点不由分说。

楚襄只好无奈地站起来,跟在关泽身后,两人朝束河古镇的四方街走去。那儿有许多小吃摊,各种米线应有尽有。早晨人不多,随便拣了个板凳坐下,楚襄叫了碗牛肉米线,表情索然无味。

"找我什么事?"关泽问。

"没什么啊。"

"那你是专门来唱歌的?"

"嗨,关泽,你别挺不乐意的样子。难道你以为我会勾引你的女人?"

"我喜欢防患于未然。"

"好吧,关泽,我的来意你应该知道——好几天了,你打算什么时候回去?"

"不好意思。"关泽有点歉意地说,"我暂时还不打算走。"

楚襄露出意料之中的苦恼表情。"关泽,这可不是开玩笑。"他嘟哝说,"楚香你见到了,她活蹦乱跳的。你现在毕竟还有点问题。再说丽江海拔两千多米,是高原。"

关泽笑笑:"我挺好,两千多米也不算高原。"

楚襄从牛仔裤的兜里摸出一张叠起来的 A4 纸,拿在手里打开,晃了晃。

"Kiwi 那混蛋塞给我的,全部是近期你可能会引起的并发症,足足 79 条。其中严重的有 8 条。你数数。"

"可能而已。你难道不觉得他在威胁我?普通感冒药的说明书,上面列举的'可能会引发'的不良反应,说不定都有一整页。"关泽不以为然。

"其实……我也觉得他在威胁你,但是……"

楚襄看着他,感到很头大。

"小楚,你如果有事情要忙的话,先回去好了。"关泽建议。

"开玩笑!"楚襄一听,登时大呼小叫起来,"我专程陪你过来的,现在一个人回去?Kiwi 那混蛋知道了,还不杀了我?"

"难道你还怕他?"

"别忘了我也上网。"楚襄悲愤不已,"你知道吗?我在手提里装了三种杀毒软件、五种防火墙,搞到系统混乱,魔兽都装不上。你猜怎么的,昨天一看,防火墙全被删了,只留下一个瑞星。桌面上还无缘无故多了个文档,留言叫我好把你弄回去了。"

"……"

"关泽,要不你帮我感觉一下,如果我现在撇下你走了,后果严重吗?"

"……你还是别走了吧。"

楚襄沮丧地嘀咕了几句,又说:"嗳,关泽,你在这里陪女人,小日子过得很充实,我干吗啊? 丽江我都来玩过七八回了。"

"传说丽江不是恋爱圣地嘛,或者你可以找个女人风流一下。"

"禽兽,你开始想风流了?"

关泽赶紧说:"我可没那么说。"

楚襄哈哈一笑:"别假正经嘛,我可不是 Kiwi,我没意见。我会替你瞒着楚香的。只不过,楚香你还没搞定吧。"

"没。"这次轮到关泽有点沮丧。

"动作怎么这么慢?"楚襄说,"老实告诉她不就得了。"

关泽想了想,问:"小楚,你反正闲着,能帮我个忙吗?"

"行,你说。"

"我想带楚香去香格里拉……"

"什么?"楚襄立即打断,严正拒绝,"香格里拉,车子开过去大半天呢,有些地方路况不定好,而且那边海拔更高。被 Kiwi 知道了,我所有的游戏都会被他搞裸奔的。"

关泽无奈地看着他。

楚襄说:"关泽,你用不着那么处心积虑,你跟楚香属于百分百契合,只要相互看一眼,电流就嗖嗖乱窜的那种。天打雷劈,你们都分不开。我的话,你难道还不信?"

"楚先生,别忘了就在我身上,你失误过一次。"

"……"楚襄半天没话说,末了,叽叽咕咕念叨了一句。

关泽问:"你说什么?"

"没什么。"

"发牢骚别用德语，大部分人听不懂。"

"嗨，我在吟诗。"

"什么诗？"

楚襄微微一笑，用现代汉语翻译道："让我们团圆吧，上帝。我纺着纱，孤独一人。月光照耀，纯洁，明净。我唱着歌，悲泣难抑。"

"谁写的？"

"德国人克莱门斯·布伦塔诺。"某人语音缥缈，很神棍地说。

## 29

楚香惊奇地发现,早晨店开张之后,神棍又背着吉他,上门报到来了。

神棍要了一杯咖啡,什么话也不说,对店里的三个人视而不见。喝完咖啡,他在店门口,沿着墙根席地一坐,烂 T 恤皱巴巴的,破牛仔裤则露出两个膝头来,显得很颓废,很艺术,眼神绝望得像科特柯本将要自杀。

楚香跑出去看,被惊到了,忍不住问道:"楚先生,你怎么了?"

"小姐,我看上去忧郁吗?"

"忧……忧郁的。"

"好的。"神棍慢腾腾掏出一个饼干盒子,踌躇满志地摆在脚边。

"你想干吗?"楚香愣住了。

"卖唱。"神棍深沉地说。

楚香以为他在开玩笑。然而神棍一本正经地拨着吉他,开始弹弹唱唱起来,很快,路过的游客就被音乐吸引,有的扭头瞄瞄,有的还聚起来,围观他。

神棍毫不在乎。

楚香只好讪讪地退回店里,偷偷问关泽:"关泽,楚先生是做什么职业的呀?"

关泽擦着桌子,笑笑:"你猜。"

楚香怀疑:"我看像自由职业者,跟宋敬学一样。嗳,不会是演艺圈的吧?"

"不是。"

"哦……对……他好像是柏林大学毕业的海归,学古典哲学的……不会吧,他难道是……教师?"

"你觉得他这种气质能教书育人吗?"关泽反问。

"……"楚香没话说。

"小楚原来在一家德国电子企业,做翻译的,后来改行做生意了,开了个小书店。"关泽介绍。

"书店!"楚香满脸黑线。

"怎么了?"

"那种职业太正常了,不适合他。"楚香加重语气,"真的。"

在楚香意料之中,神棍的生意很热闹。

这人挺有生意头脑,把目标客户分得很清楚。看到中年人唱邓丽君;看到年轻人唱周杰伦;看到日本人,忙不迭地就唱起机器猫来,一时间,人气大旺。

"鹰巢"顿时喧闹了许多,好像忽然迎来了神棍时代。

楚香暗中观察,不久,居然连粉丝也培养出来了。有个波西米亚风格的年轻女人,有个看上去很纯真的学生,还有一个颇有风韵的少妇,从早到晚没有离开,听了一整天的歌。

神棍对粉丝不大关注,却也并不冷漠,休息的时候,缓缓拨着吉他弦,微笑着跟她们打了个招呼:"嗨,我叫**おんみょうじ。**"

日语发音一波三折,把粉丝们听得面红耳赤,痴心妄想,险些晕过去。

真是强中自有强中手,一山更比一山高。楚香本来以为,关泽已经算长得吸引人了,谁知两相对比,高下立判。楚香叹了口气,不禁感到有点失落。

晚上,店关门,神棍也收摊,美滋滋一算,一天收入人民币六十九块八。

"嗨,楚香,请你喝咖啡。"神棍数着钞票,得意洋洋。

"谢谢。"楚香心里又有点酸溜溜的。

"关泽呢? 一块儿请他。"

"关泽下班以后就去镇子外面打电话了。刚走呢。"楚香努努嘴。

丽江一带有许多专打IP长途电话的店,价格比手机漫游便宜。不知为什么,关泽身边竟没带手机,这么多天来,他也没打电话。好像真打算与世隔绝,在束河这个酒吧隐居起来了。

"打电话?"神棍问,"他有事吗?"

"我怎么知道。"楚香说。

"楚香。"神棍一听,问道,"你不准备回家吗?"

"回家?"

"和平新村12幢3楼。"

"什么!你连这也知道!"楚香大吃一惊。

神棍看她一眼,表情神秘,装神弄鬼地笑了。顿了好几秒,他款款地说:"楚香,回去吧,为了关泽,你必须得回去。越早越好。"

"喊。"楚香不屑地发了个音。

半晌,她说:"为了关泽? 凭什么啊? 再说,我看他现在挺自在挺舒服呢。"

"关泽是个工作狂,认识你之前,他百分之百的心血都在公司上,公司就是他的老婆,你以为,他会扔下老婆不管? 南嘉集团的总部可不在丽江。"

楚香不说话。

其实这个问题她想过很多次,但被人猛地揭穿出来,还是感到挺不是滋味。

又半晌沉默,她说:"他归他,我归我。"

"不必这么绝情吧。"

"现在我已经是云南人了。"楚香摊手,学电视剧里的外国人那样耸耸肩,表示无所谓。

神棍仰起头,望着挂在半空中的一轮明月,露出薄云般迷离的眼神。

"小姐。"他淡淡说,"你是不可能跟关泽分开的。"

"喊,你怎么知道。"

"我当然知道。"神棍微笑,顿顿,说,"楚香,你知道吗? 每个人的四周,都笼罩着一层肉眼察觉不到的气。有些人的气柔软,有些人的气锋利,有些人的气是蓝色的,而又有些人,则是绿色的。总之,五彩斑斓。"

楚香瞪大眼睛,感到神棍又开始发作了。

"气?"

"嗯,小姐,你知道你的气是什么颜色的吗?"

"什么颜色。"

"黑色。纯黑色。"神棍深深看着她。

"那代表什么?"

"那说明,你是个孤独的人。"神棍很严肃。

"胡说八道,我怎么觉得我的人生挺丰富多彩呢。"楚香反驳。

"是吗?"神棍不动声色,"请你仔细想想,你的亲人很关心你吗? 你有许多朋友吗? 你认为大家理解你吗? ——从小到大,你跟谁都合得来,但跟谁都没多大交情,就像水里的一条鱼,不停地游着游着,认识树、认识草、认识石头……看上去认识很多,很热闹,但你跟他们,终归不是一个世界的。我说得对吗?"

神棍的眼睛在发亮,声音非常蛊惑,活像童话里骗人灵魂的恶魔。

楚香看着他,迟疑。不反驳、不迎合,也不吭声。

"黑色是纯净的颜色,楚香,你其实很善良,也很简单;但黑色又是恐惧的颜色,你身上充满了不安之情。你不喜欢追根究底,情愿留一片模糊的空白,因为你害怕背叛,更害怕失去。请问,对吗?"

不知为何,对这种赤裸裸的分析,楚香觉得微愠,问道:"楚先生,你究竟想说什么?"

"相信我,小姐。这个世界上能跟你契合的人不多,而关泽是最适合的一个。"神棍慢悠悠地说,"当然,如果没有关泽,你照样会嫁人生孩子,过一辈子,外人看起来,似乎也美满。只不过,你的心始终缺一个角,临死的时候,你会迷茫。"

"楚先生,你难道是神仙?"楚香挖苦了一句。

"我是 чудеса——'神迹'的会员。"

"你的'神迹'力量,就是看人的气?"

"我的能力,是预知力。"神棍淡淡一笑,"不过,我跟关泽不一样。关泽预知的大部分是'事件',而我预知的是'人生'。"

"人……人生?"

"我可以甄别人生,你相信吗?"

"……"

楚香觉得,自己没什么理由不相信。不禁有点震撼,愣了半天,结结巴巴地问:"那你说,关泽的气是什么颜色的?"

"纯白的。"神棍说得很笃定,"你们就像太极的两条鱼。"

"太极?"

"就是太极——中国自古以来最和谐的东西——楚香,老实告诉你,你上高中的时候,关泽就认识你了。"

"楚先生,请你不要瞎说。"

"你是在第八中学念高中的吧?"神棍把眼神移到她的脸上,问道。

楚香呆了一下。神棍说得一点也没错。

市里所有的号码中学都历史悠久,属于所谓"重点"——除了第八中学。当年中考,楚香重点线填了第十中学,没考上,主动被普通线第八中学录取。

别看就差了两个数,社会舆论里,就是"有前途高品质学生"和"混日子没出息学生"的差别。有时候,一个人被定性就这么简单,楚香沮丧了整整半年。

第八中学规模不大,而且现在已经不存在了。楚香上高二的时候,第八中学并入了前进中学,学校被拆掉,地皮改作他用。

"没错吧,第八中学。"神棍得意地说。

"你调查过我?"楚香怀疑地问。

"嗨,小姐,这么说就不对啦!这件事,要从关泽说起。"神棍目视前方,摆出一副悠长追忆的神色,"第八中学准备卖地皮的时候,关泽的公司参与了竞拍,那时候南嘉还不像现在这么牛,关泽亲自去第八中学考察了好几次。"

"楚先生,你是想说,关泽跟我邂逅了?"楚香讥刺说,"你也看言情小说吗?"

"小姐,别太高看自己了吧,你这种平平姿色,指望男人一眼看中你之后念念不忘,现实吗?"

"喂！"

"好吧，小姐，其实你也算长得不错。"

"第八中学然后怎么啦？"楚香追问。

"关泽有预知力，他感到第八中学有点异常，去了好几回，吃不准怎么回事，所以就请我一起去观察了一下。"神棍喜滋滋地，"然后，我发现了太极的两条鱼……"

"……"

"小姐，你是不是应该感谢我？你孤独的一生，被我拯救了。"

"谢你个头啊！那你说，他当初怎么不来认识我，非等我大学毕业？"

"这个……深层原因，你自己去问关泽。"

楚香翻了个白眼。

"不要这么凶嘛，其实，关泽对你真的很上心。你看，他都追到束河来了，现在你是他的大老婆啦，公司被废黜成小老婆了。"

楚香哭笑不得地看着他。

"嗳，楚先生。"过了会儿，楚香质问道，"既然你本事这么大，能看出太极来，那一直接近我这种老百姓干什么？关泽指使你的？"

"别误会啊，我接近你，只不过想进行确认。而且，我不但能预知，还能改变。"

"改变？你的意思是你能改变一个人的人生?!"

"嗨，别叫这么大声。"

"楚先生，你真以为你是神啊。那你改变我看看，我明年就想考雅思满分，要不，我也开一个南嘉集团。"

"只能在特定的范围内改变一点。楚香，你太狮子大开口了吧。"

楚香瞅着他，显然将信将疑。

神棍不动声色："不过，我倒能给你一些建议，比如，你的气是纯黑的，所以像今天穿的这种黑衣服，以后尽量不要多穿，你不适合。"

"这是藏青色，不是黑色。"

"是吗？不好意思，我有点色弱。"

楚香一听，不禁满脸黑线，一时之间，不知道说什么才好。

"有些事你还不知道吧？"神棍得意洋洋，开始大肆泄密，"你打电话给Kiwi，说要定居丽江的时候，Kiwi 本想过来一趟，把你揪回去的。是关泽说随你吧，希望你开心就好。然后，关泽还给你收拾了包裹，哦，似乎还给你发过一条短信，用 Kiwi 的手机发的。"

楚香愣住了。

"你说什么？"她问。有点不可置信。

神棍不正面回答，油腔滑调地说："你想想，你跟关泽是不是见了面就好上了？ 其实，关泽对你也差不多……"

"差不多？ 你怎么知道差不多？ 当初是谁要跟我'再见'的，嗯？"

"楚香，要学会宽容。"神棍循循善诱，"仇恨不能解决任何问题，能解决问题的只有爱。有首歌你知道吗，'You're not alone, I am here with you, Though you're far away, I am here to stay'。"

神棍轻弹浅唱，哼哼起来。楚香彻底无语了。


这时，一道人影从束河静谧的黑夜里，缓缓地走了出来，浮出轮廓。"鹰巢"未熄的灯光瞬间洒在他的身上。

长谈中的两人不约而同，屏息静声，抬头朝他看去。

他微微一笑，却有点诧异，因为发觉那两人看自己的眼光都有点古怪。

他问道："你们在聊什么？"

神棍跟他打了个招呼："嗨，关泽。"

"电话打了这么久。"楚香阴阳怪气地问，"打给你的公司啦？"

"唔……"很显然，一语中的，关泽有点尴尬。

神棍问："公司有事吗？"

关泽说："几个重要的人事变动，主要还是西安那边一个收购案，挺大的，李剑有点吃不准，石总跟我商量了下，请王美伦先过去一趟……说不定，我也要回去看看。"

神棍一听，登时很雀跃："行，先回去。"

"楚香。"关泽想了想，问道，"你跟我一起回去，好吗？"

楚香一口回绝："不好意思，现在我是云南人。"

## 30

　　"关泽是纯白的。"背着吉他，临走之时，神棍意味深长，"白色洁净光明，可是也有缺点，就是单调虚无。所以小姐，你不要指望关泽会对你做出很强横的事来，他是很平缓的，如果你不肯走，他不会强迫你，到时候没后悔药啊。"

　　"要你管。"楚香蛮不讲理地顶回去。

　　其实楚香有点彷徨，也有点伤心。是的，她明白，有一点神棍说得对极了。她身上充满了不安之情。从小到大，她都缺乏安全感，像一只停在人行道上的麻雀，随时准备仓皇奔逃。

　　她最擅长的是逃避。

　　小时候，她就对家庭争端不闻不问，以为可以保护自己，渐渐地，养成一种习惯，对很多事不追问、不关心。把自己罩在一个孤立的世界里。

　　最终，自卫变成了一种冷漠。

　　对关泽也是这样。结识的时候，她不追究理由；分开的时候，她也不追究理由；甚至现在在束河，她还是没有打破沙锅问到底。摆出一种样子，仿佛很潇洒，对一切都不感兴趣。

　　难道她真的有一层气，是纯黑的吗？

彻夜未眠。

第二天清晨，楚香顶着两个浓浓的黑眼圈，找欧治宇请了半天假。理由是要去丽江古城看一个朋友。实际上，她不想见关泽，也不想见神棍。

在丽江，她漫无目的地逛了半天，看石板路、看老房子、看小溪、看逆水而行的鱼……看川流不息的游人。然后去老苏的客栈玩了一会儿，老苏很忙，那面墙上，背包客的纸条还是那样多。

中午的时候，觉得饿了，在古城边沿的小摊子里，花一块钱里买了两颗烤土豆。

她坐在一个墙角，啃着淡而无味的土豆。不想回束河，因为不知道该怎么办才好。

不远处，有个满脸皱纹的老奶奶，穿一身规规矩矩的纳西族传统服装，坐在小板凳上。面前摆个篮子，卖很多似真似假的手绣工艺品。

"嗳。"她听见有人对老奶奶说，"请问这个荷包，多少钱?"

"三十五块。"老奶奶比画着。

"我买一个。"那人低声说。

楚香扭过头瞥一眼，马上又挪开了眼神。狠狠啃了一口土豆。

转眼间，买荷包的人已经走到她面前，弯腰把荷包放在她腿上，微笑说："嗳，送你一个民族工艺品。"

楚香嘴里含着土豆，嚼了几下，不理会，也不说话。

"楚小姐，你心情不好吗?"那人问。

楚香别过脸，那人却用手把她的脑袋扶正了。

"没有。"楚香只好粗声粗气地回答了两个字。

"你就吃土豆?"

"嗯。"

"走吧，我带你去吃饭。"

找到最近的一家餐馆，他们面对面坐下来。

餐馆挺安静，看上去倒像个咖啡馆。小溪就在窗外汩汩地流淌，隐约看得见木府的某个角落。关泽随便浏览了一下菜单，点了两份套餐。

"楚香……"关泽说。

"你真的不想回去吗？"顿了顿，他微微一笑，问道。

楚香看看他，不吭声。

"其实。"他又笑笑，笑着说，"只要你开心，住哪里都无所谓，反正……我去处理一点事情，完了以后，还是会回来的。"

不知为什么，楚香一听，忽然觉得心酸了，手掌还握着土豆，手背使劲揩了一下眼睛。

"你怎么还拿着啊。"关泽掰开她的手。

土豆抛出一道弧线，扔进了垃圾桶。

"丽江这个地方确实挺不错的。"关泽说，"从束河过来，你看见路上那些漂亮的别墅了吗？我卖了那么多房子，还没住过别墅。说不定，可以考虑买一套。"

"唔，我跟你一人住一层怎么样。"关泽考虑着说，好像很认真。

楚香想瞪他。

头一抬，却忽然没忍住，把嘴抿紧，扒在桌上，呜呜地哭了起来。

"不会吧。"关泽瞅着她，居然还学着她的语气，开玩笑，"给你一层还不满意啊，那你住两层，我住阁楼。"

楚香又伤心，又生气，又很想爬起来揍他。

关泽喝口水，假装无辜地低着头。

这时套餐送上来了，服务员有点惊诧地看着他们。关泽把其中一份烤排骨套餐放在楚香面前。想了想，把自己的那份烤鱼也叉给了她。

楚香毫不客气地吃掉了。

吐出骨头，一看，关泽就着蔬菜和汤汁吃白米饭，津津有味的样子。

楚香揪过他的盘子。

"干什么？"他问。

云贵一带，人们爱吃蕺菜，俗称鱼腥草。气味不跟香菜那样冲，吃起来却有种杀鱼摊的的味道。楚香把鱼腥草挑出来，一股脑儿夹给了他。

"给你菜，这种菜营养可好了。"楚香怪声怪气地说。

"谢谢。"关泽显然也吃不惯，勉强吃了几根，把菜拨到一边。

"你什么时候走？"楚香问。

"嗯……后天的机票。"关泽说。

"效率很高嘛。"楚香挖苦。

然后谈话就结束了。两人分别吃完饭,走出古城,拦了辆出租车,回到束河。

头顶长花的欧治宇表情很酷地守在"鹰巢",照旧在玩扑克。欧治宇的吧台上永远放着一副扑克,好像怎么玩都不会腻。

楚香深深吸了口气,走到吧台前。目不转睛地看了两分钟。

"老板。"她终于,仿佛下定了决心,说,"不好意思啊,我要辞职。"

欧治宇连眼皮都没抬:"什么时候?"

楚香说:"后天走。"说完,忙补充:"试用期三个月刚刚过哈,不用违约金吧?"

欧治宇把扑克一收,淡淡说:"不用。"

这么轻描淡写,楚香不禁一愣,觉得欧治宇好像一点都不意外。

"还有事吗?"

"没……没了。"

欧治宇顺手从 CD 架上取下一张碟,交给楚香。碟子封面有个大佛像,是 Buddha Bar 的第三张专辑。"送你吧。"

楚香又一愣,心里不禁感动死了。泪光闪闪地说:"老板,谢谢你啊!"

欧治宇看她一眼,没露出什么表情。

"老板。"关泽挤了上来,伸出手,"这几个月,多谢你照顾楚香。"

欧治宇竟跟关泽握了握手,说:"客气。"

关泽说:"下回有空,一定过来玩。"

欧治宇说:"好。"

楚香瞠目结舌地看着他们。

告别完毕,关泽旁若无人地走到墙壁旁边,笑眯眯地把那张楚香在松赞林寺拍的照片抠下来了。

接下来的一天,整理行装。想不到在束河生活了几个月,零碎的东西有那么多。楚香还专程为陈小安以及大学的室友们买了礼物。总共装了两个旅行箱。

当然，比东西更多的，是留在脑子里的印迹。

楚香觉得，她可能要用很长时间，来收拾这段客居他乡的美好的记忆。

看上去最兴高采烈的，是神棍。神棍换了件深色衬衫，很精神的样子，早早就叫好车，帮楚香搬运行李，到了机场，又主动帮办托运，鞍前马后，不辞劳苦。

全部搞定，等候登机时，神棍翘着二郎腿，优哉游哉，掏出手机打电话。

"喂，Kiwi，是我……对，在机场，还有一个半钟头登机。"

"应该不会晚点吧。"

"我的车，你帮我开过去啊。我不跟你们混了，我要回去了。"

"吃饭？谢谢啊，不吃了。"

把手机一按，喜滋滋地哼起歌来。"山的那边海的那边有一群蓝精灵……他们齐心合力开动脑筋打败了格格巫……"又掏出一个 PSP，兴致勃勃地打游戏。

楚香凑上去看，嘴里问道："宋敬学来接我们？"

"是啊。"

楚香诚恳说："楚先生，谢谢你啊。"

神棍嘀咕了一句："难得大家都叫 chu xiang，别客气。"

"你们不会是什么远房亲戚吧？"关泽一听，开玩笑说，"要不，回去排排上一辈的谱，说不定是堂兄妹。"

"会吗？"神棍神气活现地说，"我家一支，据说远祖出自芈姓。郡望江陵。堂号，我暂时忘了，回去查查看。"

晕倒！什么年代的事儿啊！楚香无语了。她跟神棍，绝对不会是亲戚。

他们订的是宽敞舒适的头等舱。登机之后，几个穿制服、系丝巾、气质优雅、相貌美丽的空姐微笑着欢迎他们。

楚香觉得，空姐的眼神在关泽和神棍之间徘徊，充满了关切与爱慕之情，不小心落到她身上的时候，就迅速移开，好像看见一根狗尾巴草长在牡丹花中间。

不过，无论如何，头一回乘飞机，挺开心。

飞机上空调打得非常足,冷气冲出来的时候,化成了白雾。每个座位都置一条毯子,楚香把毯子包在身上,嚼着口香糖,塞起耳机听神棍的 MP3。

没多久飞机起飞,关泽调整座椅的角度,也披上了毯子。

关泽一直没有说话。闭目养神,似乎打了个盹。

楚香偷偷观察,觉得空姐的眼光一直有意无意,往这边扫来扫去,只不过某人小睡,找不到机会。果然!楚香刚刚感到旁边某人动了动,空姐就主动走上来了,温柔周到地问道:"先生,需要饮料吗?"

关泽声音很低地说:"水。谢谢。"

楚香一听,忙故意插上去说:"我也要一杯果汁。苹果汁。谢谢。"

空姐为他们倒上饮品。

关泽喝了几口矿泉水,又闭上眼睛假寐。过了几分钟,他慢慢坐直身体,在安全乘机之类的指南后面,找到一个纸袋子。

似乎犹豫了一会儿,他放下纸袋,朝洗手间走去。

楚香没有注意。

关泽在洗手间足足待了十多分钟,回来的时候,手扶着椅子靠背,艰难地坐了下来,却没再后靠,弓着身,低着头。

楚香终于发现了,不禁一愣,摘下耳机,问道:"关泽,你怎么了?"

他的脸色很坏。半天才笑笑:"晕机。"

"晕机?"楚香扭过身去摸他的额头,诧异说,"不会吧,你晕机?"

空姐第一时间察觉异常,又过来礼貌地弯下腰,很温柔地低声问:"先生,请问需要帮忙吗?"

"没事。"关泽说,"有点晕机。"

"需要晕机药吗?"

可能被两个人一搅合,不舒服的人感到更不舒服了。关泽抓着椅背站起来,又朝洗手间走去,看上去想吐。他似乎晕得厉害,站起来的刹那,面无血色。

楚香立即把 MP3 一丢,跟了上去。

坐在后排的神棍也发现了,伸手拽住楚香:"关泽他干吗?"

"他说他晕机。"楚香扔下一句简短的话。

然而再赶去的时候,关泽已经把洗手间的门锁上了。

这一次,关泽在洗手间待了十五分钟,回到座位上时,眉心微蹙,好像很痛苦。楚香被吓住了,着急问:"关泽,你一向晕机? 很严重吗?"

关泽"唔"一声,模棱两可。从随身的小包里,找出一种胶囊,拆开两颗,吞了下去。

楚香想看看药的名称,却发现全部是外文。晕车晕机不舒服,不是吃仁丹就行了吗,难道是……很高级的特效晕机药?

楚香惴惴不安地看着他,疑云满腹。

神棍探身问道:"嗨,关泽,你究竟是头晕,还是头痛?"

关泽说:"头晕。"

神棍问:"真是头晕?"

楚香嘴唇一动,想要说话,但还没等她问什么,关泽已经捡起毯子,蒙住头,一声不吭地睡起觉来。

幸好旅程并不太久。

一个钟头后,广播开始提示,飞机将要降落。

显然,关泽并没睡着,只是一直掩护在毯子的后面。他坐直身体,系好安全带,还俯身检查了一下楚香的安全带。

楚香担忧地看到,关泽的脸色没有丝毫好转,苍白无比。

"关泽……"

"嗯?"

"你不要紧吧?"

"没事。"关泽微微一笑。然而,这道笑容转瞬即逝,分明是挤出来的。

长长一段滑行,所有人都听见了低沉的噪音。渐渐地,飞机停稳。漂亮的空姐们列队在出口,一遍遍微笑说"欢迎再次乘坐,祝您旅途愉快"。气氛欢乐。

阳历八月底,天气还是很热,通道里面,并没有空调。跟机舱相比温差有点大。

关泽显然顿了顿脚步。

然后他绷着脸,略略低头走路,速度很慢,一个字都不说。混在下机的人群里,就像一团乌云。

　　楚香看着他,心中忐忑极了。

　　"香香——!"乍然听到一声尖叫,抬头一看,宋敬学和陈小安就在前面。楚香喜出望外,冲了上去,像只小狗扑住了陈小安同学。

　　"小安! 小安你也来啦!"

　　正在热闹,忽然听见宋敬学说:"关泽。"

　　那团乌云也出来了。楚香忙转身,说:"宋敬学,能不能先在机场休息一下,关泽说,他晕机。"

　　"晕机?"宋敬学一怔,忽然紧紧追问,"头晕还是头痛?"

　　相同的问题,楚香愣住了。

　　关泽还是没说话,任何人都看得出来,脸色奇差。他一只手抓着栏杆,仿佛只要松开手,随时随地,都可能晕厥过去。

　　宋敬学当场掏出手机,拨通了一个号码。

　　"喂,白医生,我是宋敬学。"

　　"刚刚到,看起来很不舒服,据说晕机。"

　　"我马上送他去医院……是的,有什么要注意的吗?"

　　"行,谢谢。"

　　楚香怔怔地看宋敬学打电话,被他的严肃表情,彻底吓住了。

## 31

宋敬学把车子开得风驰电掣，路上不停超速，被测速仪拍到三次。每次闪光灯一闪，宋敬学就在嘴里恶狠狠嘀咕一声。

乌云坐在后排，靠在椅背上，双目紧闭，始终没有活过来。

从机场到省立医院，宋敬学只开了 50 分钟。

将赶到的时候，宋敬学一边开车，一边又给医生打了个电话。雷克萨斯刚刚拐进医院大门，楚香就看到，好几个医护人员，蜂拥而上，娴熟地把关泽弄上一个推车，飞快地走了。

楚香瞬间傻愣愣地站在那里，觉得自己正在看电视连续剧。

"你先去。"宋敬学拉开车门，"我停车。"

楚香木木地追了上去，看到关泽似乎动也不动，医护人员把他送进一幢挺现代的新楼里。省立医院楚香曾经来过好几次，这幢楼却从未踏足过。

大楼门厅有块牌子，三个字触目惊心——脑外科。

电梯很快下来了，径直到 3 楼，关泽被推进某个病房。一个中年护士把楚香挡在门外。语气倒很客气："小姐，请在外面坐一会儿。"

休息区很宽敞，楚香哪里坐的住，惶惶徘徊了两圈，便扒在门口焦虑地张望。只见里面站着两个医生，口唇开合，仿佛在嗫嗫低语，相互商议，护士走动,某些仪器发出幽幽的光。想看关泽,却发现一道帘子遮住了视线。

没有人宽慰她,更要命的是,没有人告诉她究竟发生了什么。

她现在,就如同一个压根不清楚罪名的罪犯。

是的,他们乘飞机回程,然后他说不舒服——晕机当然是借口,以前他成天出差,到处乱飞,也没听他抱怨过。

可那又怎么了呢? 在丽江,相处那么多天,他每天看上去都非常健康,早睡早起,三餐正常,还经常干些不轻不重的活儿,气定神闲,悠然自得。

怎么搭个飞机,就搭进了脑外科?

言情小说和言情电视剧的许多情节,像颗种子发了芽,在脑海里茁壮地成长起来。

脑瘤、脑癌、脑溢血、阿兹海默病、帕金森……最终,殡仪馆。

楚香发现,她的手在发抖。

将来,再也不看言情小说了,楚香暗暗发誓,全是骗人的,什么煽情,什么绝症,什么虐男虐女,什么 BE,全是骗人的。

哪里有人傻不啦叽,突然会死啊,是不?

眼泪一点也不受控制,情不自禁地就掉下来了。

这时电梯又到了,宋敬学熟门熟路,不紧不慢地走出来。猛地看见楚香惨兮兮的脸孔,不禁吓了一跳。"楚香,你没事吧……"

楚香摇摇头,用手揩掉眼泪。

"放心吧。"宋敬学拍拍她肩膀,"那家伙命大得很。"

楚香声音发颤,却假装镇定:"关泽……怎么回事啊?"

"其实也没什么。"宋敬学把楚香拉到休息区,坐下来,心里斟酌着,生怕说错半句,她也要被送进抢救室,"关泽做过开颅手术。"

"开颅手术?!"楚香手臂上的汗毛,登时全竖起来了。

"为什么要做那种手术,脑子里长东西了吗?"

"没有没有,什么都没长。你别急啊。"

宋敬学只好缓言安抚,想了想,说:"就是,关泽出了个车祸,挺大挺惨的,脑部重伤,所以就做了个手术。"

楚香定定地看着他,震惊极了,说不出话。

"被一辆丰田车撞了,那司机酒后驾驶,来不及刹车,把关泽撞飞几米远。挡风玻璃都裂了。也该关泽倒霉,不但撞了头,他手里还正好拿只相框,玻璃撞碎,伤了手腕血管,那血流得,哗哗的……"

宋敬学居然还用上象声词,楚香没听完,已经打了好几个颤抖。幸好坐着,她感到,腿肚子已经软下去了。

"在哪里? 在哪里撞的?"楚香问,有点语无伦次。

"所以说命不该绝,就在省立医院门口。正好,遇上一个急诊医生下班回家。不过被拣进医院以后,也差点救不回来。"

宋敬学看一眼楚香,转而低头看自己的脚尖,语气平板,跟她复述病史纪录:"蛛网膜下腔出血;右枕骨粉碎性骨折;右侧广泛性脑挫裂伤……手尺动脉破裂,大出血,深度昏迷……"

这段话,每个字楚香都懂,连起来,却已经反应不出,究竟是什么意思。话音在脑中"嗡嗡"作响,撞来撞去。过了很久,她咽了口唾沫,挑个最直观的词,问道:"深度昏迷?"

"嗯。昏迷了 36 天。"

楚香手里攥着的小包,"啪"一声掉在地上。回过神来,赶紧又捡起来。

宋敬学苦笑,说:"医生说,随时可能发生呼吸和心跳停止,即使救成了,十有八九,处于迁延性昏迷状态,也就是 PVS——植物人。"

说着,又转头一看,发现楚香脸色不对,急忙补救,说:"所以我说啊,关泽那家伙命大。他昏迷到 36 天,人人都以为不行了,他居然自己醒过来。"

沉默半天,楚香呆呆地问:"什么……时候的事?"

"去年 10 月。"

去年 10 月,那时候,关泽已经跟她说"再见"半年了。一瞬间,楚香真正体味到什么才叫五味杂陈。

"他苏醒以后,我本想通知你的,后来想想,还是没说。"宋敬学的语气显得很忏悔,"你知道的,脑部受伤很麻烦,关泽一直在医院做高一级促醒和康复治疗。他刚醒的时候,语言不清,视力模糊,我想,他要是维持在那种状态,还是不告诉你的好。"

两道目光杀了过去。宋敬学头皮一麻,忙说:"也是关泽本人的意愿。"

赶紧转移话题，说轻松的："……楚香，可好玩了，那时他傻傻的，中文竟不会表达，倒是英文，一个词一个词地蹦出来，还算清楚。哈哈，毕竟是母语。别看他中文溜，到底十岁才开始学的，这时就看得出差别啦。"

楚香一点笑容都没有，宋敬学只好咳嗽了两声。

"康复治疗花了差不多 5 个月，你没发现吗？关泽现在左臂还举不过头顶。不过，总的来说，那家伙福大命大，我在资料上看到，人昏迷 3 个月内，意识恢复率只有 42%。更别说，他基本全好了，简直是奇迹。"

楚香一听，猛然用手捂住脸，抽抽搭搭地哽咽起来。

"……全好了？"

"真的，真的。"宋敬学忙全力安慰，"连医生都说，是奇迹，要把他当做实习生观摩的案例。其实那么重的伤，有点后遗症也不奇怪啊，偶尔头痛什么的。需要长期疗养。"

"那你怎么还让他去丽江？"楚香抓住要点，质问道。

"能怪我吗？"宋敬学挺委屈，"我又不是他的监护人。本来医生叫他再住一礼拜观察下，他不是惦记你嘛，非提早出院。他自己又不是不能签字做主。我已经请那位楚襄老兄跟着他了。"

宋敬学朝治疗室望了一眼，病房的门打开了。出来的是个中年医生，身材挺拔，相貌非常儒雅。宋敬学连忙站起来，迎了上去。

"白医生。"

白医生的表情并不严峻，甚至挺轻松的，点头打了个招呼。对宋敬学说："放心，暂时没发现关先生有异常情况。"

两个人都松了口气。

"可能乘飞机气压变化，或者疲劳引起的，我建议住院观察几天，安排做一个脑 CT。"

"你看吧。"宋敬学对楚香说，"说了没事，那家伙大难不死，难道连点后福都没？"

白医生问道："这位是？"

宋敬学说："关泽的女朋友。"

白医生点点头。楚香却觉得，这个白医生看自己时，眼光有点惊诧。确实……关泽在医院待了整整半年,她却从未露过面。

刚才那个拦住楚香的中年护士走了过来,说:"我们把关先生转到703病房。"

楚香讷讷地说:"那,我去准备一点住院的东西……"

宋敬学说:"机场的行李交给小安和那个楚襄了,这里没信号,我去外面打个电话,叫小安拿几件衣服过来,别的,其实没什么,你去看关泽吧,我会准备的。"


703是单人病房,装修简洁,光线充足,墙上挂着一副小小的向日葵画。弥散着一股淡淡的,医院里不可避免的消毒水的味道。

病床洁白而刺目,那团乌云躺在床上,忽然变得像朵棉花,柔软而又无力的样子。

输液架上挂着两包很大的药。一包未开封,另一包连着长长的管子,点点滴滴,输进乌云的右手。

楚香心疼极了。

趁关泽睡着,她去医院门口买了一斤苹果,一斤香蕉,好等他醒来,吃点垫垫。谁知关泽睡得挺长,醒的时候,天已经黑透了。

"……楚香。"关泽看见某人眼巴巴地干坐在旁边,叫了她一声。

"关泽,你总算睡醒了啊。"楚香叹了口气。

"对不起。"关泽朝她笑笑,"我也没想到,晕机会这么严重。"

"晕机?"楚香一听,登时嚷嚷起来,"你还说晕机啊,晕机能晕到脑外科吗? 你还想瞒我啊,宋敬学全告诉我了!"

关泽不吭声。

楚香按耐,觉得不能跟病人一般见识,问道:"你还头晕吗?"

"不晕了。睡一觉不晕了。真的。"

"那想吃水果不,苹果还是香蕉?"

"香蕉。"关泽不肯放弃,说,"唔……楚香,我觉得,这回真是晕机。"

居然还要狡辩! 楚香狠狠瞪了他一眼。

关泽自我分析病情,说:"本来应该没什么关系的。关键是,机舱太压抑,再加上我一晕,生怕有事,心里过分紧张,也就是说,吓出来的。"

"……"楚香无语了。

存心想顶他几句,感到没心情,半天,只好不理他的茬,剥了根香蕉。

关泽高高兴兴地吃起来了,脸色比之前好得多,看起来似乎确实没什么大问题。他三下五除二吃完一根,把皮交给楚香,忽然问:"楚香,你现在是不是还没原谅我?"

楚香刹那抓狂了。这个人,不但会趁人之危,还会趁己之危。这个人,简直太奸诈了!

关泽说:"还不原谅我?"

楚香看着他,只好摇摇头,过了会儿,低声说:"原谅你了。"

是的,原谅了,相聚或者离别,都是次要的。其实什么都不重要,重要的是每个人都健康地生活着。不论曾经爱谁,正在爱谁,将要爱谁,只要他健康地生活着,就好。

关泽嘿嘿一笑,显然,对这个诱供,非常满意。

703 病房有个供陪护休息的小床,关泽叫楚香回家,楚香不肯,在医院凑合了一个晚上。睡得相当警醒,夜半,不知是不是错觉,她猛地睁开眼睛,听见楼下传出哭叫的声音。

中医说,旦慧昼安,夕加夜甚。半夜,也正是医院所有重病病人的关口。

楚香心里发凉,一骨碌爬起来,趴到床边凝视关泽。

关泽睡得沉沉的,发出均匀的呼吸声。

一颗泪水悄然地滴在了病床的床沿。


第二天,白医生安排关泽做了脑 CT,结果出来之后,一切正常,恢复得很好。关泽在医院又住了一个晚上,然后办了出院手续。

楚香向白医生恭恭敬敬打听了许多注意事宜,还找了张纸,全记下来了。

关泽的司机来省立医院接关泽出院,一年半不见,司机竟还认得她,笑着跟她打招呼:"楚小姐,您回来了啊。"

楚香不禁有点窘迫。

上了车,关泽问:"楚香,先送你回家好不好?"

"好啊。"楚香说。

车子很快开到和平新村 12 幢楼下,关泽要送楚香上楼,楚香拦住他:"关先生,您在车里等我,我很快下来的。"

"什么?"关泽一愣。

"我准备收拾行装,搬到关先生您家里去了。"楚香若无其事。

"什么?"关泽怀疑自己听错,一脸惊愕。

楚香掏出纸头,在他眼前"刷啦"一抖。"看到没,白医生叮嘱的,您现在还有各种各样可能会引起的并发症,要注意营养,要吃好睡好,你说,你一个人,要是再晕了怎么办!比如肚子饿的时候,比如洗澡的时候,热气蒸过头什么的,嗯?"

楚香振振有词地质问。

"你要住我家?"关泽只抓重点。

"是啊。难道你不是一个人住,家有别人吗?"

"……没有。"

"是啊,所以我要去看着你。"

"那个……"关泽显然意外过头了,有点吞吞吐吐。

"那个什么?"

"你上次不是说,那个什么,男性本能……"

楚香瞪了他一眼。不由分说,下了车,把门关起来了。不久,她拎着一只大书包,蹬蹬跑下楼,把书包塞进车子里。然后自己也坐了进去。

"楚香,你说真的?"关泽还是有点没反应过来。

"谁让我是黑的,你是白的呢。"楚香说。

"黑的白的?"关泽摸不着头脑。

"唉,怎么这么为难啊。"楚香手一推,假意下车,"那我走了,再见哈。"

关泽忙锁上车门,对司机说:"开车。"

## 32

关泽还住在老地方,家里什么都没有变:灰白黑色系的装修,地板家具一尘不染,茶几沙发上叠了许多报刊杂志,餐厅角落的瓷器——**чудеса**——稳妥地摆放着。连书房的笔记本电脑,也还是从前那台。

整整一年多的时间,在这里,仿佛遗失了。

楚香看到笔记本电脑旁,立着一只红木相框,相框内不是人的照片,而是某个高档小区的实景拍摄。小区的中心花园,被暗色污迹涃脏一团。

楚香猛地想起,某人被相框玻璃割破动脉的事儿,登时不禁毛骨悚然。

"关泽!"她大叫,"难道就是这个相框吗?"

"不是。"关泽吓了一跳,"相框……早撞坏了。"

"那为什么图上有血?"

"嗯,相框换了,照片没换,那天我就带着这张照片,准备拿回家的。后来我上了趟交警大队,发现不少东西还在,就专门领回来了,做个纪念。"

"……"楚香无语了,这是什么恶趣味啊!

"怎么了,你晕血吗?"关泽问。把相框移到了角落里。

"拜托,关先生,难道你看见血心里不慌吗?"

"不慌啊——要不这样,我把相框放抽屉……其实你不进书房就好了嘛,这个书房是工作间,只有专业书籍,还有各种资料,你又不会看。闲书在另外一个房间。"

"打扫房间怎么办。"

"不用你打扫,我一直请钟点工,签了协议的。钟点工好像不怕血。"

行,有钱人就是拽,楚香不坚持了,慢慢地踱去了厨房。他的厨房是崭新的。跟装修配套,白色高级橱柜,摸上去跟衣柜差不多滑,一点油腻都看不到。平底锅架在炉上,翻过来一看,锅底居然是亮的。

楚香忍不住笑了。"嗳,关泽,你假模假样弄个厨房干吗啊,用过吗?"

"用过几回吧。"关泽说,"我会煎鸡蛋,还会煮面条。"

打开橱柜一看,基本空的,倒有一套没拆封的锅具。碗架里装满了各式骨瓷碟子。还有一小瓶油,一瓶餐桌盐,一瓶辣酱,查下保质期,辣酱已经过期了。

楚香有点感慨,觉得这个人靠吃餐厅和外卖食品也能存活,挺神奇的。

——而且竟然没发胖。

楚香说:"关泽,我要去一下超市,买东西;还要去菜场,买菜。"

"现在还买菜做饭吗?"关泽反对说,"今天不做了吧,今天去外面吃,明天,再慢慢搞。"

楚香一听,马上逮住机会,开始行使教育的权利,语重心长谆谆地说:"饭店里的菜,大部分高油高盐的,大火炒起来,营养全流失,不健康。再说明日复明日,永远是明天,不要把明天当借口。"

关泽看着她直笑,说:"好吧,我陪你去超市,不过菜场在哪里,我也不知道。"

楚香满脸黑线,工作的巨人,生活的矮子,太典型了。

大型超市离关泽家大约十几分钟,他们步行前往。在超市入口找了辆推车,关泽推着,楚香挨着他,亲亲密密的样子,像一对夫妻。

从前,他们曾一块儿逛商场买过裙子。

裙子品牌质地很好,款式时尚,价格昂贵,楚香非常喜欢。

现在来到超市,楚香忽然又发现,她似乎更喜欢超市。超市里的油盐酱醋,每种东西都写着两个字——生活。令她有种满满的踏实感。

楚香感到很幸福。

"去那边,楚香。"关泽一进门,就径直朝某个方向走过去,说,"那边有进口食品卖,有种巧克力很好吃,瑞士的,还有一种饼干……"

晕倒! 这人习惯成自然了!

楚香赶紧拉转车头调方向:"不要饼干,我们先去买必需品。"

"你不喜欢吃巧克力吗?"

"可有可无啦。"

在楚香的指挥下,他们钻进调料区。各种瓶瓶罐罐花样繁多,排了长长数列,楚香弯腰细细挑选了十分钟。然后往车里装了酱油、醋、白糖、麻油……

关泽在旁边东摸西摸地玩儿,忽然拿了瓶浅黄色液体,问楚香:"姜汁是干吗用的?"

"不知道。"楚香说,"我从来不用。我只用生姜。"

"买一瓶。"关泽丢一瓶姜汁进去。

"……"楚香说,"买了不会用,浪费呀。"

"看起来挺好用的,要不等会再去买几本菜谱,你好慢慢研究一下。"关泽款款地说。

"……"楚香默默流汗,刚刚还感觉像夫妻,瞬间就变成小保姆了。

采购完调料,小保姆总揽全局,计划再去囤点常备食品,牛奶鸡蛋香肠之类。路过熟食区,只见鸡鸭鱼肉大块堆着,香味阵阵地飘来。

"楚香。"关泽推着车,一边浏览,一边问,"真准备回家自己做饭吗? 嫌麻烦的话,我知道旁边有家店,卖的烤鸡很好吃,或者你可以买点熟食搭配一下。"

"关先生,您怎么吃饭还嫌麻烦呀。烤鸡没营养,而且鸡是发的。生病不能多吃。"

"是吗? 中医的观点?"

"传统观点,老人都这么说。像你这种外国精英,要入乡随俗。"楚香说。

"怎么我又成外国人了。"

"鸭子可以吃,做卤鸭怎么样? 啤酒鸭!"楚香兴致勃勃地提议,"还有凉拌苦瓜,还有清炒葫芦,再配个番茄汤。营养就均衡了。"

"行,你做的我都爱吃。"关泽奉承道,不动声色。

小保姆瞅着他,心里乐滋滋的。

圈了圈他的手臂,小保姆细声细气地说:"你太瘦啦,康复期有人给你做饭吃吗? 是不是主要吃医院的食堂? 其实你从前刚刚好,现在,变得跟竹竿儿一样了。"

"有吗? 我怎么觉得还好。"关泽不承认。

"我问你,你有多高?"

"一米七八点五。"

楚香喷了。一米七八就一米七八呗,还来个点五。"那有多重,到70公斤了吗? 没到就是竹竿。"

"竹竿总比水桶好吧。你该不会想把我弄成水桶吧。"关泽说。

"……"

"嗳,楚香,你平常运动吗?"关泽忽然问。

"有时候吧……你呢?"

"我以前最喜欢游泳,偶尔打打球,网球篮球什么的。再忙也坚持两星期至少一次。不过现在改散步了。我知道有个健身俱乐部不错,你喜欢的话,给你办一张卡。"

"医生叮嘱你的,不能剧烈运动。"楚香顿生警惕。

"嗯。"关泽微微一笑,说,"但最主要一个原因是,我的协调性似乎还没回来,上次我在山海公馆的泳池试着游泳,游着游着,就沉下去了。这大概需要长期训练。其实我现在,自己连车也不开。"

楚香特心疼地看着他。

"还好正常生活没问题。"关泽评估说,"智力好像也没损失。"

"预知力呢?"

"也在。"

"唉。"楚香叹了口气。

小保姆真去超市文教区,挑了本《家常菜1000例》,加上之前买的一大堆东西,他们一人拎两个袋子,喜洋洋地回家去了。趁热打铁,小保姆去菜场杀了只新鲜大鸭,做了顿丰盛的晚餐。

香喷喷的啤酒鸭,拉开了山海公馆新生活的帷幕。

第二天,关泽就回公司上班,不过谨遵医嘱,很克制。朝九晚五,不加班,不应酬,老老实实回家吃晚饭。

小保姆也很敬业,每天早起给他备好早饭,有时是面包牛奶,有时是清粥馒头;中午让他带两个菜,好配公司餐厅的白米饭;晚上还按照菜谱煲汤喝。

吃罢晚饭,他们通常下楼,在花园散步40分钟,有时坐在沙发里,用数字电视点播一部电影。然后关泽看公司的文件,楚香上网、玩游戏、看闲书。十一点的时候,分头洗澡休息。

他们过上了规律而健康的生活。

两周以后,楚香惊恐地发现……她胖了。

郁闷!什么世道啊,被喂养的还是竹竿,喂养的倒有成水桶的趋势了。这样下去不行啊!


这天,吃过晚饭,关泽站在客厅里,给楚香演示他不大好使的左手。

关泽的左手,拿东西没问题,不知为什么,却一直举不过头顶。医生只说需要加强锻炼,然而练来练去,还是练不回正常的状态。

楚香皱着眉头,用手顶他的左臂,说,"我托着你,托着你能举上去吗?"

"托着当然能,不过也举不直啊。"

"不会吧……再多练练,不能急嘛,总不会永远这个样子的。"

"有可能。"关泽沮丧地说,"我残疾了。"

"呸!童言无忌!"

"吃什么能补手吗?"关泽问,"你整天给我吃补脑的,其实,脑已经不用补了。那个核桃粥不用吃了。"

"这个,根本原因又不是手,还是脑嘛!"楚香瞅着他笑,"喂,关泽,以后你想吃核桃粥,说不定也没的吃了。"

"为什么?"关泽一愣。

"我准备去找工作。"楚香说。

"你决定找工作了吗?"关泽又一愣。很显然,关泽对眼下这种被饲养的生活感到相当满意,不大情愿有所改变。

"是啊。"楚香一本正经,咨询道,"请问关总,您能给我一点好的建议吗? 您的公司,南嘉集团,现在还招聘前台不?"

"具体我不清楚。"关泽说,"不过我不建议你去南嘉。"

"为什么?"轮到楚香问为什么了。

"听说,我工作的时候很严肃,他们都怕我。"关泽想了想,"楚香,你再在家待一段时间,不是还要自考吗? 或者可以去学开车,我暂时不能开车,你给我开,就方便了。"

"不行不行,我要开始赚钱了。"

"赚钱……我会尽力的。"关泽说,"理财的事,交给我。"

"什么? 你也会理财? 最奢侈的就是你!"楚香登时有点愤愤不平,"养一个你,能养一百个我!"

"是吗?"关泽心不在焉地说。

山海公馆配备酒店式服务,楚香发现,关泽不但请钟点工,还同时使用好几种家政,比如洗衣、送餐之类,为了生活方便,简直无所不用其极。

现在送餐不需要了,关泽居然去问,有没有送菜服务,把楚香看得目瞪口呆。

由俭入奢易,由奢入俭难,楚香很怀疑,她还能回和平新村住吗?

在关泽家,钟点工每周来做三至四次清洁,厨房毫无油烟,更别说看见蟑螂了。中央空调可以遥控,24 小时热水不断,每天都洗热水澡。

就这样,关泽还说,要不要再重新装修下,因为她应该会喜欢有一个走入式衣柜。

资本家啊! 崩溃!

"楚香,核桃粥我还是想吃的。"关泽很诚恳地说,"再吃几个月,好不好?"

关泽拉着她的手,把她拉到沙发旁边,坐下来:"你摸摸这里。后脑勺。"

楚香摸了一下,没发现异常,便拨开他的头发,找开颅手术的留下的疤痕。

"感觉到了吗?"关泽问。

"感觉到什么?"楚香吓了一跳。

关泽拿着楚香的手,把她的手按在后脑勺某一处。"我那时枕骨粉碎性骨折,医生把骨头挑出来,扔了。于是这一块软软的,能想象吗?"关泽严肃地问。

"不会吧!好好的呀!"楚香轻轻又摸了下,惊诧说。

"因为装了钛板,代替骨头。"

"钛板?那,难道以后永远是钛板?"

"是啊。"关泽微微一笑,"永远是钛,不会再有骨头了。基本等于 Iron man,钢铁侠。"

"……"这个笑话太冷,楚香笑不出来。忽然之间,感觉心里阵阵地发慌。

"钛有后遗症吗?"楚香嗓子发干地问,"会不会移位,生锈,老化?"

"不会。"关泽淡淡地说,"但核桃粥还是得吃的,你说呢?"

楚香的手放在他后脑勺上,不吱声。


客厅的电话骤然大响,冷不丁,把他们都吓了一跳。楚香忙丢下他,走过去看来电显示,是个很眼熟的号码,最后四位5413。

"宋敬学的电话。"楚香说。

关泽从沙发上站起来,很随意地接起了电话。

"喂,宋敬学。"

"关泽,你今天上网了没?"宋敬学在那边说,开门见山。

"没有,有事吗?"

"你去官网看看。"宋敬学语气一顿,说,"新的照片上首页了。"

挂掉电话,关泽手按着话机,顿了三秒钟。目光低垂,显得有点沉重。然后他不说什么,起身就往书房走。楚香惊讶地看着他,忙跟在后面,也潜进书房,想看看究竟出了什么事。

关泽打开笔记本电脑。

很快,启动完毕,出现桌面。又打开 IE,输入"神迹"的网址。чудеса,那个邪教般的 LOGO 缓缓浮出,快捷又悄无声息地折叠变化,随后消失了。

并不花俏的外文网站,像所有普通的网页一样,出现在 IE 上。

网站首页的右上角,登了一张很显眼的照片。是个穿黑色套裙的东方女人,皮肤白皙,短发微卷,化着淡妆,长得虽不算太美,却显得干练又不失妩媚。

关泽滚了下鼠标中间的滑轮,网页往下拉了半截。

只见照片底部,配着几行不长不短的文字,在一堆陌生字母里,楚香看到,夹杂着四个熟悉的汉字——白藤泰美。看起来,是个日本人。

楚香忍不住悄悄地问:"关泽,这人是谁啊,照片下面,这些字,什么意思?"

"这些是生平简介。"关泽淡淡地说,"这人叫白藤泰美,官网名'辉夜姬',32 岁,离异,有一个儿子。她生于东京,日本早稻田大学法学硕士,在东京当律师。'神迹'能力是窥测他人内心。"

"窥测他人内心? 这么厉害啊!"

"嗯。"

"她的照片为什么在网站上? 你们每个人的照片,网站上都有吗?"

"不是。"关泽笑了笑。笑的时候,眉头微微一拧,显得有点伤感,有点自嘲,总之意味有点复杂。

楚香继续说:"关泽,我发现你们'神迹'的人,真的都很厉害。要么是留学生,要么就是硕士博士,全受过高等教育,一个个都牛叉闪闪的!"

"你羡慕吗?"

"是啊。"楚香老实承认,"偷偷羡慕很久啦,我连自考都没考出呢! 要是我也跟白藤泰美这样,就好了。"

关泽看她一眼,微微一笑,问道:"你知道白藤泰美的照片,为什么在网站挂着?"

"为什么?"

"一个会员去世的时候,他的照片就会上官网首页。附带生平。其实差不多也就是讣告吧。"

"讣告?!"楚香不禁大吃一惊。

"白藤泰美,死于宫颈癌。"

楚香愣了会儿,小心翼翼地问:"你认识她吗,这位白藤小姐?"

"不认识。"关泽摇摇头,"但'神迹'总共只有 300 多人,也许,以前在官网的论坛遇见过……我不大上网,不知道宋敬学认不认识她。"

关泽一边说,一边顺手翻看官网的信息。打开窗口,输进密码,像在登陆。

ID 是个汉字"泽"。

楚香扒着他肩膀,眼睛看屏幕,忽然感觉到,关泽的情绪有点低落。楚香想了半天,欲言又止。抱住他的头,在他后脑勺深深吻了一下。

他头发上有薄荷味儿,前几天,她才给他买了薄荷的洗发水。

"小姐,不要挑逗我。"

"就要挑逗你。"楚香抱着他的脑袋不放,又吻了一下。

正在闹他,电话铃突然又响起来,还是宋敬学打来的。

"关泽。"宋敬学在电话里问,"你看到官网了?"

"嗯。"关泽说。

"这位白藤泰美,你认识吗?"宋敬学问。

"不认识。"

"刚才我打电话给楚襄,楚襄认识她,似乎交情还挺不错。他想赶去日本,参加葬礼。不过他的护照时间不够了,需要延期,你有朋友可以帮他尽快搞定不?"

"交给我。"关泽说。

"行。就这样。"宋敬学挂掉电话。

楚香在话机旁眼巴巴地瞅着他,问道:"怎么了?"

关泽说:"楚襄——那个楚襄,他认识白藤泰美,想去日本参加葬礼。"

楚香点点头,惋惜地说:"才 30 出头啊,太可惜了。她儿子年纪还很小吧,亲朋好友肯定哭死啦。"

关泽笑笑:"这也是没办法的。"

楚香觉得关泽这话的语气,凉飕飕的。正在发怔,却听关泽一本正经地问道:"小姐,对这件事,你现在有什么想法吗?"

"想法,什么想法?"

"难道没感想?"

"你说说。"

"你是不是应该认识到——永远都别把时间花在羡慕别人上。"

"……您真深沉啊!"楚香赞叹了一句。她抱着他的头,不放手,也不让他乱动,默然半天,忽地,毫无征兆地问道:"关泽,你早就知道,会发生车祸,你预知到了,是吗?"

关泽骤然一怔,不说话。

楚香等他开口。

过了极久的时间,她听见一个字:"嗯。"

"所以你要跟我分手,是吗?"

"不是。"关泽迅速否认。

楚香迟疑着,不吭声。实际上,她已经发现了,很多"神迹"的会员,要么因为绝症,要么因为事故,都英年早逝。比如关泽祖父去世的时候,才40出头;关泽的父亲去世时,关泽只有十几岁;宋敬学的母亲也早已不在了;老板欧治宇的女朋友,那个瑞典人,黑客Eagle,更年轻……

"白藤泰美……"

"别再说这件事了好吗,楚香?"关泽关掉电脑,站起来,目光深深地看着她。

忽然故作轻松地一笑,双手搭着她肩膀,说:"楚香,去厨房煮点水,好不好?我们去看电影,顺便泡茶喝。今天别人送了我两饼普洱茶,挺不错的。听说普洱茶能去脂,减肥效果非常好,你喝正合适。"

"……"楚香一听,登时无语了。这人什么意思啊。

关泽把她轻轻地拉到沙发上,两人肩并肩坐着,打开数字电视,查了半天菜单,点播了一部很老的美国电影《Love Story》。

楚香正是看到love这个词,才挑了这部,谁知道影片开始,缠绵的音乐响起来,头一句话就是,"你能怎么描述一个25岁就去世了的女孩呢?"

楚香飞快地拿遥控,按退出。

"干吗?"关泽问。

"是悲剧,悲剧不看。"楚香在旁边的DVD篓里翻找,"今天晚上看文艺片好了。"

"文艺片有什么好看的。"关泽郁闷。

"偶尔讲点艺术有点文化嘛!"楚香把某张碟子强行塞进机器。

只看了十几分钟,关泽索然无味地说:"不看了,再看要睡着了。下回买点打片吧,《杀死比尔》之类,打来打去其实也挺艺术的。"

"我再去看点文件,然后就睡了。"关泽拿着茶杯,站起来,表示退场。

"好的。"楚香不挽留,"晚安哈!"

电影继续播放,楚香坐在沙发里,扭过头,目送关泽走进卧室。偌大一个客厅,登时只剩下她一个人。电影的声音悄然回荡。

楚香慢慢走到关泽房间门口。想了半天,最终还是掉头离开。

她溜进书房,打开笔记本电脑,连网络,隐身登陆 QQ。好友栏里面,几个头像亮着,最上面一个是"战襄阳→杀"。

楚香点开头像,敲他。"宋敬学。"

网虫反应超级快,对话框很快就亮了。"在。楚香,我正等你呢。"

"什么?"楚香闻言不禁一愕,"等我?"

"是啊。"

楚香有些莫名其妙,正在盘算后续,慢慢输着字,对话框忽然又亮了。

宋敬学笑道:"楚香小姐,你想跟我打听什么事?有话快说吧。就知道,关泽那厮肯定回避问题,你肯定得找上我,哈哈哈!"

楚香发了个瞪眼睛的表情,不说话。

宋敬学乐呵呵地说:"关泽跟你发火了?冷战了?别怕,你比他更凶就成。其实人总有弱点,这属于他的死穴。他从小就回避这个问题,谁跟他讨论这件事,他都半天不高兴。"说着还挺自在,配了张图,一只毛茸茸的大猫,轻拍毛茸茸的小鸭子的头,表示安抚。

楚香彻底愣了。

"不会吧宋敬学,我只是发现……你们'神迹'的会员,为什么有很多都在年轻的时候,就去世了?"

"唔。"宋敬学显然准备坦白,很爽快地说,"你的感觉没错啊。чудеса 会员,大概超过 30% 的人,活不过 40 岁吧。"

"什么?"楚香不禁眼皮一跳,"你别胡说哈!"

"我没胡说,这是事实——我们内部统计的数据。你不信去问楚襄。"

女人的直觉,灵验了。楚香感到非常不可思议,半天,问道:"为什么?"

"想知道为什么会这样?"

"……嗯。"

"不好意思,我也想知道。"宋敬学打过来一句话,轻描淡写。

"……"

宋敬学的对话框继续闪:"чудеса 会员向来短寿——死亡的方法各式各

样,有的是事故,有的是绝症。你问原因,目前没人能研究出来。按照西方人解释,我们这个群体受到了诅咒;东方人则说,命中注定,是劫数。"

"你认为呢?"

"我是中国人,所以也偏向命中注定劫数说咯。"

宋敬学是学物理的,人比较科学,一向也比较实在。从来很靠谱,不搞怪力乱神。谁知突然冒出这么一句,楚香不禁大感惊诧。

宋敬学的字打出来:"你也知道啊,我们的能力,本身就是一种解释不了的神异。按照我的想法,可能属于某种能量守恒吧,此消彼长,活该倒霉命不长……"

"喂,你怎么乌鸦嘴啊!"

宋敬学见她着急,笑了。"你放心吧,60%的人,还是能度过濒死阶段,寿终正寝的。你家关泽,他倒霉过一回,现在不是挺好?"

"濒死阶段? 那是什么?"

宋敬学半天没说话,好像在考虑。

"怎么说呢,чудеса会员在一定的时期,会感到烦躁不安、心慌意乱——诸如此类的强烈感觉。一旦有这种感觉,通常离死就不远了。我给你打个比方吧,这就好像地震前那些窜来窜去的小动物。我们给这段时期,取了个名称叫'濒死阶段'。"

楚香手摸在键盘上,然而很久没打半个字。仿佛知道她不安,宋敬学安慰说:"你放心啦,关泽已经度过那个阶段了。"

"什么? 度过就没事了吗?"

"……你以为唐僧取经啊,还九九八十一难。"

楚香匆匆地问:"宋敬学,那你呢? 你也有那个阶段吗?"

宋敬学一看,马上感动了:"这么关心我啊……我出生的时候,严重的新生儿溶血症,我妈说抢救了十几天才脱离危险。虽然很惨,但已经过去了。

"神棍呢? 楚襄?"

"那混蛋向来狗屎运,你别担心他。他自己推断,在85至88岁之间会发生事故。你难道不觉得,他活到到那时候也差不多该死了吗?"

"什么!"楚香把眼睛瞪大了,"还能推断?"

"你忘了？他能预知人生。"

楚香盯着屏幕，不吱声。

宋敬学叹了口气，开始给关泽圆场子："知道了吧，'神迹'会员看上去挺风光，其实挺苦的。就说关泽，他以前一门心思都在公司上，基本没私人生活，就为在有限的时间里抓紧干点事。你别看他人模狗样，我估计他一天是当一个月活的。"

忽然开始奸笑："嘿嘿，楚香，你知道不？其实关泽早就知道你了。"

"嗯……"

"原来楚襄那混蛋已经跟你说了？告诉你，关泽那时之所以没接近你，当然有创业的原因——但很大一个因素，就是怕自己挂掉嘛。"

"晕！怎么这么狗血，你以为言情小说啊！"

"你不信？"宋敬学见她无动于衷，赶紧飞快地打字，"以前我还劝他呢，既然发现了很契合的人，认识一下又不打紧，他每次都借口太忙，其实我知道，他怕自己 game over。"

"那后来他怎么又找我了？"

"我们都觉得，关泽这样，太累，人生没乐趣。所以说服他，叫楚襄给他推算一下。结果算出来，关泽的濒死阶段在 55 岁左右。我们劝他，总不能一辈子不谈恋爱吧！嘿嘿嘿，其实关泽本人，虽然自制力比较强，比较禁欲，但也很想搞对象的。"

"……"楚香感到无语。

宋敬学显然兴致上来了，把表情发了一整排。"我们说正好有个人选，不如去试试，省得再到处找，多麻烦！所以关泽找上你了嘛。"

"什么?!"楚香抓狂。刚才还说像言情呢，突然就这么不浪漫了！

"只可惜，你们好上没多久，楚襄那混蛋就哭丧着脸来我这，说搞错了。"宋敬学说到这里，似乎非常气愤，连发一串拍死小人的图。"你还记得关泽的脚骨裂吧？他自己突然预感到会发生车祸，一出神才被车刮了。"

看到对话框里"车祸"两个字，楚香登时有点心神不宁。

半天，问了句："既然预感到车祸，难道不能预防吗？"

"不能吧。"宋敬学模棱两可，"濒死阶段这种事，很神异，我们都顺其自然。"

　　楚香一动不动盯着电脑,忽然凉凉地说:"原来这样啊,关泽就为了这个,才跟我说再见的啊。那你们把我当什么,无聊寻开心? 哦,感觉好嘛就来找我,感觉不好了,不吱一声,管自己就走。我是猴子给你们耍呀。"

　　"楚香,别生气。"宋敬学连忙发了个叹气表情,问道:"你知道慕尼黑空难吗?"

慕尼黑空难。

楚香瞄过这几个字，心中一怔。

QQ 对话框闪闪，宋敬学的话传过来："关泽跟你提过吧，他祖父，就是慕尼黑空难的时候罹难的。当时，死了很多人。"

"嗯。"

宋敬学说："你也知道，诅咒、劫数这种事，在 чудеса 内部一向没有达成定论，谁都有自己的看法——有人坚持，有人怀疑，也有人完全不信，认为濒死阶段只不过是巧合，或者，是胡说八道。"

"关泽的祖父就属于彻底不信的那种。据说当年，关泽的祖父在登机之前，实际上已经处在濒死阶段，但他非常固执，坚持搭乘飞机……"

楚香登时明白了他的意思，不由惊讶至极，手指如飞，出来一句长长的、没有标点的话。"你的意思是慕尼黑空难的责任全部要归结在关泽祖父身上?!"

"不知道。真的。这事儿本来就谁也说不清。"

楚香问："关泽的祖父的能力，难道不是预知力吗?"

"濒死阶段和预知力是两回事——预知力其实就像普通人第六感一

样,属于纯粹的心理反应——具体你去问关泽。有预知力的人,也不是万事都能预知的。"

楚香凝视屏幕。

宋敬学的字不停跳出来。

"慕尼黑空难那次,伤亡实在太惨重。所以,为了对他人负责,чудеса 在空难后制订了一条规则:每个会员,在处于濒死阶段的时候,不论他信不信邪,必须离群索居,独来独往,不使用任何公共交通工具。总之必须非常谨慎。"

"什么?"楚香惊诧道,"难道要把自己隔离起来吗? 这完全没有证据啊! 再说,也不一定会发生事故,不是有很多人,是病逝的吗?"

"是啊,呵呵,没办法,很惨吧。而且濒死阶段的时间现在还没办法控制,最惨的人,白白等了两三年才死。我听说白藤泰美就是为这事儿跟老公离婚的。"

"真的?"

"嗯。"

"宋敬学,你不觉得这样不公平吗?"

"世界上本没有绝对的公平,楚香,你知道,'神迹'会员依靠自己的特殊能力,大多学业有成,经济宽裕,因此普遍获得较高的社会地位。所以承担特殊能力带来的责任,也是应当的。我们权责明确。"

"你们不是可以预知吗?"楚香忍不住再次强调。

"跟你说了啊,不是所有情况都能预知的。再说那个会失误,你看,楚襄在预知关泽的时候,就出现偏差了。"

"楚襄说,他能看到人的气! 各种颜色的!"

"那混蛋的话,你也信啊?"宋敬学态度轻飘飘地说,"各种颜色? 他一个色弱,能一下子分清蓝色和紫色吗?"

楚香不吭气。

良久,终于重新摸到键盘,诚恳问道:"宋敬学,你们究竟是不是人类啊?"

"唔。"宋敬学很正经地回答她,"这个问题也一样,至今没有定论。说法分成好几派,你有兴趣听吗?"

"要听,你们太玄乎了。"

宋敬学打了张叹气表情:"细究太复杂,总的来说,分成玄幻派和科学派两种。"

宋敬学开始侃侃而谈,显然对这个话题,他挺有研究。

"玄幻派的理论,跟科幻小说差不多,以外星人为代表。比如,外星人的后代;比如,被外星人改造;还有人觉得,我们是外星人的试验品,诸如此类。"

"科学派嘛,就是试图以现代科学来解释我们的能力。说法也挺多,病毒说,基因说,磁场说,物理说……我觉得,都是瞎说。"

冷不丁看到最后一句,楚香顿时想笑。"那你难道相信玄幻的说法啊?外星人?"

"玄幻的我也不信。唉,年少热血的时候研究过这个,现在已经不感兴趣了。反正是不是人都一样生活。——就算关泽不是人,你也得每天做饭给他吃,是吧?"

楚香觉得这话貌似有道理。"您说得对,宋总。"

"楚香,别纠结以前的事儿了,关泽挺不容易的,真的。"宋敬学忽然来了句。

"什么? 请问宋总,难道我很容易吗?"

"你也不容易。"宋敬学一看,赶紧说,"大家都不容易。"

见对话框半天没亮,宋敬学只好小心地说:"楚香,其实,关泽跟你分手的时候,他也挣扎了很久,想告诉你实情,又怕你接受不了……再说这件事是他的死穴,他从小就不愿意提。人总有弱点,你说是不是?"

楚香举手投降。"行,大家都不容易,不纠结了。听您的。"

"真是好孩子!"

楚香吸口气,苦笑一下,索性大言不惭:"其实我早就不纠结了,我不想让关泽困扰嘛! 我家关关人多老实啊,对女人没经验,身体还不好,我才不跟他讨论死人的事儿呢!"

那边半天没动静,宋敬学肯定把一口水喷在了电脑上。

对话框终于亮了。

"你等下啊,我把你的QQ聊天记录清一下。"

"……"

楚香成长在一个不完美的家庭,她曾经觉得,所谓爱情,只是小说电视里骗女孩子的噱头。然而她现在发现,她已经被这个噱头套住了。她的标准忽然变得很低,愿意包容,也愿意付出,只要可以永远继续下去。

第二天早晨7点30分,楚香一骨碌爬起床,飞快地刷牙洗脸,扎上头发,跑出卧室。却看到关泽的房门敞开着。望进去,被子皱成一团堆在床头,床脚掉了两个皮面大笔记本。

果然某人也已经起床了。

楚香早就发现,关泽是个非常自律的人,不喜欢泡吧,不喜欢K歌……有时根本不像个70年代末出生的年轻人。普通有钱一族喜欢的车、表、古董之类,他也兴趣一般,简直没任何特殊癖好——甚至很少睡懒觉。有次楚香还开玩笑问过他,是不是上班也要打卡呀?

溜到浴室门口,一探头,见某人照着镜子,正在刮胡子。

"早。"关泽不回头,瞥了眼镜子里的偷窥者。

楚香瞬间有些发呆,凝视着他,不说话。她忽然觉得,能够这样看他,真是件很好的事。

仿佛察觉到她的不妥,关泽停下动作,转头看去,却见楚香嘿嘿一笑。

"关先生,您好帅。可惜您是南嘉集团的老大,不然应该去做平面模特儿,上时尚杂志……哎,您可以兼职嘛……"楚香色迷迷地说,口水差点流下来了。

关泽一手拿刮胡刀,"刷"一声,另一只手把浴室的移门关上了。

"喂,关泽。"楚香在外面嚷嚷,"参观下不行啊。"

"刮胡子有什么好参观的,私人活动,跟你们女人化妆一样。"一边说话,一边水龙头的水哗哗作响。

"真是的,早饭吃什么?"楚香快快地问。

"泡饭。"

楚香领旨,去厨房烧了两碗泡饭,煎了一只鸡蛋,把肉松和腐乳分别装在两个碟里。端出去的时候,关泽已经坐在餐厅,大摇大摆地看报纸了。

楚香刚刚搬到这里的时候,关泽为了表示客气,还时不时进厨房,假装帮点小忙。比如炒菜的时候撒点盐之类。还自告奋勇,要求洗碗,结果打破一只骨瓷盘子。

然而,渐渐地,某人脸皮就厚起来了。

不知哪天起,楚香发现,厨房里某人绝迹了。变成站在厨房门口,或者干脆在餐厅,叫唤两声:"楚香,好了吗? 可以吃了吗?"

郁闷啊,难怪情感论坛里,姐姐们一直告诫,如果刚开始做饭的人是你,那将来做饭的人就一直都是你。男人不能溺爱啊,一失足成千古恨……

"只有白腐乳? 有红的吗?"某人吃泡饭,不忘挑剔一下。

"没了,您今天先凑合吃吧。等下去超市给您买红的。"

"楚香,你现在怎么不吃鸡蛋了?"

"我减肥。"

关泽抬头看看她,低声笑了几声。

楚香吃口饭,眼睛瞄着贴在饭桌旁的便签。下个月底自考又开始了,在丽江耽误许多工夫,这回只能抓紧考一门课,楚香到处贴纸条,随时随地瞅几眼。

关泽问她:"这次考什么?"

"秘书参谋职能概论。"

"好考吗?"

"我感觉自考都不好考。"楚香嘀咕了一声。

"哎,关泽。"楚香问道,"你当初本科毕业的时候,干吗不继续念研究生? 上次我在网上查到,美国芝加哥大学的经济系挺知名的。"

"为什么要继续念?"关泽反问。

"硕士,总比本科强吧!"

"你知道最强的是哪种人吗?"关泽微微一笑,说,"本科没毕业。"

楚香看他一眼,觉得他在胡说八道。

"你不信吗? 甲骨文公司的 CEO 拉里·埃里森,在耶鲁大学有过一段著名的演讲。他认为耶鲁大学的毕业生完全没有前途。你想听原文还是译文?"

"译文。"

关泽又微微一笑,款款地说:"'因为我,埃里森,这个行星上第二富有的人,是个退学生,而你不是。因为比尔·盖茨,这个行星上最富有的人——就目前而言——他也是个退学生,而你不是。因为艾伦,这个行星上第三富有的人,也退了学,而你不是。再来一点证据吧,因为戴尔,这个行星上第九富有的人——他的排位还在不断上升,也是个退学生,而你不是……'"

楚香诧异地瞪大了眼睛,问:"这个讲演是真实的吗?"

关泽吃掉鸡蛋,微笑着说:"不管讲演真不真实,事实是这样没错。实际上,关于中国的富豪,也有个调查——最不容易致富的受教育水平是硕士和小学,大专毕业成为富翁的可能性最高。"

楚香一听,登时乐了:"我就是大专毕业的!"

"很挑衅教育制度吧?"

"那我还考自考吗?哈哈!哦,关泽,这么一说,我想起陈小安啦。小安明天还约我出去逛街。好像今年秋冬装的新款已经发布了,她要去大商场专柜看下实物。据说,有个啥牌子的风衣很时尚,不知道这边是不是同步上市。"

关泽问:"你们就去看货,不买东西吗?"

"一般不买。"

"看到喜欢的话,也买几件好了。"

"开玩笑,我可不是资本家,我虽然大专毕业有发财的潜质,但目前还是一失业女工……那个,如果真很心动,偶然奢侈下,您会替我付账的是吧,关先生?"

"嗯……"

"您真好。"楚香笑眯眯地说,"一般不会太心动啦。我对时尚的敏感度,一般般。"

"你们明天去吗?"关泽问,"明天周末,我休息,我陪你们去怎么样?"

"什么?你休息!"

"星期天嘛，我现在争取每周休息一天。"

楚香赶紧预约："你怎么不早说呢？我打电话给小安，不跟她去了，跟你去。"

"陈小安不会生气吧？"

"不会，难得你有空，再说她知道我向来重色轻友。"

吃完饭关泽回房换衣服，楚香在客厅等他。几分钟以后，他脱掉 T 恤焕然一新地出来了——竖条纹的衬衫，斜条纹的领带，深色修身的西装。气质完全变了。好像全身上下都在无声地说，我是高层。

楚香贼头贼脑地瞅他，半天，问："关泽，你的衬衫和西装，哪里买的，为什么都很合身，你不是瘦了吗？"

"有些是订制的。"关泽整理领带，"我懒得经常买衣服。"

"伦敦杰明街？"楚香在脑海里搜索时尚知识，挑了个有名的。

关泽想了想。"那里，我也去过。以前出差的时候顺路去的。在几家老店订过衬衫。"

"关先生，您穿西装真好看，明天逛街千万不要穿哈！免得大家都看你，忽视渺小的我了。"楚香殷勤迎上去，"我来给您打领带。"

"已经系好了。"

"再系一次。"楚香不肯放弃。

关泽只好把领带松开，拿下来给她。楚香三下五除二，把领结全解散了。她把领带重新搁在他衬衫领子下，摆出一长一短，交叉起来，然后，不动了。

"小姐，你会打领带吗？"关泽等半天，不见她后续，不禁怀疑问。

"不会……"

"……"关泽自己动手，飞快地重新打结，"八点半司机在楼下等我，快到了。明天有空，你慢慢给我系。"

楚香只好遗憾地给他整了整领子。

关泽微微低头，在她唇上甜蜜一吻。

"走了。"说完，踌躇满志地上班去了。

楚香觉得，有时候，某人纯洁得像个初恋的中学生——当然，某人似乎，真的是初恋！

# 35

楚香义无反顾地推掉了小安的约会,在电话里被小安狠骂一顿。没办法,男色当前,区区一顿骂算得了什么……牡丹花下死,做鬼也风流……

周末关泽果然休息。一大早,楚香兴致勃勃地掏出两件橘黄色的 T 恤,情侣装。大的是男式,胸口写:我只洗碗不吃饭。小的是女式,胸口写:我只吃饭不洗碗。

前几天楚香偶然玩了下淘宝发现的,觉得太可爱了,忙不迭就拍下来。

见她捣鼓情侣装,关泽忍不住默默注意她的一举一动,片刻,说:"楚香,你不会想穿这个吧?"楚香嘻嘻笑:"怎么样,穿不穿? 你穿我也穿。"

关泽赶紧说:"不穿。我年纪大了,不适合。"说着走过去拎起 T 恤,原来还有件配套的小童装,上面写:我不爱吃饭。

关泽也觉得怪有趣,笑道:"哪买的呀?"

"淘宝。"

楚香说:"你不穿,我就拿去送给小安。挂在她店橱窗上当装饰。"

"好啊,这主意不错。"

楚香提醒他:"关泽,今天在外面吃饭,别忘带上药。"

"噢。"

楼下的保安很周到,已经帮他们拦好一辆出租车。他们坐上车,径直到市中心商圈。记得他们刚认识,第一次约会的时候,就逛过这附近的名品店,买了双短靴。

原来转眼间,已经发生了这么多的事了。

步行街仍旧非常热闹,潮流男女俯拾即是。两旁一溜特别高档的名品店,路易威登、古奇之类。这些奢侈品店,普通收入的年轻白领也很喜欢光顾,通常买一些大牌的小件,钥匙扣、零钱包什么的,以为那是时尚。

楚香挽着关泽,目不斜视,不紧不慢地走。

"关泽,先去那边的丝芙兰,给你买面霜和剃须摩丝。"

关泽估计不晓得丝芙兰是什么,只点点头,很诚恳地说:"楚香,你如果看中什么,我送给你。我很久没送礼物给你了。"

楚香也点头。她已经知道了,其实关泽对品牌没什么研究,为了省事,经常只选贵的,不选对的,不管啥牌子,看到好就随便买点。

这个工作狂盯预算的时候,两眼放光,任何一个小数点都牢牢记在肚子里,两毛钱都骗不了他的;到购物的时候,就连零都不数了。

真是作孽!

丝芙兰在步行街尾端,春宜百货商场一楼,占了一楼的半边。里头人极多,全是年轻姑娘们,绞尽脑汁为了美丽的容颜。

楚香按照旧用牌子,飞快地选了一套碧欧泉男式护理。

进步了——楚香泪花闪闪地想,千把块钱的东西呢,拿下来居然心里一点都不发抖——简直跑步进入共产主义了。

"你不买点吗?"刷卡签字的时候关泽问。

"您上次在'法国',嗯,也可能是'美国'买的东西,我还没用完呢。"说起这个,楚香就要刺他一下。

关泽微微一笑,不吭声。

从丝芙兰出来,他们直接上春宜商场五楼电器部,选购手机。关泽的手机在车祸时被撞坏。住院颇久,医院屏蔽信号,再加上医生叮咛,一直没买新的。现在工作、生活回归正常,再不用手机感觉挺不方便。

关泽很快选好自己的,又给楚香挑了只黑色小巧的诺基亚,带音乐功能。SIM 卡早就补来,插上卡,立即可以用了。

楚香喜滋滋地把手机揣在兜里,怕被偷,一只手伸进去攥住。

"关先生。"楚香拉拉关泽,"我看到二楼有个鞋子花车特卖会。"

"好啊。"关泽说,"特卖就多买几双。"

"……"楚香觉得,这人信用卡里的人民币跃跃欲试,招着手想跑出来。

乘电梯下去,各种品牌 3 至 5 折的牌子迎面扑来。广告大,特卖会面积却挺小,缩在角落。望进去人潮汹涌,花车被挤得水泄不通,出来每人至少拎两只鞋盒,跟不要钱似的。

关泽被黑压压的人头吓住了。

"不会吧。"他用上了楚香的口头禅,"这么多人啊。"

楚香热血沸腾,拔腿就往里面挤。关泽一把拽住她,皱眉说:"这么多人,还有好东西吗? 都是挑剩下的。服务员也没空理你。"

"这才叫抢宝嘛!"楚香摩拳擦掌,"一样品牌,最便宜 3 折! 价廉物美!"

"很有快感吗?"关泽无奈问。

"像你这样的资本家是不会理解的!"楚香又想往里面冲。

"等会儿!"关泽拉着她手,把她扭个方向。眼前登时出现大片正品区,干净整洁,富丽堂皇,人烟稀少,服务员面带微笑。

"看那块牌子。"关泽循循善诱。指着一块精美小广告牌——花体字写着:当季新款上市,部分专柜 9.5 折。

"也打折的。"关泽微笑。

楚香差点吐血。真是一条无法逾越的代沟。

"听见什么声音了吗?"关泽紧攥她手,不让她赶热闹,忽然问了句。冷不丁,是听见某种音乐叮咚作响,飘来一阵,停了,又飘来一阵。

关泽先反应过来:"楚香,不是你的手机吧?"

楚香赶紧摸出手机,果然正在播放铃声,来电显示是个很眼生的号码。不会吧,才买了手机十分钟,就有电话找啊。按键接通,楚香问:"你好……哪位?"

"哦——终于打通电话了!"那边声音挺陌生,男性,但语气非常兴奋,活像中了彩票，"是楚香吗？我是徐乐，就是丽江遇到的那个，你还记得不？"

"徐乐?!"楚香讶道。岂会忘记，那个驴友嘛！

"楚香，你真不好找啊，呵呵。我先按照你留给医院的手机，怎么打都是'已停机'，打了两个礼拜发现行不通，就给束河那个酒吧的欧老板打电话，他说你已经回家了。我问他地址，他只知道大概的。我想今天最后再给你打一回，打不通的话，我就只好放弃了。"

"对不起啊。"楚香连忙解释，"我的手机不小心丢了，刚才买新的，就刚才呢，几分钟！"

"哈哈，太好了！说明还不算太没缘分！"徐乐兴奋地说。

"楚香，你现在有空吗？"徐乐问。

"我……在跟男朋友逛街……怎么了？"楚香有点诧异。

"能抽出半小时不？我想当面谢谢你。"徐乐说。

"当面？你不在北京？"

"哈哈哈，我找你来了，住在青年旅社四五天，买了今天下午的火车票。今天再遇不见你，我就走了。哎，有空不？"

楚香马上跟关泽商议，点头说："有空，我现在过去找你。哪个青年旅社？"

"法喜寺边上那个。"

"行，那就先这样啊，一会见！"


法喜寺旁边的青年旅社，原本是幢民国别墅，四周树木掩映，环境清幽，老板在庭院里种了许多月季花。徐乐就坐在庭院的大太阳伞下面，蓝T恤、速干裤、运动鞋、棒球帽，肤色仍有点黑，楚香一眼就认出了他。

"嗨，徐乐！"楚香朝他打了个招呼。

徐乐连忙站起来，激动地迎了上去，高兴笑道："楚香，真不容易，可算见到你了！——这位是你男朋友？"

关泽朝他伸出手，微笑道："你好，我姓关。"

徐乐跟关泽握了握手，不知为什么，脸上露出一丝疑惑的神情，然而瞬间又笑了,抓抓头,讪讪地笑说:"刚才还想了一大篇话,看到救命恩人,说不出来了。"

楚香忍不住莞尔:"坐下慢慢说嘛。"

三人一块儿坐在太阳伞下,向旅社老板叫了三杯本地清茶。

徐乐说:"楚香,反正我就想当面谢谢你……怎么说呢……大恩不言谢,哈哈哈。"

楚香"扑哧"笑了。

"别谢啦,徐乐,没想到你还是富家公子呢!你爸爸派人,把钱都还给我了,还想奖励我3万块。对了,刚才你打电话给我的时候,我们正在逛春宜商场。"

"什么富家公子啊。"徐乐挺不好意思地笑笑。

他弯腰把地上一只很大的登山包拉过来,从里面掏出一个盒子,交给楚香。"没什么好谢你的,这个送你做个纪念。前几年我去西藏,跟一藏族哥们儿弄来的藏刀。"

楚香看着他的包,有点吃惊,问道:"你来这里,也背登山包吗?"

徐乐笑道:"我等会儿就坐火车去四川。"

"什么?"楚香一听,瞪大眼睛,"四川?你去四川干吗?"

徐乐被她的反应逗乐了,说:"去旅行呀,嘿嘿。"

楚香瞠目结舌,开始暗暗计算,这个驴友心肌梗塞动手术,到今天才相隔了几个月。

徐乐半开玩笑地说:"其实,也是受了你的鼓舞。这次我想通了,下定决心了,这次不算旅行吧,算定居。我把所有积蓄都带上了,先去投靠成都一哥们儿,他在那边开户外用品店。然后去稻城。"

"稻城?"

"嗯,从此以后不回北京喽,跟人一块儿开客栈。"

"徐乐。"楚香问,"你父母同意吗?"

徐乐笑说:"我又没伤天害理,违法犯罪,既然选了这条路,我自己负责。老实说,我从来没在春宜百货工作过,我爸很不高兴。不过,我有我自己想干的事儿,人如果没有梦想,那跟咸鱼有什么区别,对吧?"

楚香不禁笑了。经典台词。

徐乐悠长叹了口气，神往地说："从四川省木里县穿越到稻城亚丁，那条线我计划很久了。先去成都，跟一帮人合计下。看什么时候能成行。"

"那条线好玩吗，有雪山吗？"

"当然有，著名的三座雪山，央迈勇、夏诺多吉、仙乃日。仙乃日雪峰底下还有一片珍珠海。你知道，高原海子是最美丽的。"

楚香站起来，慎重地伸手，真诚地说："祝你成功。"

徐乐站起来跟她握手，笑道："谢谢。"

关泽也站起来，微笑道："一路顺风。"

徐乐忙也跟他握手："谢谢，谢谢。"

徐乐又看了关泽一眼，眼神里，再次浮出稍许疑惑，片刻，终于忍不住笑道："我们以前是不是见过啊。好像有点面熟……"说着抓抓头，颇为尴尬。

关泽微微一笑，不动声色地说："确实见过。"

徐乐一愣。

关泽说："我在南嘉房产工作，那年南嘉跟春宜百货有过一次比较大的合作。春宜年末会议的时候，你父亲邀请南嘉参加，之后开了个派对，你跟你父亲一起出席的。"

"对！"徐乐猛然一拍大腿，"你是关泽！"

徐乐明显很激动，连连说："原来你是楚香的男朋友啊！嗨，真没想到！"

楚香先被他吓了跳，这时一听，马上乐了。关泽比她有名太多，介绍起来，每个人都只会说"这是关总的女朋友"，谁料还有反过来的时候。

徐乐笑道："关总，我父亲忒崇拜你。每次跟谁聊天，都要把你扯出来。那天那个派对，本来跟我一点关系都没，就因为关总你出席，非要叫我也去，好见见你学习一下。他特喜欢把我跟你比，然后骂我没出息——就差没把你照片打印出来，挂我床头了。"

楚香登时喷了。

关泽有点窘，笑道："过奖，我跟你术业有专攻，领域不同。"

徐乐嘿嘿笑道："难怪楚香要从束河回来呢，原来男朋友是南嘉的关泽啊。哎,当初楚香一个人去云南的,是不是你们吵架了啊。"

汗……两人不禁一起微窘。

徐乐不开玩笑了,抬手看看表,笑道:"我下午 2 点钟的火车,这就准备去车站。谢谢你们啊,专程跑过来一趟。"

关泽邀请说:"一起吃中饭,然后送你去火车站。"

楚香说:"嗯,一起吃饭。"

"行!"徐乐爽快地答应。


他们叫出租车,去火车站附近一家本地菜馆吃了顿便饭。楚香执意要送徐乐上车,于是吃完饭,三人一块儿在火车站候车厅等候。徐乐买的票,还是 K 字头列车,去成都整整一天一夜的旅程。

检票时,徐乐把登山包背在身上,向他们挥手告别。

提示登车的广播一遍遍不停,徐乐混在人群中,意气风发,勇往直前的样子,很快,不见了踪影。楚香和关泽站在检票口外,相互看了一眼。

楚香忽然说:"哎,你有没有觉得他其实挺幸福的。"

关泽不搭腔,没头没脑地问了句:"楚香,你还记不记得,刚才他说……那个'没有理想像咸鱼'是什么意思?"

楚香登时鄙视:"周星驰电影台词啦!这么经典都没看过,太落伍了。"

"哦……难怪无厘头呢。"

"您对这句话很有感悟吗,关先生?"

"没有。"关泽说,"我向来很有理想的。"

楚香一听,诚恳地问道:"您的理想就是您现在的事业吗?"

关泽点点头:"开公司、发大财。"

"噗——"楚香撑不住又喷了。说这人俗吧,貌似挺有文化的;说这人有文化吧,真是太实在了。

## 36

度过一段平稳的日子,楚香开始研究自考课程,给自己订了一个严密的考试计划。她下决心,2008 年,把本科文凭拿到手。

剩余的几门科目,别的其实没啥,只有一门英语,让她很有点头大。幸好现在有个英文家庭教师——关泽见她苦恼,拍着她脑袋毛遂自荐,说会全力辅助。

关泽做事向来踏实,楚香挺放心。

但当务之急,是最近一门课"秘书参谋职能概论"。离考试还有 10 天。

楚香决定拼了。

她杀去超市,买了一大罐速溶咖啡,两大袋方便面,堆在家里。晚上东西就被关泽发现了,拎着方便面无比诧异地问她:"买这么多泡面干吗?"楚香扒在书桌用功,头也不回,说:"战略储备。"

"你就打算吃这个了吗?"

很明显,某人不是太高兴。楚香只好安抚他,笑嘻嘻地说:"放心啦,会做晚饭的……那个,方便面我中午吃的。"

"不要光吃方便面。"关泽告诫,"楼下有好几个餐厅,可以叫外卖。"

外卖这件事,某人也是专家。

山海公馆附近，开着许多高档餐厅，印度餐、意大利餐、日本餐……一应俱全，可是打发个中饭有必要这么隆重吗？想当年在大学，四个肉包子就能解决一整天呢！

总算把关泽给应付过去。接下来10天，楚香基本足不出户，下死劲儿埋在课本里头，通宵达旦地干活。把厚厚的课本，筛子似的筛了两遍。

紧张的备考期一天天溜走。

考试日很快来临。

这次考试，安排在楚香曾就读的前进中学，离山海公馆挺远，公交车不能直达。楚香怕迟到，早早吃了午饭赶去，在学校花坛边坐着，抱最后的佛脚。

下午2点钟，楚香走进考场。

自考考场向来只能坐满一半人。即便坐满的一半里，也又有一半是来碰运气的——世上所有的事都一样，心血来潮很容易，坚持到底，太难。

但无论如何，两个半小时的考试，楚香把时间用得足足的，试卷写得满满的，最后，考场里只剩下她一个人，大模大样地检查卷子。

交卷之后，打开手机，没多久电话音乐就响起来。阿桑的歌，《温柔的慈悲》。

"喂，关泽——"楚香按下接通键，故意声音嗲嗲的，叫他的名字。

"看起来考得不错。"关泽在电话里欣慰地说，"很开心嘛。"

"还行吧！"楚香谦虚状。

"还在学校？"

"嗯。"

"快出来，我在前进中学门口，这里不让长时间停车。"关泽笑了。

楚香有点意外，连忙快步赶了出去，果然，校门口绿化带旁边，停着一辆车子。居然并不是司机开的黑色奔驰，而是关泽自己常开的那部车。

想必看见了她，关泽打开车门，从驾驶室走出来。

他穿着挺休闲的衬衫，不打领带那种，很帅又很随意的样子。几个正巧走出校门口的女生，磨蹭脚步，偷偷摸摸地朝他看。

楚香赶紧蹦过去，高兴地叫他："关泽，你怎么来啦？"

"接你啊。"

"你今天早上穿的,不是这一身嘛!"楚香很花痴地打量着他,趁机上下其手,调戏他,"怎么换过啦?"

"回家夫拿资料,顺便换了。庆祝你考完,咱们晚上去 happy 一下。"

"你太好了!"楚香使劲儿抱了他一把。

关泽打开车门,把她推了进去。然后绕到驾驶室,也坐了进去。

"医生说你能开车了吗?"

"是啊。前天就开过。你最近太不关心我。"说着,悠闲而熟练地发动车子,一阵风地开走了。楚香侧脸看他,又看见了他右边腮上的笑靥。

关泽开着车,忽然分了个心,微微一低手,从旁边捡起一张纸头:"给你的。"

楚香接过展开一看,是张 A4 纸,标题很醒目,一个单词 schedule。底下密密麻麻,列着条条款款,大概总有十来条,全用英文的。晕……

"不会吧!"楚香瞬间抓狂了,"我才刚刚考完,你就给我布置任务啊!"

"先给你 schedule,熟悉一下。"关泽款款说,"明天开始吧,今晚去 happy。"

什么!明天开始!明天开始难道很开恩吗,这是什么工作狂啊!楚香持续抓狂:"happy 不起来了!你给我泼凉水了!"

"这怎么是泼凉水呢?学英文要循序渐进,靠突击应付考试,没意思,成功率也低。"关泽压根不理她。

楚香郁闷地把纸叠起来,塞在包里。心中万分惆怅。

"你就这么怕英文?"关泽问。

"不是怕,是讨厌!"楚香很凶地说。

"别这样嘛,我介绍一个美国人给你认识,好不好?"关泽开着车,拐上一条大马路,微笑说,"没事跟老外聊聊天,就不会觉得枯燥了。"

"美国人?"

"嗯。"

"帅吗?"楚香立即偏移主题,抓住了重点,"如果长得像汤姆·汉克斯……或者皮尔斯·布鲁斯南……"

"不是白人，是个 ABC。美国出生的华人。"关泽淡淡说。

"华人也有好看的，比如梁朝伟。"

"小姐，你的目的是学英文。"

"哦……"楚香忍不住，又觉得一阵惆怅。


"先去吃饭吧。"关泽微微一笑，温柔地问道，"你有想吃的东西吗?"

"我要吃最贵的!"楚香恶狠狠地说，"开瓶红酒八千八那种。"

"是吗? 你喜欢的话，我们就去。唔，先买衣服，正装出席。"关泽想了想，一本正经地问道，"要不要再去买几件八千八的项链配裙子?"

"……"

没想到前面，恰巧真有个闪闪发光的卡地亚商店。

关泽于是优哉游哉，把车停在商店门口，透过车窗，望了一眼橱窗的摆设，微笑着说:"小姐，请。"然后松开安全带，就要往外走。

楚香一把揪住他，没好气地嚷嚷:"开车开车!"俯身拉过安全带，"嗒"一声，又给他扣上了。"我要吃烤肉。"

"烤肉……有家餐馆，我知道还不错，可那儿没八千八的红酒，也没八千八的烤肉。"

"喂，关泽，你怎么得理不饶人啊。"

关泽狡猾地笑笑，终于把车从卡地亚门口开走了。

两人去了一家挺有异域风情的的餐馆，就着烛光，吃了顿丰富的晚饭。之后，关泽说他早有节目，把楚香带回和平新村附近。

只见原先棉纺厂的 LOFT 园区，已经装潢一新，对外开放了。

棉纺厂是楚香从小玩到大的，然而现在，这个地方已经变得有点陌生。

破旧过时的厂房，一幢幢仍在原地，与各种景观元素搭配，却又无端显得时尚而现代。车子开过的时候，楚香甚至看到，有个大仓库门口，立了个超级大的机器人，显然是用淘汰下的机械零件拼凑造起来的。

汗，变形金刚啊……

关泽牵着楚香的手，走进一间酒吧。

这间酒吧，灯光昏暗，摇荡着很先锋的音乐。许多潮男潮女，正享受着都市的快感。

关泽把楚香带到吧台，随意坐下，指指上面，说："你看。"

这间酒吧是厂房隔开的，保留最原始的工业遗迹，墙壁上，几个红色仿宋体字——工业学大庆——历历在目。

"不会吧。"楚香哈哈大笑，"竟然还在呀！"

"可惜我的手机被撞破了。"关泽说，"上次给你拍的老照片没了。"

"关先生，您真浪漫啊。"楚香用手圈住他的腰。

吧台侍者递上酒水单。楚香看到，吧台后有两个调酒师，动作十分花俏地调着酒。于是也要了一杯名字古怪的鸡尾酒。"关泽，"楚香四下张望，低声问，"这个酒吧有人吸毒吗？"

"……"关泽说，"我怎么知道，我又不是贩毒的。"

"喂，你去哪儿？"楚香拽他的衬衫。

"去一下洗手间。"

楚香只好让他去了。自己靠在吧台上，欣赏调酒师的表演。

没多久，她那份鸡尾酒端了上来，红色的，在昏暗的灯光下，显得明媚妖娆。她尝了一小口，味道不坏。正孤零零等关泽回来，冷不防肩膀被人一拍，回头一看，竟是个靓丽时尚的年轻女子，直发披肩，穿低胸连衣裙，脸上化着精致的妆。

楚香不禁愣住了，顿了顿，才讶道："王青青？"

"Hello，楚香，真是你。"王青青似笑非笑，"我还以为认错了。"

王青青是楚香母亲现任丈夫的女儿，这种关系对她们来说，实在有点尴尬，所以虽然相互认得，但基本不往来。前一次有联系，还是楚香刚毕业找工作的时候，王青青胡乱给介绍了某个公司。

楚香笑笑敷衍说："怎么你也在这里玩啊……"

王青青很洋派地"嗯哼"一声，耸肩："这里我常来玩。这个酒吧的音乐不错。"

"哦……"

楚香有点后悔了。考完试，出来 happy 之前，应该先回家换身衣服的。现在她穿着普通的 T 恤衫、牛仔裤，素面朝天，一下子就被王青青比下去了。

不管怎么说，女人总有点虚荣心的呀！

王青青漫不经心地问："前次，我给你介绍的外企，没录取你是吗？"

"嗯……"

"你后来拿到了哪里的 offer？"

楚香低头看指甲："一家挺好的网络公司，不过辞了。现在还在失业。"

王青青听这话，微微一笑，指着不远处的卡座，笑道："我有几个朋友在那边，要过去认识下吗？ 都是知名企业的中层。对你有好处。"

楚香推辞："不用了吧……我也有个朋友，去上洗手间了……"

王青青微笑说："没关系，我给你介绍。"

楚香觉得，若执意不去，显得太小家子气。于是只得端着酒杯，跟在王青青后面。那卡座另坐着两男一女，穿着都很时尚。

"Hi，给大家介绍一个朋友，楚香，香味的香。"王青青笑着介绍，"Michael，你见过楚香啊，上次去你那面试过嘛。哦，这位是 Vivian，我同事，HR主管。这位魏先生，南嘉集团的高级经理助理。"

楚香聊胜于无地听着，突然听到最后一句话，不禁瞪大眼睛："南嘉集团？！"

显然她表现得太吃惊了，几个人都朝她看了一眼。

也显然，几个人都没把她放在眼里，客气地应付完之后，继续他们在谈的话题。

只听那个 Vivian 娇笑着说："小魏，你太夸张了吧，那个关泽有这么厉害吗？ 那现在，你们还在扩张没？"

"关总白手起家，他现在才几岁啊。"小魏说，"不骗你。"

"上次不是说，关总把南嘉交给你上司石总了吗？"王青青好奇地问道，"怎么他现在又回去继续做总裁了？"

"是啊，当时确实都交给石总了。好像要隐退的样子。那段时间我忙到吐血，你们不是都知道吗？ 后来听说关总出了个大车祸，休养了大半年，不知怎么，最近才回公司的。"

"哎，真想见见你们关总。"Vivian 一脸期待。

"得了吧。"小魏嗤笑，"他倒是人间极品，不过已经有女人了。"

"结婚了?"

"倒没结婚,但是听说跟女朋友关系很好。那位未来的关太太,厉害得很,把关总管得特严。别说寻花问柳了,连加班都不让。"

楚香默默旁听,这时险些吐酒。

前几天,忙着备考的时候,那个工作狂好了伤疤忘了疼,又开始加班了。害得她只得召开了一次历时一个半小时的恳谈会,缠着他,摆事实、讲道理、威逼利诱、又哄又劝,还壮起胆子,给白医生及他的新助理打了个电话。

总算把某人给弄老实了。

没想到,她这样的贤妻良母,在人民群众眼里,居然成这么个形象了!

果然大家笑得前仰后合:"别逗了,你们关总什么身份啊,哈哈哈……关太太是名门闺秀吗?"

小魏说:"这我可不知道,Ally 好像认识她,不过谁去问那个老女人啊。"

一直没说话的 Michael,忽然叽里咕噜冒出一句英文,不知说了什么好笑的,几个人登时又一阵大笑。

"Michael。"王青青笑着问,"你公司在和菩大厦,南嘉不是在那边也有办事处吗,你见过那个大帅哥关泽没?"

"Yes。"

"感觉如何?"王青青腻腻地问。

"对比自己强的男人,我一向回避。"Michael 怪声说。

王青青咯咯地笑。Vivian 还在问:"再说说嘛,还有什么事迹?"

楚香觉得,这女人的声音里,充满了仰慕。

王青青无意扭头一看,见楚香默默站在旁边,插不进话,灰溜溜的,活像孔雀群里的小鸡仔。"楚香,你坐啊。我们点了 Whisky,你要喝吗?"

楚香举举自己的酒杯:"我有了。"

"别客气。"

"噢。"

这时 Vivian 也叽里咕噜说了句英文。然后笑道:"明天孟京辉的话剧来这边巡演,《恋爱的犀牛》,你们去看吗?"

"不去。"

"不去。看电影还差不多。"

Vivian 嗔道："你们真是的，所以我喜欢北京，这个城市太没文化感了。"

头一抬，忽然看到，有个年轻英俊的男人朝卡座走过来。以外企白领的眼光，一眼就能看出，这男人的穿着虽然随意，却非常上品。

旁边的小魏忽然站了起来，有点惊讶地跟那男人打招呼："关总。"

# 37

只见酒吧的灯红酒绿之中,关泽沿着过道,相当悠闲地朝卡座走来。其实他望着楚香,却又乍然看见了小魏,不禁也有些意外,招了下手,微笑说:"哦,小魏啊——你也在这里玩? 真巧。"

"是啊,关总。"

小魏脸上在笑,似乎很愉悦,语气却有点稍稍的拘谨,"关总,您今天怎么有空,过来泡吧? 原来您也喜欢泡吧?"

"陪女朋友来玩儿的。"关泽笑道,朝卡座内的几人都微笑点了点头,表示打招呼。

小魏便伸手摆出要介绍的样子。

其实不必介绍,卡座里的几个人,不知何时,已经全部站了起来。

"小魏,这位就是你们南嘉的关总吗?"Vivian 笑得极矜持,又忙不迭把纤纤玉手伸到关泽面前,说:"关总,久仰大名了哦。"

关泽跟她轻轻握了握。

又跟王青青轻轻地握了一下。

旁边的 Michael,早已取出名片,双手奉上。关泽客气地接过看了看,没跟他交换。

Vivian 很优雅地笑着,举杯邀请说:"关总,难得这么巧遇到,您肯不肯赏脸坐一会儿,一起喝几杯,哦?"诸人附和:"是啊是啊,关总,一起喝几杯啊。"

孔雀们喁喁寒暄,挺融洽。

楚香躲在阴暗的角落,不出声,光瞅着他们。

王青青总算注意到小鸡仔的存在,把头凑过去,语气微露自得,低声地说:"对了,楚香,这位是南嘉集团的总裁,你知道南嘉集团的吧?不好意思哦,现在我们有点忙,你看,你是不是⋯⋯"

话没说完,意思挺婉转的。

谁知楚香一点也不识相,站在旁边不动。

小魏还在笑说:"关总,您女朋友太神秘了啊,闻名很久,但一直没机会见一面。"

Vivian 抿了口威士忌,说:"真的啊,关总的女朋友也在吗?那关总是一定要带来给我们见见的。"她居然自来熟地撒起小娇来,楚香感觉,这人不是HR,是公共关系部门的。

楚香一口喝干了自己的鸡尾酒。

关泽转头看看楚香,反而有点惊讶。

酒吧音乐不算吵,但也不算太轻。关泽忙着应付别人,听不到王青青的话,只看到王青青附在楚香耳边,交头接耳,似乎挺亲密。

于是关泽走前几步,把一只手搭在楚香肩上,笑道:"楚香,你认识王小姐吗?"

楚香说:"是啊,认识蛮久了。"

"难怪我转了个身回来,就找不到你人了。"

"谁叫你去这么久。"

"我打了个电话。"关泽说。然后很轻松地,对几人笑道:"我女朋友跟你们应该已经介绍过了吧?刚才找了她半天,原来在你们这里。"

话还没说完,楚香觉得,笼罩在卡座上的气场登时凝固了。

那四个人的表情,瞬息万变,最后,就好像亲眼目睹了孙悟空一个筋斗翻去打死了白羊座黄金圣斗士穆先生。

世界是荒诞的。

只有关泽那丢脸的孩子,还搞不清楚状况,一只爪子不够,又把两只爪子,都很随意地搭在楚香的肩膀上。

关泽示意酒吧侍者过来,笑问:"大家要喝什么吗? 我请客。"

诸人一时沉默。

侍者推荐说:"先生,我们店的 Chivas Regal 很正,今天点的话,送一个大果盘。"

关泽也不问价格,淡淡说:"就它吧,多点冰。"

又想了想,笑问卡座里的几个人:"你们需要用苏打水吗?"

小魏忙笑说:"关总怎么喝,我们怎么喝。"

关泽摇了摇头,开玩笑说:"我一会儿还要开车,不喝酒。再说,楚香她喜欢稀奇古怪的鸡尾酒,难保喝醉了,我得把她弄回去。"

Vivian 识趣地恭维:"关总对女朋友真好。"

小魏说:"楚小姐这么漂亮,关总当然不放心啦。"

关泽微微一笑,说:"你们玩,我跟楚香还有事,失陪一下。"

王青青满脸惊怔的表情还没有完全褪去,关泽已经拉着楚香的手,把她给带走了。这时,恰好侍者送上威士忌,开了瓶,欠身笑道:"那位先生说,这桌的消费加在他的账上。"

孔雀们面面相觑。

Michael 忽然转头问王青青:"Rico,那个楚香,是关泽的女朋友?"

王青青不说话。

片刻,Vivian 诧异失笑:"看不出啊,你们看那个楚香的衣服。超市买的吧。"

又问道:"小魏,她真是关泽的女朋友? 这么普通,难道关泽眼光这么差? 大概看她笨笨的,玩玩而已哦?"

小魏嗤笑。"得了吧。人家已经是未婚妻,早住一块儿了。关总的房子在山海公馆,你们知道吧,有掌纹密码才能进私人电梯。随随便便的女人,进得去吗?"

"总之那个女孩子真叫人意外。挺土的。关泽是不是不舍得在女人身上花钱啊?"

"喊，你得了，别酸葡萄。听说关总还有张信用卡，在女朋友手里呢。额度 50 万。也就是零花钱吧。"

几人一听，都挺没意思地笑笑，说开去了。


关泽把楚香带回吧台。楚香催他买单，把手放在他背上，推着他走出去了。时间还不晚，酒吧的招牌亮着，整个 LOFT 园区灯光闪烁，很有感觉。

楚香深深吸了口新鲜空气。

关泽转头问她："楚香，你刚才怎么了，不高兴吗?"

"嗯。不喜欢那些人。"

"为什么?"

楚香叹了口气，说："那位姓王的小姐，她爸爸是我妈的老公，你说我能喜欢她吗?"

关泽听这话，不禁一愣。

他知道楚香的伤疤就是她的家庭，她几乎从不提自己的父母，也不喜欢议论亲戚们的长短，仿佛自生下来，就是一个人。知道她心里不高兴，所以他也从不去问她。

楚香甩着手说："再说啦，他们那些人，学历高、工资高、品位高、档次高，总之挺有优越感的。反正跟我不是一个世界的。"

"是吗? 那没关系，你跟我是一个世界就成。"

"我跟你也不是一个世界的。"

"怎么会呢?"关泽不同意她的说法。

"你不信啊，不信，你回去偷听他们说话好了。他们现在肯定在笑我，说我走狗屎运，傍大款，一步登天，穿龙袍也不像太子……肯定也嘲笑你了，笑你没眼光。"

楚香有点沮丧。

关泽看着她，微微一笑。

两人手挽手走到停车的地方。关泽开启电子锁，为她打开车门，把她推了进去。坐在车中，关泽却没发动车子，无言地呆了片刻。

"楚香。"他忽然一笑，问道，"你还记得那张照片吗? 车祸的时候，我带在身边的。"

"……记得。"

"你已经跟宋敬学打听了吧,'神迹'会员的那些倒霉事儿。你知道吗?我家这一支,从我爷爷的爷爷的爷爷开始,凡是遗传了预知力的,从没人能度过濒死阶段——我是第一个。"

关泽淡淡一笑:"我本来以为,照片上的那个楼盘,是我这辈子做的最后一件事。其实一直以来,除了南嘉,我没想过自己竟还有时间干点别的。"

楚香惊讶地看着他,不知道他为什么,突然说起这个。

关泽挺随意地微笑道:"所以楚香,谢谢你。"

楚香愣住了。

他们透过挡风玻璃,望着前方,一时之间,谁也没说话。依次有三辆车,从他们旁边路过,逐一扬长而去。他们坐着不动。

第四辆车开过的时候,楚香蓦然扑过去,紧紧勾住了他的脖颈,嘴贴上了他的唇。挑开齿关,他们的舌头纠缠在一起。

关泽将手放在她的背上。轻柔地抚摩着。

忘情吻了很久,甜甜蜜蜜地分开一会。他们四目相对,凝视对方。

正在陶醉中,楚香忽然把关泽使劲儿推远,伸长脖子往另一侧车窗探看,脸上忍不住有点紧张。"有人过来了!"

果然,两男两女朝这边走来,居然是王青青一行人。那四人在关泽车旁稍作逗留,指点一番,想必在议论这车的主人。然后,不远一辆标致 307 的灯亮了,他们又朝标致车而去。

"……"楚香瀑布汗。

关泽凑在窗边,忍不住也好笑:"他们看不见车窗里面的。"

"拜托,关同学。万一看见怎么办?"楚香对着后视镜,左右照自己的脸。

"看不见的。我们再来。"

话音刚落,就听见手机铃声不识时务地响起来。关泽摸出一看,只好接起。楚香把车窗降下,让外面的风吹进车厢。见那辆标致 307 已经从旁边车道开过去了。

"你好。"

"哦,徐总?"

"哪里哪里。您才是大忙人。"

"……对,我在丽江……不是公干,我在丽江度假。"

"实不相瞒,那是我女朋友。"

"遇到了您的助理陈小姐,陈小姐太客气了,呵呵,我很尴尬啊。"

"您这么说就见外,应该的。"

"好好,改日一定赴会。"

关泽很客气地应付了十几分钟,跟电话里的人,聊了半天全国经济走势,然后收线,把手机扔在旁边,对楚香很无奈地说:"是徐乐的父亲,徐乐肯定告诉他爸了。徐建树哪天有空,肯定要请我们吃饭。"

"什么? 徐乐的爸爸?"

"嗯。"关泽说,"不管他,我们继续。"

晕,这人还在想着继续。楚香把他的身体扳直,把他的爪子放在方向盘上。"不来了。"

关泽挺失望地看着她。

楚香讪讪地说:"关泽,宋敬学告诉你了啊……其实,我本来不想跟他打听,想问你的,但是怕你不高兴。"

"宋敬学? 他没告诉我。不过你问他之前,我已经知道你会去问了。"

楚香不禁傻眼了,半天,忍不住叫起来:"什么?! 你知道?! 那你,那你都不主动给我坦白啊! 怎么这么坏啊!"

关泽狡猾地笑。"我也怕你生气,好不容易才不提,我说出来又惹你发脾气。"

楚香无语了。

关泽启动车子,很快就开出 LOFT 园区,驶上宽敞的马路,汇入车流。等楚香回过神的时候,已经离和平新村越来越远。她嘟囔:"哎……忘记回家看看。也没跟小安打招呼。"

关泽没理她的话题,专心开着车。

前方十字路口,红灯还有 30 秒。关泽忽然微微一笑,说:"楚香,我们结婚吧。"

"什么?"

"结婚。"

"结婚?"

"唔。"

"关同学,你在求婚吗?"

关泽没回答。却听楚香非常不满意地说:"这么简单啊……别人求婚,都很浪漫的,不光有花,还有戒指……钻戒……大钻戒。"

"……"

"你没准备戒指吧?"

"……还没买。"关泽只好老实说。

"哼。"

"刚才你说,我们不是一个世界嘛。等结婚了,肯定就一个世界了吧。"关泽转头看她一眼,理所当然地说。

"……"


他们没有立即回山海公馆。关泽把车径直开向滨江广场,CBD 林立的高楼在夜幕中逐渐清晰。快到广场的时候,却又拐了个弯,驶进沿江高档住宅区。

楚香有点诧异,问道:"来这里做什么?"

关泽说:"给你看房子。"

车子最终的目的地是一个极新的小区。在大门口,保安拦住他们,稍事询问,做了登记,然后关泽把车开进去,停在地下车库。

下了车,楚香又问:"不会吧,这也是南嘉的小区?"

"是啊。"关泽说,"今年年初刚刚交房的,很多人还在装修。"

关泽对这个小区似乎挺熟,带着楚香,往一幢多层公寓走去。那公寓西班牙式风格,外观棕色,错落有致,很精美,看上去像排屋。

关泽居然有钥匙,大模大样开进 1 单元,把 101 室的门打开了。顺手还撳亮电灯。

这房子是毛坯,跃层式,客厅很高,漂亮极了。

楚香跑进去一看,连着客厅,居然还有个小花园,大幅落地窗。楚香登时高兴坏了,笑得咧开了嘴。

关泽微笑说:"这房子不错吧,挑高客厅,下沉式庭院,二楼卧室和书房都有大面积飘窗。玄关大,厨房也大,还有很宽敞的走入式衣柜。"

楚香连连点头。

关泽说:"虽然不像独立别墅那样私密,但小区地段好,生活方便。"

楚香点头点得脖子都快断了。

关泽问道:"这个房子,用来做婚房,还是可以的吧?"

楚香激动得面红耳赤。

关泽继续说:"你先别跟陈小安提,宋敬学快跟她求婚了,托我给他找一处好房子,搬到市区里来。既然你满意,陈小安肯定也满意的。你看,人家的惊喜就不是戒指,是房子,多实际啊。"

"……"

反应过来了。别人的,白高兴一场。

楚香沮丧地朝他看,却见他相当狡猾地笑着。楚香全明白了,冲过去用劲儿推他:"你捉弄我,你这人怎么这样啊,捉弄我。"

关泽被她推得站不稳,躲闪着直笑。

"嗳,小姐,你现在住的地方,可比这里还贵。"

"真的吗?我看这个房子,也不便宜,均价2万够吗?"

"2万稍许出头吧。"

"宋敬学这么有钱啊!这么大的房子,有200多平米吧!"

"你以为宋敬学买不起啊,你不知道吗,科学技术是第一生产力,他其实有钱,就是偷偷摸摸不表现出来。"关泽说,"再说我也不好意思收他钱,当他的结婚大礼,送给他算了。"

楚香开始在心里算零。

关泽捧着她的脸,笑道:"看出来你喜欢庭院。那我回去查一下,如果还有捂着没卖掉的,我们结婚也搬这儿算了。"

楚香跳了起来:"关先生,您真是太好了!"

在酒吧 happy 过后,楚香继续发奋学习。除了专业课,开始钻攻英文。

按照关泽的建议,她每天起床,像播音员一样,抑扬顿挫地朗读英文报纸上的短新闻。认真听 BBC 半小时。临睡则坚持不懈,背诵单词 20 个。

楚香严格要求自己,晚上跟那个 ABC 网络聊天,至少一个钟头。如果 ABC 不在线,就由关泽代替。几周以后,她发现,考卷还是会做错……但关于吃吃喝喝的单词句法,忽然变得有点精通。

关泽说,这是好事,意味着她将对英语感兴趣了。

有时候关泽也跟她说英文,鼓舞她。

关泽的口音是美式的,为了好玩,楚香逼着他说伦敦腔。

关泽只好听广播找感觉,对着报纸,一本正经念短讯。楚香还没觉得什么,他自己先忍不住笑起来。"怪怪的,其实我的上海腔比伦敦腔好,你要听上海腔吗?"

楚香非常好奇,问他:"关泽,不是说,你祖父是《每日镜报》的记者吗?《每日镜报》是英国的报纸呀,为什么你在美国长大?"

"小姐,你别弄错,我在上海长大。"

"上海之前啦!"

"我祖父是哪个报纸的,其实我爸妈都不清楚,《每日镜报》只是我妈的一面之词。那时候我爸年纪很小;'神迹'也还没官网,有些档案查不到了。只知道他是个记者。"

"哎,我想不通,为什么你爸爸会搬来上海呢?"楚香说。

"你想啊,遥远的东方,人生地不熟的,你爸爸一个外国人,就算上海有亲戚吧,肯定从前没见过,也犯不着回来啊。"

关泽微微一笑:"我爸也是'神迹'会员,也有预知力。"

"什么?"

关泽说:"他去世的时候,我才12岁。不过,后来我猜测,可能他已经感觉到,我在中国会生活得挺好,并且我们一家活不过40岁的命运可以发生转机吧。"

"关泽……"

"嗯?"

楚香看着他,有点吞吞吐吐。"关泽,以后你的小孩,会遗传预知力吗?"

关泽登时沉默了。

半晌,把手按在她的脑袋上,低声说:"会。"

"肯定会吗? 我听说,这就像隐性基因,并不是每个人都会遗传的,比如你在上海的爷爷,就不是'神迹'的会员——最多算携带者!"

"你别侥幸,有百分之九十九的几率。"关泽毫不留情,不安慰她,只淡淡说,"我感觉起码第一个孩子,会是'神迹'的成员。"

楚香不吭声。

他们彼此都知道,这个话题有点沉重。然而某些事就是这样,客观存在,无从避免。过了会儿,楚香笑笑,说:"算了,将来的事将来再说吧,反正现在也没办法。"

关泽点点头。

"哦,对了,楚香。"关泽走去沙发旁边,捡起自己的包,从里面摸出一张卡片,"我今天收到了这个。"

楚香接过一看,顿时瞪大眼睛。

竟然是她在束河时,给关泽寄的明信片!

那明信片已经又脏又旧,四个角全卷了起来,还染上了一些黑黑黄黄的污渍。一查邮戳,真是好几个月前的。

"不会吧! 今天才收到? 中国邮政这么不负责啊!"楚香叫起来。

"你的地址写得不详细。邮编也填错城区了。"关泽拿过明信片研究,说,"今天秘书交给我的时候,脸上表情怪怪的。"

"怎么怪了?"楚香有点不好意思。

其实已经忘掉自己写了什么,凑过去一看,只见那明信片上写:关泽,时间过得真快,你好吗? 我一直很想你……

楚香冷不丁汗毛倒竖,腾一下脸红了。刷地抢过明信片,不让他再看。

"不要看,肉麻死了,怎么这么肉麻啊……"

关泽瞅着她直乐:"估计公司里好多人都传阅过了,你现在还怕什么啊。哦,后面还有个很大的署名——楚香。"

丢脸丢到姥姥家了! 楚香赶紧把这张倒霉的明信片藏起来。

赶紧岔开话题,说别的:"关泽,上次那门课,秘书参谋职能概论,成绩电话可以查了,我考了 85 分,厉害吧?"

"厉害。"关泽笑着看她。

"喂,你干吗这样笑!"楚香用沙发上的抱枕砸他,恨不得挖个洞把他埋起来。

关泽揪过抱枕,把她拉到沙发里,一起坐。

"今天去和菩大厦办事。"关泽笑说,"在餐厅,遇到酒吧那个 Michael 了,他跟我打招呼,聊了几句,一个劲儿夸你呢。"

"夸我什么?"

"说你漂亮、文气、单纯、有味道……"

楚香汗毛又竖起来了,鄙视说:"你相信他? 喊,真虚伪。"

"说得挺好的,这怎么是虚伪呢?"关泽笑眯眯的。

"怎么不是虚伪啊。"楚香说,"前次我去他那面试,他正眼也不瞧我。现在倒说我这里好那里好。所以,戒指啦项链啦都不算什么,男人才是女人最好的装饰品。"

"装饰品?"关泽一愣。

"是啊,关先生,你就是那一百多斤重的大钻石!"

"……你是褒义的吗?"

"当然是褒义的。"楚香美滋滋地说。

"今天 Michael 跟我打招呼,我已经把他的工作单位忘掉了,连他叫什么都差点想不起来。上次他给我的名片,你收着吗?"

"没收着。"

"大概我弄丢了。"

楚香忽然想起来,问道:"关泽,他给你名片的时候,你好像没跟他交换。这样不是不礼貌的吗?"

"是吗?"关泽说,"我不用名片。"

"别骗人了,你明明有名片,还给过我一张呢。白色的。上面只有名字和电话。"

被她一提,关泽忽然想起那件事,不禁偷偷地笑。半天,笑说:"那张其实不是我的名片,我打印了一张,专门给你的。"

原来居然是勾搭人的手段,楚香不禁怔住了。

关泽笑问:"你还留着吗?"

楚香哼一声,拿腔作势,故意说给他听:"本来留着的,那次,你不是跟我说再见吗,我就把它给撕了。"

"……"

关泽假装没听到。


这样度过三周。楚香接到陈小安的电话,邀她喝咖啡。

地点定在和平新村附近,一家小小的"明天咖啡馆"。咖啡馆装饰得挺雅致,有一道蓝色扎染布的门帘。楚香走进去的时候,看见陈小安坐在藤艺秋千椅子里,正无聊地看杂志。

小安穿着很女人味的上衣,胸前打着褶子,裙子长长的,直到脚踝。万年不变的马尾辫,此刻竟松开了,披在肩上,已经烫成大卷发。

楚香惊讶地盯了她五秒钟,才确认自己没认错人。

"香香——"小安笑容满面地招招手。

"你不会吧,受什么刺激了啊?"楚香上上下下地打量。

陈小安同学倏然伸出左手,五指并拢,递在楚香眼皮底下。只见无名指套着一只闪闪发光的戒指,显然是铂金的,镶一粒钻石。

楚香乍见之下,不禁一愣。随即激动地失声尖叫:"哇,戴梦得ring——"

"哈哈,好看吧? 蒂梵尼的哦。"

"小安你太幸福了,太幸福了。"

"那当然喽,挑了好久呢,终于名牌了一回。蒂梵尼的设计真好看。"小安喜滋滋地收起左手。

"宋敬学什么时候跟你求婚的呀? 接下来,你们怎么安排。快说说,红本子领来了吗? 在哪里办酒? 什么时候生孩子? 宝宝名字取好了吗?"

"……"

陈小安有点黑线地看着她。

"说说嘛。"楚香超级亢奋,好像被求婚的是自己。

"明天去民政局领本子。下周去江边拍婚纱照,已经跟摄影师预约好了。"小安笑说,"我们还在装修房子。等房子搞定,再办婚宴。酒店我还没去考察呢。宋敬学说,他不想在酒店办,他想搞一个游艇婚礼。"

"噗——你家 Kiwi 蛮浪漫的嘛。"

小安摇头晃脑:"可是游艇太贵了,而且麻烦。我觉得还是在酒店好。"

楚香赶紧劝:"结婚别省钱啊。"

陈小安马上识破了她的诡计:"香香你得了吧,真是的,你自己好奇,自己去找游艇办婚礼——你跟关泽什么时候结婚?"

"等我考完试,拿到文凭。反正你先结,将来我就有范本了。"

"你把我当试验品啊……"

"嘿嘿。"

楚香迫不及待地问:"你选好婚纱了吗?"

"没呢,还在挑,看中影楼一套法国设计师的婚纱,买的话好几万呢,我打算租下来。"

"小安你什么时候再去试穿啊，一定叫上我啊！"

"好啦好啦。"

她们一人点了一杯拿铁咖啡，一人叫了一盘榛子蛋糕，有滋有味地吃着喝着。小安同学手指上的钻石戒指，晃着人眼，熠熠生辉。

过了会儿，小安说："香香，结婚以后，我不开服装店了。"

"什么？"楚香有点意外，"你准备做全职太太吗？"

小安连忙摇头，笑着说："我老公基本上就是全职宅人，我还全职啊，那不是相看两相厌么。我想去楚襄——就是你说的那个神棍——店里帮忙。"

楚香险些喷咖啡。

"你去神棍店里做事？！"

"他的书店正好缺一个店员，我去的话，收银也归我。他很希望我去。"小安点头。

"决定了？"

"已经决定了。"小安微笑，吃了口蛋糕，说，"这几天，我把我的店整理一下，衣服全打折卖掉，店铺退给房东，正好今年的租期也快到了。——香香，跟你商量个事，那边新房装修好之前，在你家先住段日子，我住的地方也快到期了，房东不让续租半年，非要我交一整年的钱。"

楚香忙说："你住嘛，反正和平新村那边也没人。"

小安笑道："一直觉得不稳定，没有安全感。整天忙着赚钱吃饭。现在终于要结婚，总算感觉快安定下来了。"

楚香忽然觉得，这句话挺伤感的。抬头看去，小安的眼睛好像有点湿。

楚香站起来走到桌对面，拥抱她。

"会越来越好的。"楚香说。

"嗯。会越来越好的。"小安也说。


不久，陈小安把服装店里所有的存货打折发卖，关掉店铺，搬去了和平新村。秋去冬来，弹指之间，又是一个春天。

四月份时，楚香参加自考英语考试。

考试出乎意料地顺利，居然拿到了81分，甚至达到获取学位的标准。

楚香大受鼓舞,一鼓作气,下半年就通过了秘书学自考的所有科目。在关泽的帮助下,最后的论文答辩,拿到了不大多见的"优秀"成绩。

楚香获得了一张学士学位证书。

颁发学位的大学,邀请楚香去拍学士照。关泽特地给她准备了衬衫和领结,穿戴一新,在大学图书馆前留下倩影,圆满结束了整个自考的过程。

照片洗出来,楚香把自己的学位照,跟关泽的学位照收在同一本影集里。喜气洋洋地捧着影集,看半天,不肯放手。

"关泽。"楚香端详关泽的毕业照,又对照本人,满脸花痴地说,"你现在,比那时还帅哇,你怎么越来越帅呢……"

"小姐,请你正经点。"

"噢。"楚香指着某张合影照片,问道,"给我介绍下,这个外国哥哥是你同学吗? 你们熟吗? 这个哥哥好帅啊。"

"……"关泽满脸黑线。

"别看帅哥了。"关泽说,"明天我去医院检查,你陪我去吗?"

"当然了!"楚香一听,注意力立刻转移,连忙说。

楚香和关泽一块儿,再去了省立医院脑外科。白医生给关泽做了彻底的复检。结果出来之后,令人非常满意:关泽的各项指标都完全正常,癫痫等可能引发的后遗症,几率降到很低。总的来说,关泽已跟正常人没什么两样。


这年夏天,楚香找到一份新工作。是一家布艺公司的行政助理。

面试的时候,人事经理问她:"楚小姐,请问你当初,为什么在奔流网络辞职,辞职之后,为什么不马上找工作?"

楚香笑说:"首先我想先考出本科;再来,我男朋友出了车祸,我要照顾他。"

人事经理问她:"你觉得男朋友和工作相比,哪个更重要?"楚香想了想,不禁反问道:"您觉得这个问题,能放在一起,有可比性吗?"

人事经理笑笑,没回答。

最终,楚香通过面试,又很自然、顺利地通过了试用期。

她重新变成了一个职业女性。

# 尾　声

宋敬学和陈小安的婚礼，在本市香格里拉酒店如期举行。

这对新人租用香格里拉酒店的户外大花园，用粉红色的百合花与玫瑰花装饰起整个会场，举办了一个时尚的草坪婚礼。

双方的亲戚，其实到场的并不多，但婚礼办得很正式，也很热闹。场内的男宾大多西装革履，女士则穿各种各样的漂亮衣裳。还有好几个外国人出席，应该是宋敬学的朋友。

宋敬学自己身着黑色礼服，比起平时，显得格外英俊潇洒。

旁边的新娘子婚纱曳地。看上去，真是一对璧人。

楚香挽着关泽，笑吟吟地迎向新婚夫妇。

"恭喜恭喜。"关泽兴奋地拍拍宋敬学的背。楚香跟小安热情拥抱。

仪式开始的时候，现场乐队演奏起耳熟能详的婚礼进行曲。主持人请各位来宾入座。

新郎与新娘双双出现在地毯之前，携手微笑着款款入场。

欢声雷动，来宾一起向他们鼓起掌来。楚香凝视小安，见她手捧鲜花，非常幸福的样子，不知为什么，热泪盈眶。

新人在宾客面前,交换结婚戒指,切开三层的大蛋糕,香槟酒"砰"一声打开,宋敬学和陈小安联手注满了象征爱情坚实与甜蜜的香槟塔。

仪式完了以后,楚香鼓掌鼓得手都疼了。

英俊的神棍就站在他们旁边,今天打扮得非常得体,穿双排扣的西装,气质变得像个古老家族的年轻绅士。

"嗨,关泽,楚香。下回就轮到你们了。"神棍举杯说。

"是啊。"关泽一点都不难为情,很大方地回答,"我们也不会等太久的。"

神棍慢慢走出几步,朝附近的几个人凑去,一本正经聊了几句。又转头看一眼关泽,跟众人说了些什么。关泽见状,便也向他们走近。

那几人中间,有个穿旗袍的年轻女子,先向关泽伸手,笑道:"其实不用 **おんみょうじ** 介绍。我叫秦媛,官网 ID'声声慢'。关泽你好,记得我吧?"

关泽跟她握手,微笑说:"'声声慢'我当然记得,曾经在论坛见过。"

"这位是你太太?"

"未婚妻。"关泽笑道。

又一个穿露背蓝色长裙的女人,跟关泽握手:"你好,我叫孟令仪,ID'Chinese Apple',不常上网,大概没见过我吧。这是我先生,唐·埃弗里,官网代号'world'。"

关泽笑着跟那个老外打招呼。

一圈认识下来,关泽和神棍不算,居然总共有六个"神迹"的成员。楚香有点傻眼,弄了半天,原来这个婚礼,也是"神"的小聚会啊!

正在发呆,关泽对楚香笑说:"楚香,你去那边等我一下,好吗?"

楚香扭头一看,问道:"桂花树旁边吗?"

"是啊。"

"哦……"楚香以为这些人有要事相商,便回避了。

在桂花树旁,喝着香槟酒,等了几分钟。却看见关泽微微笑着,朝自己施施然而来。

"楚香。"

"关泽。"楚香努努嘴,惊奇地说,"原来那些人全是'神迹'的成员啊!"

"是啊。"关泽点点头,远远望一眼那圈人,笑着问,"那个老外,你看到了吗? 那个褐色头发的老外。"

　　"看到了啊,怎么了?"

　　"他的官网 ID 是'Da Vinci'。你知道吗,他是一个很有名的设计师。"

　　"哦,不稀奇。"楚香有点麻木地说,"你们都是精英嘛。"

　　"他不一样。"关泽微笑说,"他是个珠宝设计师。刚才,给了我一样东西。"展开手掌,现出一个红色精美的小方盒。不紧不慢地打开盒子,只见里头躺着一枚戒指。

　　关泽拈起戒指,拉过楚香的手,把戒指缓缓套进楚香的左手无名指,柔情蜜意地笑道:"楚香,我们结婚吧。"